SON FANTAISIE AUX COURBES GÉNÉREUSES

UNE ROMANCE DE PETITE VILLE AVEC UNE HÉROÏNE AUX COURBES VOLUPTUEUSES

À LA RECHERCHE DU HÉROS LITTÉRAIRE PARFAIT
TOME ONZE

MARY E THOMPSON

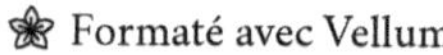 Formaté avec Vellum

À LA RECHERCHE DU HÉROS LITTÉRAIRE PARFAIT

L'automne et ses citrouilles sont dans l'air, tout comme l'amour. L'automne devient hiver et les ennemis deviennent amants. Cette histoire est en préparation depuis des années, et elle est enfin arrivée. Ne manquez rien en vous inscrivant à la newsletter de Mary.

LIVRE 11

Son Fantaisie aux Courbes Généreuses

Hudson

Anna Charlotte avait un sacré culot. Se pavaner dans mon bar et agir comme si elle avait son mot à dire sur ma façon de gérer les choses ? Elle pouvait poser ses jolies fesses rondes sur un tabouret et ruminer, mais elle n'avait pas intérêt à piper mot.

Comme si elle pouvait garder ses pensées pour elle. Elle avait une opinion sur tout. Et toutes disaient que j'avais tort.

Je perdais patience avec cette femme. Si elle ne faisait pas attention, j'allais devoir la faire taire. Il n'y avait qu'une seule façon de le faire. Et elle était sacrément efficace.

Anna

La confiance était un gros mot. J'avais été brûlée trop de fois de trop de façons. Hudson n'était qu'un autre homme irrésistible qui pensait savoir ce qui était le mieux pour tout le monde. Mais il ne savait pas ce qui était le mieux pour moi et mes garçons. Hudson n'était pas leur père.

Juste parce qu'il avait offert un emploi à mon aîné... et qu'il aidait mon cadet à étudier après l'école... et qu'il prenait soin de moi quand j'avais bu quelques verres de trop...

Hudson finirait par montrer son vrai visage. Il me donnerait raison, comme tous les autres.

À moins que je ne me trompe à son sujet, et qu'il ait déjà prouvé qui il était.

Pour vous... Vous avez rendu ce livre possible. En le demandant, en l'attendant et en vous enthousiasmant pour lui. Vous me donnez la force de continuer les jours difficiles et me faites sourire les bons jours. Merci.

HUDSON

— Non. Putain, non. Ça n'arrivera pas. Tu devrais arrêter de demander. Je fusillai du regard mon prétendu ami en résistant à l'envie de lui botter le cul.

— Allez, Hud. Tu sais que c'est la meilleure option. Tu ne peux pas draguer les femmes dans ton propre bar. Et tu ne vas pas leur parler ailleurs parce que tu ne sors jamais. James Rucker était l'un de mes plus vieux amis et aurait dû être de mon côté. Au lieu de cela, il menait la charge.

— Je t'ai déjà dit que les rencontres en ligne ne m'inté-ressent pas. C'est bizarre ce truc.

— Ce truc m'a permis de trouver ma femme.

— Trinity te détestait.

— Exactement. Elle ne m'aurait jamais accordé la moindre attention si elle avait su qu'elle parlait à moi. Karissa est un génie pour la façon dont elle a conçu l'application. Elle a créé quelque chose qui nous permet de rencontrer des gens et d'apprendre à les connaître sans que ce soit bizarre.

— Et si je tombe sur une tarée ? J'avais entendu les histoires. Ce n'étaient pas seulement les hommes qui étaient bizarres. Il y avait aussi des femmes qui devenaient folles et faisaient des trucs dingues. Je ne voulais pas d'une cinglée qui me suivrait jusqu'à chez moi et me harcèlerait.

— C'est possible, mais vas-y doucement. Tu n'es pas obligé de rencontrer quelqu'un en personne après lui avoir parlé une seule fois. Inscris-toi simplement, et si tu n'arrives pas à parler à quelqu'un, je t'aiderai.

Je ricanai et secouai la tête. — Je sais parler aux femmes.

— Ah bon ? Et celle-là ? Va la draguer.

Je regardai dans la direction indiquée par James et aperçus une magnifique femme au bout du bar. Elle portait un t-shirt blanc tout simple et un jean. Je l'avais remarquée quand elle était entrée. Elle avait commandé un whisky sec. C'était définitivement mon genre de femme, mais d'une dizaine d'années trop jeune pour moi.

— Elle a la moitié de mon âge.

— Et alors ? Tu ne peux pas parler à une femme qui n'a pas le même âge que toi ? Tu sais qu'il n'y a pas beaucoup de femmes célibataires de ton âge.

Je jetai un nouveau coup d'œil à la femme. — Je n'ai rien à te prouver. Pourquoi est-ce que je réfléchis même à ça ?

James leva son verre du bar et haussa les épaules. —Très bien. Ne lui parle pas. Mais ne me reproche rien quand ton rendez-vous tournera mal parce que ça fait plus de dix ans que tu n'as pas parlé à une femme d'autre chose que de son choix de boisson.

J'ai grogné tandis qu'il s'éloignait. Il n'avait pas tort, mais ce n'était pas une raison pour que j'aime ça.

J'ai jeté un nouveau coup d'œil à la femme. Elle faisait tournoyer sa paille dans son verre en regardant autour d'elle. Elle dégageait une nette impression de désintérêt. Ce qui me convenait parfaitement puisque je n'étais pas intéressé non plus. Elle était une expérience.

Non. Une femme n'était pas une expérience. C'était une

personne. Quelqu'un avec qui mon crétin d'ami pensait que je ne pouvais pas avoir une conversation.

Je me suis dirigé vers elle, vérifiant au passage les quelques clients au bar avant elle.

Elle a levé les yeux vers moi quand je me suis approché et a plaqué un sourire tolérant sur son visage.

—Vous voulez un autre verre ? lui ai-je demandé. J'ai gémi intérieurement. J'étais en train de prouver que James avait raison.

—Ça va, merci.

—Vous attendez quelqu'un ?

Elle m'a évalué d'un air détaché. Son regard a glissé le long de mon corps, m'écartant complètement avant de revenir poser son regard froid sur mon visage. —Oui. Une amie.

—C'est peut-être quelqu'un que je connais. Je connais beaucoup de monde. Pratiquement tout le monde. Sauf vous, bien sûr.

Elle a hoché la tête et s'est glissée de son tabouret. —Je pense que je vais plutôt attendre à une table.

J'ai ouvert la bouche pour lui dire que je n'essayais pas d'être un type louche, mais c'était inutile. Elle était partie, et je me comportais définitivement comme un type louche.

Merde.

Je détestais quand Rucker avait raison. Il ne me laisserait jamais l'oublier. Bien sûr, en supposant qu'il le sache.

Je me suis remis au travail, ignorant la sensation désagréable dans mon ventre. Je n'aimais pas l'idée que cette femme puisse penser qu'elle n'était pas en sécurité dans mon bar. Elle était simplement en train de savourer son verre, et j'avais rendu les choses bizarres. À cause de James. S'il avait simplement laissé les choses telles qu'elles étaient, je ne lui aurais pas parlé. Je n'avais pas besoin de m'entraîner à parler aux femmes. Tout irait bien quand je rencontrerais quelqu'un.

Grognant contre ma stupidité, je me suis versé un autre whisky avec un peu de glace. La femme était assise seule à une table. Elle surveillait la porte, me tournant le dos.

J'ai dit à Jonathan, l'autre barman qui travaillait avec moi ce soir-là, que je reviendrais dans une minute et j'ai apporté le verre à la table de la femme. Je l'ai posé à côté de celui qu'elle avait déjà.

—J'ai pensé que vous pourriez avoir besoin d'un autre verre. J'ai joint mes mains et lui ai souri.

—Ça va, merci. Elle a évité mon regard, le sien restant fixé sur la porte.

—Je voulais simplement m'excuser. Je n'essayais pas de vous mettre mal à l'aise.

—Et votre façon de vous excuser, c'est de me saouler pour pouvoir profiter de moi ? Ou avez-vous mis quelque chose dans ce verre pour ensuite jouer au héros en proposant de me raccompagner ? Qu'est-ce qui ne va pas chez vous ? Elle m'a fusillé du regard, reculant comme si elle pensait que j'allais l'attaquer.

—Quoi ? Non. Je n'ai rien fait de tout ça. J'essayais juste d'être gentil.

—Les hommes gentils ne font pas sentir aux femmes qu'elles sont sur le point d'être agressées ! Elle a bondi sur ses pieds et a attrapé le verre. Elle me l'a jeté au visage avant que j'aie eu le temps de réagir. —Laissez-moi tranquille !

Elle s'est précipitée vers la porte, attrapant le bras d'une autre femme qui venait juste d'entrer. Elle m'a montré du doigt, et elles sont parties toutes les deux.

Je suis resté là à les regarder, le whisky dégoulinant de mon visage et trempant ma chemise.

—Qu'est-ce qui s'est passé ? a demandé Neve. Elle était la serveuse de cette section et m'a tendu une serviette.

—J'essayais juste d'être gentil.

—À quel point essayiez-vous d'être gentil ?

J'ai grogné et arraché la serviette de sa main. J'ai traversé le bar à grandes enjambées en direction de mon bureau. Je me suis essuyé le visage et tamponné ma chemise, sachant que rien n'effacerait la honte que je ressentais.

Qu'est-ce que j'ai fait, bordel ?

J'ai arraché ma chemise et me suis précipité dans ma salle de bain. J'ai passé une serviette en papier sous le robinet, essuyant l'alcool collant sur ma poitrine. Putain.

Quand j'étais propre, ou du moins moins poisseux, j'ai attrapé une nouvelle chemise et je l'ai enfilée. Jonathan pouvait gérer les choses pendant un petit moment. J'avais besoin d'une pause.

Cinq minutes plus tard, un coup à la porte m'indiqua que mon temps était écoulé.

— Quoi ?

— Tu es prêt pour cette appli maintenant ? demanda James en ouvrant la porte.

— Va te faire foutre, connard.

— C'est ce que tu as dit à cette pauvre femme avant qu'elle te jette son verre à la figure ?

— Pourquoi mon majeur a-t-il une érection chaque fois que je te vois ? Je lui ai montré.

James ricana. — Mec, tu cherches vraiment les ennuis ce soir. Qu'est-ce que tu as dit à cette femme ?

— Rien ! Je n'ai rien dit. Je lui ai demandé comment était son verre et si elle attendait quelqu'un. Je pensais pouvoir lui dire si la personne qu'elle attendait était déjà passée ou quelque chose comme ça. Elle a cru que je la draguais. J'ai apporté le verre pour m'excuser et elle m'a demandé si j'y avais mis de la drogue.

James se plia en deux, se tenant le ventre.

Il allait devoir se tenir le ventre pour une raison différente s'il ne relevait pas son cul du sol très vite.

— C'est encore mieux que ce que je pensais. Mec, tu as besoin d'aide. Comment diable as-tu réussi à séduire Hillary ?

J'ai haussé les épaules. Hillary était mon univers. Nous nous sommes rencontrés à l'université et sommes tombés amoureux. Tout était simple avec elle. Elle avait été désignée pour être ma tutrice, et après avoir surmonté ma fierté concernant le besoin d'aide, tout avec elle était devenu facile. Nous avons commencé à discuter et avons accroché. Elle devait être mon éternité, mais une route verglacée a mis fin à ce rêve.

— Tu es encore plus mal que je ne le pensais. Je dois appeler des renforts. James avait sorti son téléphone avant même d'avoir fini de parler.

— Non, s'il te plaît, ne fais pas ça, dis-je alors que mon téléphone vibrait dans ma poche. Puis vibra encore. Et encore.

Message de groupe. Achevez-moi maintenant.

— La plupart des gars sont occupés, dit James une minute et des dizaines de textos plus tard. — Ian est en route.

Qu'ai-je fait pour mériter ça ? Ah oui, j'ai laissé ces crétins devenir mes amis.

James m'a laissé seul à ruminer et bouder pendant qu'il retournait au bar. Sa femme, Trinity, était avec lui, alors j'espérais qu'elle le ramènerait à la maison, mais quand ils sont tous les deux entrés dans mon bureau quelques minutes plus tard, j'ai su que j'étais dans le pétrin.

—J'entends dire qu'on va t'inscrire à un site de rencontres en ligne, dit Trinity en se frottant les mains. Je n'arrive pas à croire qu'il t'ait enfin convaincu.

—Je n'ai jamais dit ça, protestai-je.

Trinity se tourna vers James les yeux plissés. —Tu m'as dit qu'il était partant.

—J'ai dit qu'il devait être partant. Il aurait pu perdre O'Kelley. Cette femme l'a accusé d'avoir tenté de la droguer pour abuser d'elle. Je suis officier de police. Je pourrais l'arrêter.

—Tu n'oserais pas, dit Trinity, en se rapprochant du visage de James. Tu sais très bien que Hudson ne ferait jamais ça.

—Bien sûr que je le sais, mais visiblement la femme avec qui il essayait maladroitement de flirter ne le savait pas.

—Tu essayais de flirter avec elle ? demanda Trinity d'une voix que la plupart des gens réservent aux chiots et aux bébés. Une voix que je n'appréciais pas du tout quand elle m'était adressée.

—Oh, mon Dieu, non. Arrêtez. Je ne peux pas supporter ça, leur dis-je en me levant de derrière mon bureau avec la ferme intention de les jeter hors de mon bureau.

—Supporter quoi ? demanda Ian, en entrant alors que j'essayais de raccompagner les autres dehors. Wow, qu'est-ce qui se passe ?

—Hudson a essayé de flirter avec une cliente, et elle a cru qu'il avait mis de la drogue dans son verre, alors on va l'ins-crire sur l'application de Karissa et lui apprendre à parler aux femmes, puisqu'il est enfin prêt à sortir à nouveau, expliqua James.

—J'ai changé d'avis. Je ne suis pas prêt à sortir avec quel-qu'un. Plus de rendez-vous. J'arrête. Je me sens bien tout seul, dis-je.

—Mec, détends-toi. C'est bon. On va tout configurer, et tu pourras t'entraîner à flirter avec Blake. Trinity ? Ian regarda Trinity, et elle acquiesça. —Toutes les femmes te lais-seront flirter avec elles.

—Je vais mettre fin à mes jours, marmonnai-je.

—Ce n'est pas si terrible, Hudson, dit Trinity. —Les rencontres ne sont pas faciles, mais tu es un homme magnifique, gentil et doux. Tu as déjà la moitié des femmes qui te courent après.

—Hé ! s'écria James.

Trinity haussa les épaules tandis que je ricanais.

—C'est vrai, chéri. Mais c'est avec toi que je rentre à la maison. Tu ne peux pas être jaloux. Trinity lui envoya un baiser.

—Bien sûr que si. Tu ne devrais pas dire que mon ami est magnifique, bouda James.

Trinity leva les yeux au ciel. Elle rejeta ses boucles brunes derrière son épaule et se concentra sur moi.

—Tu n'as jamais de mal à me parler. Sortir avec quelqu'un n'est pas si différent de n'importe quelle autre conversation. Pourquoi as-tu parlé à cette femme ?

Je pointai du doigt son rat de mari. —James m'y a obligé.

Trinity se retourna vers lui avec un regard réprobateur. —Pourquoi l'as-tu forcé à draguer quelqu'un ? Et pourquoi lui as-tu dit d'être bizarre et flippant ?

—Je ne prends pas la responsabilité pour ça ! Je lui ai juste dit de parler à une femme d'autre chose que de ce qu'elle veut boire. Il a été bizarre et flippant tout seul.

Je levai les yeux au ciel. —Je pense qu'il est temps pour vous de partir. Vous tous. Je vais réfléchir à ce que je veux faire. Pour l'instant, j'ai besoin de travailler.

Ils protestèrent, mais je les chassai quand même de mon bureau. Pour maintenir les apparences, je les suivis et m'installai derrière le bar.

—Ça va, patron ? demanda Jonathan.

J'acquiesçai et me déplaçai à l'autre bout du bar pour prendre des commandes. Au moins, je savais que je pouvais gérer ça.

O'KELLEY'S ÉTAIT FERMÉ. Les lumières étaient éteintes et l'endroit était vide. J'aurais dû rentrer chez moi, mais pour une raison quelconque, j'étais dans mon bureau en train de chercher l'application de Karissa.

Je l'avais téléchargée avant, mais je n'avais jamais créé de compte. Je n'en avais jamais voulu. Je n'étais pas prêt à sortir avec quelqu'un. Je n'étais toujours pas sûr de l'être, mais voir mes amis tomber amoureux me rendait plus qu'un peu jaloux. Je voulais retrouver ça. Quelqu'un à qui rentrer chez moi. Quelqu'un qui m'attendait. Quelqu'un qui entrerait et sourirait simplement parce que j'étais là.

Avant de pouvoir me dissuader de m'inscrire, j'ai appuyé pour créer un compte. La première chose demandée était un pseudo.

Un pseudo. Putain, comment j'étais censé savoir quoi choisir ? Je ne voulais pas m'inscrire aux rencontres en ligne. Je voulais rencontrer une femme comme j'avais rencontré Hillary. D'une manière décontractée, confortable, normale. J'étais forcé de procéder ainsi.

J'ai tapé le côté de mon téléphone pendant une minute, puis j'ai levé les yeux au ciel et j'ai écrit *IciParForce*.

Suivant.

Bordel. Page une sur sept. Ça allait me prendre toute la putain de nuit pour remplir ce stupide questionnaire.

J'ai grogné et je me suis lancé. C'était mieux que de ne rien faire du tout. Et puis quand les rencontres en ligne ne marcheraient pas, je pourrais leur dire à tous que j'avais essayé. Que les seules personnes qui se rencontraient en ligne étaient des tarés et que ce n'était pas pour moi.

Une heure plus tard, j'avais enfin terminé. Mes yeux étaient comme du papier de verre et ma gorge semblait pleine de coton. J'avais besoin d'eau et d'un lit.

La maison n'était pas loin. Le cottage que j'avais acheté il y a quelques années était plus que suffisant pour moi. Trois chambres, deux salles de bains avec une cuisine américaine et un salon. C'était vide et solitaire, mais c'était chez moi.

J'AI FAIT la grasse matinée le lendemain. Je ne faisais jamais la grasse matinée. J'étais toujours debout aux aurores, mais j'ai dormi trop longtemps. Et pire, j'ai encore rêvé d'Anna.

Je n'étais pas content.

Je me suis douché et j'ai enfilé des vêtements propres, puis j'ai couru les trois pâtés de maisons jusqu'au O'Kelley's. Tout était fermé à clé parce que j'étais le seul à travailler pour le service du déjeuner. Je n'avais que dix minutes de retard sur l'heure d'ouverture prévue, mais cela signifiait que j'allais devoir rattraper mon retard pour le reste de la journée car j'aurais dû être là une heure plus tôt.

Personne n'attendait dehors, alors j'ai retourné la pancarte OUVERT et je suis allé directement à l'arrière. J'ai mis en marche le grill et le four et j'ai fait un rapide inventaire de ce que nous avions sous la main et de ce qui commençait à manquer. Charlie, le cuisinier à temps plein et responsable officieux de la cuisine, me ferait une liste d'ici la fin de la semaine, mais puisque j'étais dans la cuisine, je voulais savoir ce dont je disposais.

J'avais à peine fini de mettre les choses en route quand j'ai entendu la porte s'ouvrir. J'ai vérifié ma montre et j'ai vu qu'il était déjà presque midi, ce qui signifiait que la petite affluence du déjeuner allait bientôt commencer.

J'ai noué un tablier autour de ma taille, glissé ma casquette sur ma tête, et poussé la porte de la cuisine pour voir qui se trouvait dans le bar.

Et je me suis figé.

Anna Charlotte.

—Notre déjeuner est-il prêt ? a-t-elle demandé. Pas de bonjour, pas de comment ça va, rien du tout. Juste des aboiements comme un chien enragé.

—Quel déjeuner ? Je n'avais aucune idée de ce dont elle parlait.

Anna a croisé les bras et levé les yeux au ciel. J'ai remarqué ce deuxième geste bien après le premier parce que croiser les bras signifiait mettre en valeur cette poitrine qui figurait dans mes rêves.

Putain de merde.

J'ai ajusté mon sexe qui durcissait et me suis penché plus près du comptoir pour qu'elle n'ait aucune chance de voir l'érection matinale que j'arborais. Ouais, c'était mon excuse.

—Finley m'a dit qu'elle vous avait envoyé un SMS pour commander le déjeuner. Elle m'a dit de venir le chercher parce que vous l'avez toujours prêt. Ce sont ses mots, pas les miens. Clairement, elle se trompait.

Mon cerveau a mis quelques secondes à comprendre ce qu'elle disait avec ces seins ronds et pleins exposés pour moi. Bon sang, cette femme devait-elle porter un haut qui montrait autant de décolleté ? Je jure devant Dieu que je pouvais voir la moitié de ses seins. Pas que je me plaigne, mais merde.

—Je n'ai pas mon téléphone sur moi, ai-je finalement lâché. —Quelle était la commande ?

—Comment faites-vous pour gérer une entreprise ?

—Je me débrouille plutôt bien, merci, ai-je aboyé.

Elle a pincé ses lèvres roses et pulpeuses et levé à nouveau ses yeux perçants marron. —Oui, je vois ça. Elle a fait un geste en direction de mon bar vide.

—Peu importe. Voulez-vous déjeuner ou non ?

—Oui, mais je gaspille toute ma pause déjeuner à vous parler. Je ne peux pas attendre que vous prépariez quelque chose. Je vais trouver autre chose. Et je vais m'assurer que Finley sache qu'on ne peut pas vous faire confiance pour avoir de la nourriture prête.

Anna est sortie en trombe avec un soupir d'exaspération et un balancement de ses hanches trop tentantes.

La porte claqua derrière elle, et je pus enfin respirer. Anna Charlotte était aussi inaccessible qu'une femme pouvait l'être. Je devais vraiment convaincre ma queue d'être sur la même longueur d'onde que moi à ce sujet, parce que ça n'arriverait jamais. Jamais.

2

ANNA

Je suis retournée à grands pas vers Petits ami du Livre Illimité, la fureur et la frustration me suivant de près. J'ai poussé la porte avec force, grimaçant quand elle a claqué contre le mur. —Désolée."

Finley, ma patronne et amie, a surgi de derrière une rangée de livres. Son carré brun et ses piercings lui donnaient un air un peu dur sur les bords, mais le bébé sur sa hanche adoucissait cette femme que je savais être plus sensible que métallique. —Tout va bien ?"

J'ai levé les yeux au ciel. —Hudson n'avait pas préparé notre déjeuner. Ni même commencé. Il ne savait même pas de quoi je parlais. J'ai couru jusqu'à Cracked. Blake a demandé à Earl de nous préparer quelque chose. Je suis désolée d'avoir été absente si longtemps."

Finley a haussé les épaules comme si ce n'était pas grave, mais elle était la propriétaire. Et mariée à l'homme qui avait donné son nom à toute la ville. L'argent n'était pas un problème pour elle. Pas comme pour moi. Si je prenais une pause plus longue, je gagnais moins. Si l'un de mes garçons était malade, je gagnais moins. C'était ce que j'avais accepté en commençant à travailler pour Finley, donc je n'en étais pas contrariée, mais c'était ma réalité. Une réalité qu'elle ne pouvait pas comprendre.

—Ce n'est rien. Merci d'être sortie pour aller le chercher. Celui-là a envie de bouger, donc il devient difficile à emmener."

J'ai souri à Finley et à son fils, George. Il était un magnifique mélange d'elle et de son nouveau mari, Trent. Son sourire était tout Finley, mais ses yeux pétillaient comme ceux de son père. Mes garçons étaient pareils, un mélange de mon ex et moi. J'espérais juste qu'un jour Finley ne regarderait pas son fils en ressentant ce que je ressentais à propos de mon ex.

—Je vais manger vite pour être disponible pour les clients."

—Anna, ça va. J'aurais dû appeler Hudson quand je n'ai pas reçu de réponse à mon texto. Je suis désolée."

J'ai haussé les épaules en essayant de faire comme si ce n'était rien. Mais en réalité, j'étais agacée. Pas seulement parce que Hudson était le même homme peu fiable que je pensais qu'il était, mais aussi parce que ma patronne continuait à me pousser dans son orbite. Je n'avais aucun intérêt à passer plus de temps que strictement nécessaire autour de Hudson Grant. Et même ça, c'était trop pour moi.

Finley a gazouillé avec George et m'a fait signe d'aller vers la salle de pause à l'arrière. J'ai mangé mon déjeuner aussi rapidement que possible, puis je l'ai relayée dans la boutique silencieuse. L'automne s'était officiellement installé à L'anse MacKellar. Notre petite ville au bord du fleuve Saint-Laurent était une destination populaire en été, mais quand l'automne arrivait, suivi de près par l'hiver, toute la région devenait calme. Particulièrement des endroits comme Petits ami du Livre Illimité. C'est pourquoi je regardais d'autres offres d'emploi quand Finley est revenue après avoir mangé son déjeuner et nourri George.

—Qu'est-ce que tu regardes ? a-t-elle demandé avant que je puisse fermer l'onglet sur l'ordinateur."

—Rien."

— Tu cherches un nouveau travail ? Elle semblait blessée et un peu inquiète.

— Je suis juste réaliste. Je sais que tu m'as embauchée ici au printemps dernier uniquement parce que tu étais enceinte et que tu avais besoin de quelqu'un pendant ton congé maternité. Les choses se calment en hiver, alors je supposais simplement que ce n'était qu'une question de temps avant que tu ne doives me renvoyer.

— Je ne te renvoie pas, déclara Finley. — Je suis désolée de t'avoir fait penser que je pourrais le faire. Les choses seront calmes ici jusqu'au printemps, mais tu m'as été inestimable. Tu as tellement de bonnes idées et tu as vraiment aidé à augmenter les revenus depuis que tu es là.

Mes joues se réchauffèrent sous ses louanges. Je n'étais pas habituée à ce qu'on parle des bonnes choses que je faisais. D'habitude, j'entendais parler de tout ce que je faisais de travers.

— Trent et moi avons parlé d'intégrer la librairie sous la bannière de MacKellar Investments. Il aime ton idée d'ouvrir des librairies dans certains hôtels et de mettre en avant des auteurs locaux dans chacune d'elles. Nous pensons tous les deux que c'est une idée formidable.

— Bien, dis-je, forçant un sourire. Oui, j'étais douée pour trouver des idées qui rapportaient beaucoup d'argent aux autres, jamais à moi-même. Et finalement, ils commençaient à présenter ces idées comme les leurs et n'avaient plus besoin de moi. Ça arrivait tout le temps.

— Je ne te laisse pas partir, Anna. Je te le promets. J'apprécie vraiment tout ce que tu as fait pour moi, et je veux continuer à travailler ensemble. À moins que tu ne sois pas heureuse ici. Dans ce cas, je dépasse complètement les bornes et je suis une idiote. Y a-t-il quelque chose que je puisse faire pour te rendre heureuse et te faire rester ?

Je laissai échapper un rire et secouai la tête. — Je suis très heureuse ici. Je suis aussi très réaliste concernant ce que signifie travailler dans n'importe quel type d'emploi lié au tourisme ici pendant l'hiver. Je ne veux pas être un fardeau ou te faire sentir que tu n'as pas d'autre choix que de me garder et ensuite fermer le magasin parce que tu as perdu tellement d'argent.

— Rien de tout cela ne va arriver. Tout va bien.

Je forçai un nouveau sourire pour elle et hochai la tête. J'aimais vraiment Finley, mais je ne travaillais avec elle que depuis un peu plus de six mois. Je ne la connaissais pas bien. Elle m'invitait constamment à son club de lecture, mais j'avais jusqu'ici évité ses tentatives. Elle essayait d'être gentille. Les gens n'appréciaient pas vraiment de socialiser avec les employés. C'était une autre leçon que j'avais apprise à la dure.

Une cliente entra et détourna l'attention de Finley quand elle s'extasia sur le bébé George. Je les laissai discuter et m'occupai de l'inventaire et des commandes en ligne.

Peu de temps après, Finley partit pour la journée. Ses horaires étaient la plupart du temps irréguliers, ce qui ne me dérangeait pas du tout. J'avais un emploi du temps à cause de mes garçons, et Finley était formidable pour me donner du temps libre à passer avec eux. Non pas que je le prenais. J'avais davantage besoin d'argent. Mais c'était une gentille attention.

LE MERCREDI ÉTAIT DEVENU mon jour le moins préféré de la semaine. C'était le jour où je travaillais jusqu'à la fermeture à Petits ami du Livre Illimité, et où mon aîné travaillait chez O'Kelley's. Joey y avait décroché un emploi il y a un an, quand il avait aperçu une facture impayée sur le comptoir. Je n'avais pas l'intention qu'il la trouve, mais c'est arrivé. Et il a pris les choses en main.

Mes enfants étaient formidables. Tous les deux. Ce n'était pas la première fois que Joey décidait d'aider à la maison, mais c'était la première fois qu'il le faisait d'une manière qui ne le conduirait pas en prison. Heureusement, cela n'est pas arrivé, mais il a eu de la chance et il le savait.

J'ai fermé la librairie à clé et j'ai serré mon manteau plus étroitement autour de moi. Il était quelques tailles trop petit et démodé depuis plusieurs années, mais je ne pouvais pas me permettre de m'acheter un nouveau manteau. Pas quand j'avais deux garçons en pleine croissance qui avaient constamment besoin de choses.

La marche jusqu'à O'Kelley's était courte, mais je résistais à chaque pas. Je savais que Hudson serait là. Et je savais qu'il aurait quelque chose à dire sur ma façon de lui parler la veille à propos du déjeuner. Non pas que je lui devais des excuses. Si quelqu'un devait s'excuser, c'était plutôt lui.

La chaleur et les odeurs m'ont frappée dès que j'ai ouvert la porte. Cela me donnait envie d'entrer et de m'installer un moment. O'Kelley's était le genre d'endroit que j'aurais probablement adoré fréquenter, si ce n'était pas pour le propriétaire insupportable et le fait que je n'étais pas et ne serais jamais de son milieu.

J'ai scruté le bar à la recherche de Joey, le repérant à l'autre bout en train de débarrasser une table. Ce travail lui faisait du bien, même si je n'étais pas contente quand j'ai découvert qu'il était allé chercher un emploi sans m'en parler d'abord. Au cours de l'année écoulée, ses notes s'étaient améliorées, et il était plus serviable à la maison. Il grandissait.

Une fois que j'ai su où se trouvait Joey, je me suis dirigée vers le bar pour trouver Matty. Il s'asseyait toujours sur le même tabouret tout au bout du bar, au plus près de la cuisine. Il m'avait dit qu'il faisait ses devoirs dans le bureau de Hudson quand il arrivait après l'école, puis Hudson le laissait aider au bar. Matty trouvait amusant de faire des choses comme remplir les salières et les poivrières et empiler les serviettes dans les distributeurs.

Alors que je m'approchais de Matty, Hudson s'approcha de lui avec un sourire, le genre de sourire qu'il ne m'adressait jamais. Hudson a dit quelque chose à mon fils qui l'a fait lever les yeux vers Hudson comme s'il était son héros. Matty a hoché la tête, et Hudson a levé la main pour un high-five. Matty s'est joyeusement exécuté. Tous deux ont ri, puis Hudson a commencé à s'éloigner.

Il a jeté un coup d'œil vers moi, et le sourire sur son visage s'est transformé en grimace. Voilà qui me semblait plus normal.

J'étais à l'aise avec ça. Avec le fait qu'il me déteste. C'était bien de voir qu'il était gentil avec mon enfant, mais je n'avais pas besoin qu'il soit gentil avec moi.

—Salut, Matty, ai-je dit, ignorant l'homme de l'autre côté du comptoir.

—Maman ! Hudson a dit que je peux lui dessiner un nouveau logo pour le bar. C'est pas génial ?

Mes sourcils se sont levés. —C'est super. Tu vas bien t'amuser avec ça.

—Je sais. C'est tellement cool. Et puis tout le monde verra mon art. Mme Trinity n'arrête pas de me dire que c'est bon, mais je sais qu'elle dit ça uniquement parce qu'elle est mon professeur.

—Je suis sûre... commençai-je, pour être immédiatement interrompue.

—Non, ce n'est pas vrai, dit Hudson fermement. Trinity adore ce que tu fais. Elle m'a montré certains de tes dessins. C'est pour ça que je t'ai demandé de me créer quelque chose. Elle est venue déjeuner ici aujourd'hui et n'arrêtait pas de se vanter de ton travail acharné et de ta créativité.

Les joues de Matty rosirent, et il sourit timidement à Hudson. —Vraiment ?

Hudson hocha la tête. —Absolument. Tu es incroyable, mec. N'en doute jamais. Ne laisse jamais personne te faire douter de ça.

—Est-ce que tu insinues que je lui fais douter de son talent ? aboyai-je. Il ne pouvait pas être sérieux.

Hudson leva lentement son regard froid vers moi, se redressant encore plus lentement. Centimètre par centi-mètre, cet homme me dominait de toute sa taille, croisant ces bras qui faisaient baver toutes les femmes dans un rayon d'un kilomètre, et marquant une pause juste assez longue pour que ce soit inconfortable. —Je n'ai rien dit concernant vous. Si vous pensez que c'est peut-être le cas, c'est quelque chose que vous devez résoudre vous-même. Ne me mettez pas ça sur le dos.

Je plissai les yeux vers lui. Mon Dieu, cet homme me rendait folle. Et pas dans le bon sens. Enfin, pas seulement dans le bon sens. Je n'étais pas idiote. Hudson Grant était le parti le plus convoité de la ville, peut-être même du comté. Il était fort, stable et magnifique. Mais ce n'était pas l'homme qu'il me fallait. Personne ne l'était. J'ai déjà essayé, j'ai les fils pour le prouver. Je n'avais aucun intérêt à recommencer. C'est pourquoi mon vagin était aussi poussiéreux qu'une usine textile abandonnée. Mais je ne me plaignais pas. Je préférais avoir un vagin desséché et un cœur intact plutôt que de risquer de me faire briser le cœur à nouveau juste pour quelques mois ou années de bon sexe. Aucun sexe ne valait ça.

—Joey a-t-il terminé son service ? demandai-je, au lieu de répondre à sa remarque insultante.

—Ouais, j'ai fini, maman. Je viens de pointer, Hudson. J'ai passé le relais à Danielle.

—Merci, Joey. Bon travail aujourd'hui. Je te verrai samedi pour préparer la fête. Tu peux rester si tu veux, mais tu ne peux pas travailler après 21 heures.

—On peut rester, maman ? supplia Matty.

—Je ne suis pas sûre que ce soit une bonne idée, dis-je immédiatement.

—C'est pas juste. Pourquoi Joey a le droit de tout faire ?

—Joey ne va pas venir à une fête dans un bar, dis-je, regardant tour à tour mes fils.

Joey pâlit. —Quoi ? Pourquoi pas, Maman ? Tous mes amis seront là. C'est un événement communautaire. Toute la ville sera décorée pour l'occasion, et ce n'est qu'un arrêt parmi d'autres. Tierney et moi... Pourquoi je ne peux pas venir ?

—Ouh, Tierney, se moqua Matty.

—La ferme, morveux, rétorqua Joey.

—Ça suffit, aboyai-je. —Tous les deux. Matty, fiche la paix à ton frère au sujet de sa copine. Joey, ne traite pas ton frère de noms.

—Mais il est— commença Joey.

—Non. Assez. On parlera de cette fête plus tard. Si tu dois travailler, je n'ai pas le choix, mais ça ne veut pas dire que je dois te laisser déambuler dans toute la ville un samedi soir.

—Mais, Maman, gémit Joey.

—Va. Maintenant. On a terminé. Je pointai la porte du doigt, ignorant Hudson qui observait toujours notre dispute.

Joey baissa les épaules. Il fit un signe à Hudson, puis traîna les pieds vers la sortie. Matty fit un high-five à Hudson, puis suivit son frère.

J'ai croisé le regard de Hudson avant de me détourner. Je ne voulais pas. Je n'en avais pas envie. Ce crétin me souriait d'un air narquois, comme s'il avait mentionné la fête exprès parce qu'il savait que ça rendrait ma soirée infernale. Connard.

Le trajet du retour fut tendu. Les deux garçons défendaient leur cause. Finalement, je leur ai dit que j'y réfléchirais, ce qui provoqua plus de gémissements et un *bon, ça veut dire non* de la part de Matty. Je voulais simplement dire non, mais j'avais promis d'y réfléchir, et c'est ce que j'allais faire.

—TU SAIS quelque chose sur cette fête d'Halloween samedi ? demandai-je à Finley le lendemain au travail.

—Ouais, c'est génial. Toute la ville y participe. Comment tu peux ne pas être au courant ?

J'ai haussé les épaules, gênée d'admettre que je ne m'impliquais jamais dans les activités de la ville. Entre le manque d'argent et le sentiment de ne pas vraiment faire partie de la communauté, j'évitais la plupart des événements.

— Ouais, c'est génial. Il y a un labyrinthe de bottes de foin dans le parc Catherine, et beaucoup de boutiques installent des décorations d'Halloween et organisent des événements spéciaux. J'ai participé de temps en temps, mais comme ma boutique n'est pas familiale, je ferme généralement pour la soirée et je vais à la fête. Hudson décore le bar. Il adore Halloween. Cracked participe. Et la boulangerie Cove aussi. Tellement d'endroits. Tu vas y aller ?

— Je ne suis pas sûre. Hudson en a parlé hier. Joey

travaille pour aider à l'installation, et il veut y aller avec Tierney. Mais Hudson a dit quelque chose devant Matty, alors maintenant il veut y aller aussi.

— C'est super amusant. Et décontracté, parfait pour les enfants. On emmène George. Je veux dire, il ne s'en souviendra pas, mais on se déguise en famille et on y va.

— En quoi vous déguisez-vous ?

— Les Pierrafeu. C'était l'émission préférée de Trent quand il était petit.

— C'est mignon.

Finley a ri doucement. — Je pense aussi. Que fais-tu normalement à Halloween ?

J'ai haussé les épaules et secoué la tête. — Rien de spécial, vraiment. Dans notre quartier, on ne fait pas de porte-à-porte pour les bonbons, et ça n'a jamais eu de sens d'aller ailleurs. Si Hudson n'avait pas parlé devant Matty, je n'aurais pas eu à m'inquiéter de tout ça. Il l'a fait exprès.

Finley a pouffé. — Peut-être. Mais c'est amusant. De toutes les choses que Hudson pourrait faire, celle-ci n'est pas si terrible.

— Je suppose, ai-je protesté.

— Tu t'es inscrite à À la Recherche du Héros Littéraire Parfait finalement ?

Ce changement brusque de sujet m'a donné le tournis. — Euh, non. Pourquoi ?

Finley a haussé les épaules. — J'étais juste curieuse. Je pense vraiment que tu devrais le faire.

— Je ne suis pas sûre que les rencontres fassent partie de mon avenir. Je n'ai vraiment pas envie de m'impliquer avec qui que ce soit à nouveau. Après Nick, je n'ai plus aucun intérêt pour les hommes.

— Du tout ?

— Non.

— Même pas pour une nuit ?

— Je croyais que c'était une appli de rencontres.

Finley haussa les épaules. — C'est comme ça que j'ai rencontré Trent. On a matché là-bas et on s'est retrouvés au O'Kelley's avant de partir ensemble. On savait tous les deux que c'était pour une nuit. Je ne connaissais même pas son nom.

— Tu plaisantes, n'est-ce pas ?

Finley rit. — Non. On ne se connaissait pas du tout. Mais je suis tombée enceinte et j'ai dû le retrouver. Sans George, je n'aurais probablement jamais revu Trent.

Je me forçai à lui sourire parce que je savais qu'elle s'y attendait. Son histoire ressemblait un peu à la mienne, sauf que mon histoire n'avait pas la fin heureuse que la sienne aurait peut-être. Mon histoire impliquait un connard menteur et infidèle qui faisait des promesses qu'il ne tenait jamais et qui m'avait convaincue de l'épouser. Mes garçons auraient à jamais un père minable, et je serais à jamais divorcée et célibataire, sans espoir d'obtenir un jour cette fin heureuse à laquelle je croyais autrefois.

— En tout cas, tu devrais vraiment t'inscrire. Toutes mes amies en couple ont trouvé leur mec sur cette appli. C'est magique.

— Ça ressemble définitivement à quelque chose que je ne devrais pas faire.

Finley rit. — Allez, quoi. C'est calme ici. Faisons-le maintenant.

— Euh...

Finley agita ses doigts vers moi jusqu'à ce que je capitule et lui donne mon téléphone. — Déverrouille-le.

Merde. Elle était intelligente. Je l'ai déverrouillé et le lui ai rendu.

Quelques tapotements plus tard, elle téléchargeait l'appli.
— Tu veux quel pseudo ?

— Que penses-tu de *Je ne veux pas être ici* ?

Finley pouffa. — Mes amis m'ont forcée à faire ça. Parfait. Allez, trouvons-toi un homme.

Mon estomac se noua. J'aurais préféré aller à la fête d'Halloween nue. Mais Finley Jameson-MacKellar n'était pas le genre de femme avec qui on discutait. Surtout quand elle était ta patronne.

3

—————

HUDSON

J'ai vissé la dernière ampoule rouge et j'ai sauté de la chaise. Ça avait sacrément fière allure, si je puis dire.

Halloween a toujours été une période amusante pour moi. Hillary détestait ça, mais moi, j'adorais. C'était une fête entièrement consacrée à l'amusement. Je n'étais pas fan des aspects effrayants puisque c'était une fête adaptée aux enfants, mais j'aimais bien. Je n'étais pas sûr de ce que j'allais faire pour le bar cette année, mais Joey avait suggéré un cimetière, et j'étais complètement partant.

L'éclairage rouge et orange constituait la première partie. Il jetait une lueur inquiétante sur tout, donnant au bar l'apparence du crépuscule. J'ai remplacé quelques ampoules orange par des bleu marine et j'ai trouvé le résultat meilleur. Un peu plus sombre, ce qui était toujours bien pour Halloween.

Une fois l'éclairage décidé, il fallait positionner les pierres tombales. J'en avais trouvé un tas en ligne avec des noms hilarants comme Noah Scape et Izzy Gone. Les gens étaient vraiment ingénieux.

Danielle a sifflé en entrant. —Salut, patron. Le bar a l'air génial. Tu as besoin d'aide ?

J'ai acquiescé. —Ouais. J'essaie de déterminer où mettre les pierres tombales.

—Eh bien... Danielle a posé ses affaires sur une table et a regardé autour d'elle. —Tu as un plan pour ce que les gens vont faire ? C'est une soirée normale ce soir, ou tu essaies de faire entrer et sortir les gens rapidement ?

J'ai haussé les épaules. —J'sais pas.

Danielle a ri. Elle travaillait pour moi depuis presque un an. Elle était intelligente, sympathique et ne se laissait marcher sur les pieds par personne. Elle me rappelait beaucoup Piper.

—Je dirais que les choses devraient se dérouler normalement, mais peut-être avoir des trucs adaptés aux familles d'un côté. Comme ça, les familles qui passeront n'auront pas à s'inquiéter de recevoir de la bière sur eux ou quoi que ce soit du genre.

—Bonne idée. Comment on fait ça ?

Danielle a trié les pierres tombales et a séparé celles qui étaient un peu moins appropriées pour tous les âges. Nous les avons déplacées vers le côté du bar où se trouvaient les tables de billard. J'avais prévu de les aligner sur les murs, comme décoration, mais Danielle, Joey, Jonathan et Sam ont tous travaillé ensemble pour créer des allées et des stations pour les clients.

— Eh bien, bon sang, je n'aurais jamais trouvé tout ça. Merci à tous, dis-je.

Ils acceptèrent les éloges et s'affairèrent à tout préparer pour la soirée.

Tout commençait pour la ville à dix-sept heures. Assez tôt pour que les enfants puissent en profiter avant que les adolescents et les adultes ne deviennent trop effrayants. Le service du dîner était chargé, et j'aidais Charlie en cuisine quand j'ai entendu un fracas.

— Tu veux aller voir ce qui se passe ? me demanda Charlie.

Je secouai la tête. — Pas vraiment.

Il ricana. — Tu vas y aller quand même ?

— Tu essaies de te débarrasser de moi ?

— Non. Je sais juste que tu es un maniaque du contrôle et que tu as besoin que les choses soient faites à ta façon.

J'ouvris la bouche pour argumenter quand la porte s'ouvrit. Joey me regarda avec une expression abasourdie.

— Qu'est-ce qui s'est passé ?

— Quelqu'un s'est mis devant moi quand je portais un plateau. Je l'ai laissé tomber.

— D'accord. Nettoie tout ça. Tu l'as déjà fait avant.

Il hocha la tête.

— Y a-t-il autre chose ?

Il secoua la tête.

— Qu'est-ce qui se passe ? Pourquoi as-tu l'air d'avoir peur de sortir ? Il s'est passé autre chose ?

Il secoua la tête. — Elle porte un tout petit bikini et son... tu sais... est sorti quand elle m'a percuté.

Charlie éclata de rire.

Je lui lançai un regard noir et me dirigeai vers Joey. —Tu l'as touchée ?

—Non ! Bien sûr que non.

—Tu lui as dit quelque chose ?

—Non.

—Tu as fait quelque chose d'inapproprié ?

—Non. C'était juste là. Je me suis penché pour ramasser les affaires, elle a fait pareil, et c'était directement devant mon visage. Je suis juste parti.

J'ai hoché la tête, me demandant quel enfer sa mère allait me faire vivre pour ça. C'était après le rush du dîner, et presque l'heure pour Joey de pointer la sortie, et il s'était retrouvé nez-à-seins avec une femme qui avait probablement déjà trop bu.

—Tu veux que je m'en occupe ? ai-je demandé.

—Non, je gère. C'est mon boulot. Je suis désolé.

—Tu n'as pas à t'excuser. On dirait que c'était un accident, et que cette femme essayait d'aider, mais n'était visiblement pas consciente de sa tenue débraillée. Si elle dit ou fait quoi que ce soit, préviens-moi et je m'en occuperai.

Joey hocha la tête et prit la pelle et le balai.

Dès que la porte se referma derrière lui, Charlie laissa échapper un rire tonitruant. —Oh, ce pauvre gamin ! Nez-à-téton et aucune idée de quoi faire ! Je vais nettoyer pour lui. Tu t'es vite proposé pour celle-là.

Je lui ai lancé une serviette en ricanant. —Ce n'est pas pour ça, et tu le sais. J'ai eu plein de femmes qui se sont jetées sur moi. Ce n'est pas mon genre.

Charlie riait toujours. —Ouais, mec, mais bon sang. Parfois une femme rend les choses trop faciles. J'aime un peu de défi.

—C'est ce que tu dis à ta femme ?

Il ricana. —Crois-moi, elle représente déjà un défi plus que suffisant pour moi.

J'ai souri. —Elle te maintient sur le qui-vive.

—Tout à fait. Et elle me donne envie d'en redemander. Je ne veux personne d'autre qu'elle. Je... Que s'est-il passé ? Charlie avait changé de ton trop rapidement.

Les poils de ma nuque se sont hérissés. Je me suis retourné et j'ai vu Joey qui tenait son poignet, une serviette autour de sa main.

—Je me suis coupé. Je ramassais le verre et quelqu'un m'a bousculé. Joey s'est approché de moi, du rouge s'infiltrait dans la serviette.

C'était l'un de ces moments où j'avais envie de rire parce

que je pensais qu'il plaisantait, mais l'expression sur son visage était trop sérieuse. S'il me faisait une blague, il était sacrément doué.

—Lavons d'abord ta main. Si tu as besoin de points de suture, on appellera ta mère pour s'en occuper.

—Je n'aime pas les aiguilles, a dit Joey, son visage pâlissant.

—Personne ne les aime, gamin. Voyons d'abord si tu en as besoin. Lave-toi. Je l'ai guidé vers l'évier et j'ai posé ma main sur son épaule.

Il a lentement défait sa serviette, révélant une petite coupure sur sa paume gauche, près de son index. Le sang suintait de la blessure, coulant le long de sa main. Je ne pensais pas que c'était grave, mais ça ne voulait pas dire grand-chose vu que ma formation médicale était inexistante.

Joey a tressailli quand l'eau a touché sa peau, puis encore quand j'y ai versé du savon.

—Hé, patron, tu veux que je trouve quelqu'un pour finir de nettoyer ? a demandé Charlie.

—Ouais. Merci, ai-je dit.

Je me suis concentré sur Joey pendant que Charlie quittait la cuisine pour trouver quelqu'un qui nettoierait le reste du verre brisé.

Joey s'est lavé la main trois fois, puis nous l'avons séchée avec une serviette propre. Je l'ai conduit au bureau où j'avais une trousse de premiers secours. La coupure était petite, un demi-centimètre tout au plus. Le saignement s'était presque arrêté. Il maintenait la plaie fermée avec ses doigts, mais je savais qu'elle saignerait à nouveau s'il arrêtait.

J'ai sorti mon téléphone et j'ai appuyé sur le nom de Nico pour un appel vidéo. Le téléphone a bipé jusqu'à ce qu'il décroche, presque invisible dans l'espace sombre où il se trouvait.

— Salut, Hud. Qu'est-ce qui se passe ?

— Joey s'est coupé la main sur du verre brisé chez O'Kelley's. On a nettoyé et on fait pression dessus, mais je ne suis pas sûr si ça nécessite des points de suture.

— Où êtes-vous ? Laura et moi sommes à une table.

— On est dans le bureau.

— J'arrive.

Nico a raccroché, et j'ai remis mon téléphone dans ma poche.

— Ça va ? ai-je demandé à Joey.

Il a hoché la tête, mais je pouvais voir qu'il essayait de faire le brave.

— Tu as le droit de ne pas aller bien, lui ai-je dit. — La première fois que je me suis blessé en jouant au ballon, j'avais tellement mal que je voulais pleurer. J'ai fait semblant d'aller bien, et ça a prolongé ma convalescence parce que mes entraîneurs pensaient tous que ce n'était pas aussi grave que ça l'était.

— Ce n'est pas la même chose.

— Bien sûr que si. Tu travailles pour moi. Je ne vais pas t'obliger à sortir et à porter des trucs si ta main te fait mal.

— Ma mère va me tuer, a marmonné Joey.

Sa mère va me tuer.

Je n'avais vraiment pas hâte à cette conversation. Anna était une maman ourse, même dans ses meilleurs jours. Et ce n'était pas un de ces jours.

Un coup à la porte fut suivi par l'arrivée de Nico et Laura, et juste derrière eux, Anna.

— Joey, que s'est-il passé ? Est-ce que ça va ?

— Ça va, Maman. C'était juste un accident. Je nettoyais des éclats de verre, et—

— Pourquoi nettoyais-tu des éclats de verre ? s'écria Anna.

— C'est mon travail, Maman. Quelqu'un m'a bousculé. C'était un accident.

— C'est exactement pourquoi je ne voulais pas que tu travailles ici. Je n'aurais jamais dû l'autoriser. Je ne sais pas à quoi je pensais.

Laura s'est approchée d'eux et a calmé Anna tandis que Nico venait vers moi. — Désolé. Elle parlait avec Laura et a entendu notre conversation. Elle nous a suivis jusqu'ici.

— Ce n'est pas grave. Elle allait finir par le découvrir. Je veux juste m'assurer qu'il va bien et qu'il n'a pas besoin d'aller à l'hôpital ou quelque chose comme ça.

Nico a hoché la tête. — Laura va examiner ça, et elle va le soigner.

— Pas toi ?

Nico a secoué la tête. — C'est elle qui s'occupe de ce genre de choses le plus souvent. Je peux suturer une plaie chirurgicale, mais pour des petites blessures comme celle-ci, c'est elle l'experte.

J'ai acquiescé et j'ai observé Laura parler à Joey et Anna. Les épaules d'Anna étaient remontées jusqu'à ses oreilles. Joey semblait un peu pâle, mais il a soupiré et souri quand Laura a dit qu'il n'avait pas besoin de points de suture.

— Je vais te mettre un bandage, si tu es d'accord, a dit Laura.

Joey a hoché la tête et s'est appuyé contre le dossier de la chaise.

— Tu es sûre qu'il n'a pas besoin d'aller à l'hôpital ou dans un centre de soins d'urgence ou quelque chose comme ça ? a demandé Anna. Sa voix était aiguë et tendue.

Je comprenais. C'était son enfant. L'une des personnes les plus importantes dans son monde. Et il souffrait.

C'était vraiment difficile à regarder, et comme on n'avait plus besoin de moi, j'ai dit à Nico d'utiliser le bureau aussi longtemps qu'ils le voudraient et je suis retourné à la cuisine pour aider Charlie.

Il était en pleine activité quand je suis arrivé, les

commandes alignées et prêtes à être livrées. Jonathan faisait de même derrière le bar. Entre eux deux, j'avais l'impression de ne pas vraiment être nécessaire. C'était plutôt une bonne sensation.

J'ai déambulé dans la foule, bavardant et riant avec les clients. Nico et Laura sont revenus et ont rejoint notre groupe d'amis. Nico m'a fait un pouce en l'air, j'ai donc pris ça comme un bon signe.

Je suis retourné au bar et j'étais sur le point de me diriger vers la cuisine quand Anna m'a arrêté.

—Vous n'avez pas jugé bon de m'appeler ?

—Pardon ?

—M'appeler. Quand vous avez constaté que mon fils était blessé. Pourquoi ne m'avez-vous pas appelée ?

—J'essayais de gérer la situation. Il m'a expliqué ce qui s'était passé, et j'ai fait de mon mieux. J'ai pensé que le faire examiner par un médecin et une infirmière était une bonne idée.

—Bien sûr que c'était une bonne idée, mais il est mineur. En tant que tutrice unique, j'aurais dû être informée. J'aurais également dû être présente. Je ne vous ai pas donné la permission de lui obtenir des soins médicaux.

—En fait, si. C'est dans les documents que vous avez signés quand il a pris ce travail. Légalement, j'ai la permission de lui obtenir des soins médicaux si nécessaire dans le cadre de son emploi.

Elle a poussé un soupir exaspéré, et j'ai profité de ce moment pour me rendre dans la cuisine.

—Ça va ? ai-je demandé à Charlie.

—Tout est sous contrôle, patron. Comment va le gamin ?

—Bien. Laura l'a soigné. Pas besoin de points de suture.

—Je parie qu'il est soulagé de l'apprendre.

—Ouais.

—Tu peux aller profiter de la fête un moment. Je te ferai signe si j'ai besoin d'aide.

J'ai pouffé. —Non, tu ne vas pas craquer. Tu vas juste faire ce qu'il faut comme toujours."

Il a ri. —Alors ça veut dire que je n'avais pas besoin d'aide."

J'ai ri et j'ai secoué la tête, comprenant que j'étais congédié.

Sans y réfléchir, je suis sorti de la cuisine et me suis retrouvé nez à nez avec une Anna Charlotte très mécontente.

—Vous êtes encore là ?"

—Nous n'avions pas fini de parler. Vous auriez dû m'appeler. Vous auriez dû me faire savoir que mon fils était blessé. J'aurais dû être votre premier appel, pas celui que vous n'avez même jamais passé."

—Je n'avais pas besoin de vous appeler. Vous étiez déjà là et vous êtes entrée dans mon bureau sans permission."

Elle s'est mise juste devant mon visage. Ses grands yeux marron sont devenus encore plus grands. Ses narines se dilataient sous l'effet de sa colère. Sa poitrine démesurée montait et descendait à chaque respiration saccadée, furieuse.

Putain de merde, elle était magnifique.

Ce qui signifiait que je devais m'éloigner d'elle avant de faire quelque chose que je ne pourrais pas reprendre.

—Qu'est-ce que vous croyez faire ?" a-t-elle crié, attrapant mon bras quand j'ai essayé de la contourner.

Ce feu dans ses yeux m'a fait ricaner. Ce n'était définitivement pas le bon moment pour ça, mais je n'ai pas pu m'en empêcher. Elle était drôle. Elle m'arrivait à l'aisselle et pensait qu'elle pouvait m'intimider.

—Je vais dans mon bureau," ai-je dit par-dessus mon épaule, me dégageant de sa prise.

J'avais besoin d'une minute. Une minute loin d'elle. Ça devenait grave. Elle devenait insupportable. Je l'avais tolérée pendant un moment, mais j'étais en train de perdre le dernier brin de patience que j'avais avec elle. Je savais qu'elle était l'amie de Finley, mais je n'allais pas supporter ses conneries pour qui que ce soit, même Finley.

J'ai fermé la porte derrière moi et me suis dirigé vers mon bureau. Cinq minutes. Juste cinq minutes et je pourrais respirer à nouveau.

Mais la porte ne claqua pas, et je n'arrivai pas jusqu'à mon bureau.

— Il s'est coupé la main. Vous lui avez dit de ramasser du verre par terre et il s'est coupé la main. Comment avez-vous pu faire ça ? Comment avez-vous pu-

— La ferme !

Le reste de sa phrase resta coincé dans sa gorge, sa bouche ouverte et prête à me la cracher au visage. Je n'avais jamais haussé la voix contre elle. Bon sang, je haussais rarement la voix contre qui que ce soit. Mais cette femme. Putain de bordel, elle avait un don. Elle ferait jurer une religieuse. Je n'étais pas une religieuse, mais ma vie sexuelle depuis une dizaine d'années était tout aussi excitante.

— Je-

— Non. Vous n'avez pas le droit de faire irruption ici et de faire ça. C'est mon bureau. Si vous avez un problème avec la façon dont je gère mon entreprise, vous pouvez partir.

Elle ouvrit la bouche pour m'interrompre, et je levai une main pour l'arrêter.

— Si vous n'êtes pas satisfaite que Joey travaille ici, il peut démissionner. Je ne le force pas à rester.

Elle pinça les lèvres comme si elle suçait un citron.

Je vais lui donner quelque chose à sucer.

Cette pensée me fit reculer en trébuchant. Elle était interdite. Tellement interdite qu'elle aurait tout aussi bien pu être dans un autre pays. Je ne pouvais pas... quoi que ce soit avec elle. Je ne pouvais pas l'embrasser, la toucher, la posséder.

Peu importait le nombre de fantasmes que j'avais à son sujet, elle n'était pas et ne serait jamais mienne.

— Joey a besoin de ce travail, souffla-t-elle. «Nous avons besoin de cet argent. Et avant que vous ne commenciez à me dire quelle mère horrible je suis-

— Je ne sais pas d'où vous tenez cette idée, mais je n'ai jamais dit que vous étiez une mère horrible. Tout le monde ne naît pas avec une cuillère en argent dans la bouche. La plupart d'entre nous doivent travailler d'arrache-pied pour obtenir ce que nous avons.

Elle hocha la tête, ses cheveux aux reflets ambrés tombant sur ses épaules et descendant en vagues douces sur sa poitrine. Une poitrine que je n'étais pas autorisé à remarquer. Une poitrine que je ne devrais pas remarquer. Une poitrine que je ne pouvais m'empêcher de remarquer.

— Je n'aime pas voir mon enfant blessé, et vous-

Je fis deux pas vers elle. Ses yeux s'écarquillèrent lorsque j'entrai dans son espace. Je ne lui laissai pas le temps de réagir. Je me penchai simplement et scellai mes lèvres aux siennes.

Instantanément, je sus que j'avais merdé. Elle allait certainement forcer Joey à démissionner. Et elle allait probablement porter plainte contre moi pour agression. Je le méritais aussi. J'avais posé mes mains sur elle sans permission. Sans même penser à demander la permission. Je-

Putain, elle m'a embrassé en retour. Ses lèvres se sont entrouvertes sous les miennes en guise d'invitation. Une invitation que je n'allais pas refuser. Je la fis reculer jusqu'à ce qu'elle heurte le mur, puis je fermai la porte à côté de nous. La dernière chose dont j'avais besoin, c'était que quelqu'un nous surprenne. Pas maintenant que je l'avais enfin dans mes bras.

Hors de question.

4

Ses mains ont glissé sur mon torse. Ses doigts se sont refermés, agrippant ma chemise. Je me suis penché plus près, puis elle m'a repoussé.

L'air a quitté mes poumons d'un coup alors que je trébuchais en arrière. J'ai levé les yeux vers elle, ses lèvres rouges, ses joues empourprées et la colère qui étincelait dans son regard.

Putain.

—Quoi ? Pourquoi ? Ça... Non. Ça ne peut pas arriver. Ça n'arrivera pas. Je ne veux pas que ça arrive.

Je me suis redressé et j'ai hoché sèchement la tête. Mon corps était encore en état d'alerte, prêt à replonger et à finir ce que j'avais commencé. Faire comprendre à toutes les parties de mon anatomie que ça n'allait pas se produire était un processus lent. Un processus rendu encore plus lent quand elle a porté une main à sa poitrine haletante, attirant mon regard vers ses tétons dressés qui appuyaient contre le tissu fin de son costume.

Un putain de costume de soubrette. Bordel de merde. Cette femme n'avait aucune idée de l'effet qu'elle me faisait.

En fait, je ne le savais pas non plus jusqu'à ce que je sois incapable de m'empêcher de l'embrasser. Mais cette tenue, avec la jupe noire moulante, le haut bordé de dentelle qui dévoilait le sommet de globes de chair parfaits, et ces escarpins qui criaient "prends-moi" auxquels j'avais très envie d'obéir, j'étais complètement à côté de mes pompes.

Elle n'avait plus qu'à faire demi-tour et foutre le camp de mon bureau, mais elle n'en fit rien. Elle restait là, ses yeux me foudroyant comme si elle n'arrivait pas à décider si elle voulait m'embrasser à nouveau ou me frapper.

Probablement les deux.

—Tu peux partir maintenant, ai-je grogné, décidant pour elle. Je n'avais aucune envie de lui servir de souffre-douleur. Je l'étais beaucoup trop souvent, et j'avais besoin d'une pause. C'était pour cette raison même que j'étais dans mon bureau en premier lieu. C'est elle qui m'avait suivi.

—Mais... Elle a pris une profonde inspiration, soulevant cette poitrine que mes mains brûlaient de modeler. Elle m'a regardé une dernière fois, puis a pivoté sur un de ses talons et est sortie, claquant la porte de mon bureau derrière elle.

—Putain de merde, ai-je marmonné quand elle fut enfin partie.

Ça n'aurait pas dû arriver. Rien n'aurait dû se passer. Pas avec elle. J'avais décidé que j'étais prêt à recommencer à sortir avec quelqu'un, pas à me torturer. Et passer du temps avec cette femme serait de la pure torture.

Mais ce serait tellement bon.

—Non. Je secouai la tête, essayant de chasser cette pensée. Elle travaillait pour Finley, l'une de mes meilleures amies au monde. Et son fils travaillait pour moi. C'était trop proche. Trop complexe.

De plus, on ne s'aimait pas. Pas du tout. Elle ne me parlait jamais sauf pour s'irriter, et le sentiment était réciproque. Si je devais m'impliquer avec une autre femme, ce ne serait certainement pas avec une qui me donnait l'impression que ma peau était trop étroite et que mon corps était en feu. Dans le mauvais sens du terme.

Non, Anna Charlotte ne serait pas la femme avec qui je commencerais à sortir, à embrasser ou quoi que ce soit d'autre. Nous allions retourner à nous détester et oublier que tout cela s'était produit.

Un coup à la porte fit sursauter mon sexe. Putain de merde. Ce salaud solitaire espérait qu'Anna avait changé d'avis.

—On vient d'en parler, marmonnai-je en me dirigeant vers la porte.

Il n'écoutait pas. Je me rajustai et évoquai mentalement des images du Vieux Bill, un de mes habitués qui s'asseyait au bar les lundis après-midi et me racontait des histoires sur son amour perdu. J'allais lui ressembler dans quelques décennies.

J'ouvris la porte, prêt à sortir si c'était Anna revenue pour un autre round d'engueulades. Mais ce n'était pas elle. C'était Finley avec le petit George, mon filleul, sur sa hanche.

—Qu'est-ce qui est arrivé à Joey ?

—Sérieusement, Fin ? Tu crois que je blesserais intention-nellement ce gamin ?

—Bien sûr que non. C'est pour ça que je demande. Anna est sortie d'ici toute rougie et furieuse, et a traîné les garçons dehors pour qu'ils puissent aller au labyrinthe de foin. Elle a dit quelque chose comme quoi elle ne voulait plus rester ici. Laura a dit que la main de Joey allait bien, mais visiblement, il y a plus à cette histoire.

Je secouai la tête et tendis les bras vers George. Il devenait rapidement ma personne préférée au monde. Il ne me jugeait jamais pour ne pas avoir ma vie en ordre, était toujours content de me voir et sentait toujours bon. Il était un peu comme un chiot, mais je ne dirais jamais ça à Finley.

—Quelqu'un a surgi devant Joey et il a laissé tomber un plateau. Quand il est allé nettoyer, on l'a bousculé et un morceau de verre lui a coupé la main. Il l'a lavée, et Laura l'a examinée, mais tu connais Anna quand il s'agit de Joey qui travaille ici. Je suis surpris qu'elle ne l'ait pas fait démissionner sur-le-champ.

—Est-ce que ça va ? demanda Finley.

Sa capacité à voir au-delà de mes conneries commençait à me taper sur les nerfs. Je ne savais pas si c'était la maternité qui la rendait plus sensible aux émotions et aux besoins des autres ou si nous avions passé trop de temps ensemble, mais quoi qu'il en soit, la dernière chose dont j'avais besoin, c'était que Finley entende parler de ce qui s'était passé dans le bureau avant son arrivée.

J'ai enfoui mon nez dans le cou de George et j'ai souri quand il s'est blotti contre moi. —Ça va. Anna m'a passé un savon, mais ce n'est pas grave. Elle me déteste déjà, c'est juste une raison de plus.

—Je ne pense pas qu'elle te déteste. Je crois qu'elle t'aime bien.

Ma bite a encore fait un bond. J'ai ravalé un gémissement et j'ai secoué la tête. —Non. Tu te trompes complètement sur ce coup-là. Mais ce n'est pas grave. Joey est un employé remarquable, et c'est tout ce qui compte vraiment pour moi.

—Nous savons tous les deux que ce n'est pas vrai.

Je ne pouvais pas risquer de regarder Finley. Pas quand j'étais sûr qu'elle verrait dans mes yeux tout ce que je ressentais pour Anna. À la place, je me suis concentré sur George et je l'ai soulevé par-dessus mon épaule. —Qu'est-ce que tu veux dire ?

—Tu ne te préoccupes pas seulement du fait que Joey soit un bon employé. Tu veux qu'il réussisse ses études et qu'il travaille dur tout en s'amusant. C'est pareil pour Matty. Je sais que tu tiens à ces garçons. Tu tiens à tout le monde dans ton entourage. Si tu es vraiment honnête avec toi-même, tu tiens probablement aussi à Anna.

Je me suis blotti contre George pour éviter encore une fois le regard de Finley. J'ai hoché la tête, espérant que cela la satisferait. —Ce sont de bons gamins.

—C'est vrai. Et Anna est une bonne personne. Je suis désolée que vous ne vous entendiez pas toujours bien, mais je suis sûre qu'un jour ça viendra.

—J'en doute.

—Quoi qu'il en soit, elle est partie, et tu devrais venir profiter de la fête. L'endroit est magnifique, soit dit en passant. Tu fais toujours les choses comme il faut.

J'ai acquiescé, heureux d'être sur un sujet moins risqué qu'Anna. —J'essaie. Je vous rejoins dans une minute. Je dois rédiger le rapport sur Joey pour en garder une trace.

—D'accord, très bien. Et, Hudson ?

—Oui ?

Elle a attendu que je lui remette le bébé et que je croise son regard. —Je sais que tu ne ferais jamais de mal à quelqu'un intentionnellement. Ni à Joey, ni à Anna, ni à personne. Anna le sait aussi. Elle était juste effrayée ce soir. J'apprends que c'est l'émotion par défaut quand on est parent.

J'ai hoché la tête, lui offrant un sourire et un clin d'œil, puis l'encourageant doucement vers la porte.

Celle-là m'a fait mal. J'avais toujours voulu être parent. Hillary et moi en parlions quand elle est décédée. Ne pas avoir d'enfants était le seul regret de ma vie. Non pas que j'aurais pu y faire quelque chose après la mort de ma femme, mais j'aurais aimé avoir des enfants. Avoir Joey et Matty à O'Kelley's, c'était presque comme avoir des enfants, mais pas tout à fait. Je savais qu'ils n'étaient pas les miens, mais ils n'avaient pas de père et je n'avais pas d'enfants, alors parfois je faisais semblant. Pas que je l'aurais jamais admis.

Je me suis assis à mon bureau et j'ai essayé de respirer.

Même si j'avais gardé mon calme quand Joey est venu me voir avec sa main enveloppée dans cette serviette, ça m'avait foutu une trouille pas possible. Il était presque un homme, mais à ce moment-là, je l'ai vu comme un petit garçon. Je voulais juste le prendre dans mes bras et ne plus jamais laisser quoi que ce soit lui arriver.

Mais j'étais son patron, et cela signifiait d'abord m'assurer qu'il allait bien. Le reste, c'était le boulot de sa mère. Et lui rouler une pelle n'avait rien arrangé. Le mieux était que je me tienne à l'écart de la famille Charlotte et que je maintienne une barrière entre moi et eux tous.

J'ai rempli le formulaire rapidement, une formalité plus qu'autre chose, et l'ai ajouté au dossier personnel de Joey, puis je suis retourné à la fête pour me perdre dans l'amusement.

JE N'AI JAMAIS ÉTÉ un grand buveur. Les gens trouvaient étrange que je possède un bar et que je ne boive pas beaucoup, mais je l'avais acheté pour cette raison. Si j'étais toujours entouré d'alcool, l'attrait était moindre. Comme un adolescent qui veut faire quelque chose. Ce n'est attrayant que jusqu'à ce que ce soit permis.

C'est pourquoi j'ai été presque surpris quand, en fin de soirée, je n'arrivais plus à sortir. Je ne me souvenais pas de la dernière fois où j'avais autant bu. Je titubais à travers la fête, discutant avec les clients et riant avec mes amis. Je m'amusais et j'oubliais le reste de la journée. C'est seulement quand les lumières se sont rallumées et que la musique s'est baissée que j'ai réalisé à quel point j'étais parti loin.

J'ai participé tant bien que mal au nettoyage, disant aux quelques employés restants combien j'appréciais leur aide, puis j'ai fermé la porte derrière eux et me suis traîné jusqu'à mon bureau. Ça faisait longtemps que je n'avais pas dormi sur le canapé là-bas, mais rentrer chez moi n'était pas une option, alors je me suis écroulé sur le canapé.

Quand j'ai retrouvé mes esprits, le soleil brillait à peine à travers les fenêtres arrière. Mon bureau faisait face à la rivière, qui était à l'ouest, mais je pouvais dire que le soleil était levé mais pas très haut. À peine le jour.

J'ai regardé mon téléphone et j'ai grogné. J'avais dormi environ cinq heures. Ma tête cognait comme si elle contenait un marteau-piqueur et ma bouche semblait comme si j'avais oublié de retirer les cotons-tiges après une chirurgie dentaire.

Je me suis extirpé du canapé et je me suis dirigé d'abord vers la salle de bain. L'armoire à pharmacie contenait une grande bouteille d'analgésiques. J'en ai avalé quelques-uns et j'ai recueilli de l'eau du robinet dans ma bouche. Les médicaments mettraient un certain temps à faire effet, mais en attendant, j'avais du travail à faire.

L'endroit n'était pas trop mal, ce qui était une bonne surprise. J'ai vidé les poubelles et j'ai jeté les sacs dans la benne à ordures dehors. J'ai essuyé le comptoir et j'ai rangé toutes les bouteilles. Les toilettes étaient propres, et la cuisine était impeccable.

C'était trop tôt pour ouvrir, ce qui était une bonne chose puisque j'étais trop épuisé pour le faire. J'ai pensé aller chez Cracked pour le petit-déjeuner, mais j'avais besoin d'une douche et de vêtements propres, alors je suis rentré chez moi.

Les analgésiques ont finalement fait effet après ma douche et une fois que j'ai avalé un petit-déjeuner. Mon mal de tête persistait, et je savais que la journée allait être longue, mais c'était mieux que ça aurait pu être.

J'étais à peine revenu au bar quand j'ai reçu un texto de Finley.

Je continue à demander à Anna de venir au club de lecture, mais elle dit toujours non. Je sais que Joey travaille ce soir. Est-ce que Matty peut venir avec lui pour qu'Anna puisse venir au club de lecture ?

J'ai grogné contre le téléphone et l'ai jeté sur le comptoir. Je n'avais pas envie de m'occuper d'Anna. Pas avec le mal de tête que j'avais.

J'ai ignoré le message pendant que je préparais tout pour l'ouverture. Tout ce temps, l'arrière de mon téléphone me fixait, m'encourageant à le retourner et à répondre à Finley.

Quand je n'ai plus pu trouver d'excuses, j'ai attrapé mon téléphone sur le comptoir et j'ai rédigé une réponse rapide.

Matty est toujours le bienvenu ici.

Trois points sont apparus, comme si Finley était restée là à attendre ma réponse. C'était probablement le cas. Ce qui me faisait sentir comme une merde de l'avoir ignorée pendant si longtemps.

Merci ! Je vais le dire à Anna.

J'ai ignoré le tressaillement dans mon jean à l'idée de revoir Anna aujourd'hui. Le week-end, elle ne venait généralement pas quand elle déposait Joey ou venait le chercher. Mais si elle amenait Matty, elle viendrait.

J'ai refusé de m'enthousiasmer à cette idée. J'aurais de la chance de finir la journée avec mes couilles intactes si elle avait son mot à dire.

Le bar a ouvert et les clients ont commencé à arriver. Certains avaient l'air aussi mal en point que moi, mais d'autres se pointaient avec le sourire, jouant au billard et discutant en riant avec des amis comme s'ils n'avaient pas passé la moitié de la nuit à boire. Je me faisais trop vieux. Merde. Je ne pensais pas que quarante-deux ans, c'était si vieux, mais je commençais à le ressentir. J'avais deux fois l'âge des plus jeunes clients, et cette constatation me frappait les couilles aussi fort que n'importe quoi.

Je me suis occupé toute la journée, essayant de ne pas penser à l'arrivée d'Anna quand ce serait l'heure du service de Joey. Je n'ai absolument pas surveillé la porte ni levé les yeux chaque fois qu'elle s'ouvrait. Et je n'ai certainement pas eu besoin d'aller au bureau pour me rajuster quelques minutes avant leur arrivée prévue.

Absolument pas.

J'étais dans la cuisine avec Charlie quand Joey est entré pour pointer. Tout en moi a sursauté quand j'ai réalisé qu'il était en avance et que je n'étais pas devant pour attendre Anna.

C'était bien. C'était mieux comme ça. Je n'avais pas besoin de la voir. Il n'y avait aucune raison pour ça.

—Comment va ta main ? a demandé Charlie à Joey.

Joey l'a levée pour lui montrer le bandage enroulé autour de sa paume. —Ça va. Mme Laura a dit que c'était bon, mais ma mère est un peu dingue. Elle m'a dit de garder le bandage jusqu'à demain. Elle m'emmène chez mon médecin de famille.

—Si Mme Laura dit que c'est bon, je suis sûr que c'est bon, a dit Charlie.

—C'est ce que je lui ai dit, mais elle est cinglée. Elle est toujours comme ça.

—Je suis presque surpris qu'elle t'ait laissé revenir travailler, a plaisanté Charlie.

—Je ne pense pas qu'elle le voulait, a admis Joey, me lançant un regard coupable. —Je lui ai dit que ce ne serait pas juste de ma part de démissionner sans préavis.

—Est-ce que c'est ton préavis ? ai-je demandé, détestant la façon dont mon ventre se serrait à cette pensée. Merde.

Joey secoua la tête. —Non. Elle a accepté que je continue à travailler ici. Je lui ai dit que personne d'autre n'embauche en ce moment, et que j'ai besoin de ce travail pour aider à la maison. Je sais qu'elle déteste ça, mais c'est la vérité."

—Il n'y a pas à avoir honte que ta famille ait besoin d'argent, dit Charlie. —C'est comme ça que j'ai commencé à cuisiner. Mes parents travaillaient tous les deux à deux emplois et mes frères et sœurs et moi, on se partageait les tâches à la maison. J'étais le plus grand, alors j'étais le cuisinier. Il s'est avéré que je me débrouillais plutôt bien, et j'aimais ça. Dès que j'ai pu, j'ai commencé à travailler dans des cuisines pour gagner un peu d'argent pour que mes parents puissent ralentir un peu leur travail. Ils ne l'ont jamais fait, mais c'était bien d'avoir cet argent de poche. Tu as une excellente éthique de travail, gamin. Ne perds pas ça."

—Merci, dit Joey, ses joues rougissant légèrement sous le compliment.

—Est-ce que ton frère est là ? ai-je lâché brusquement.

Joey leva les yeux vers moi et hocha la tête. —Mme Finley a dit que tu avais dit que c'était OK. C'est vrai ?

—Oui, bien sûr. C'est juste que tu ne l'avais pas mentionné, alors je voulais demander. Est-ce qu'il s'est assis au bar ?

Joey haussa les épaules. —Je n'en suis pas sûr. Ma mère l'a accompagné à l'intérieur. Je suis venu ici pour pointer afin de ne pas être en retard.

—Pas de problème. Merci. Je vais aller chercher Matty et m'assurer qu'il est bien installé.

—Mmm hmm, marmonna Charlie.

Je l'ignorai et quittai la cuisine tandis qu'il demandait à Joey ce qu'il faisait pour se préparer à la prochaine saison de baseball.

Matty n'était pas à sa place habituelle au bar quand je suis sorti. J'ai rapidement scanné la zone, me demandant s'il avait quitté son siège et trouvé quelqu'un à qui parler. C'était un enfant bavard et s'il était seul, il se baladait généralement.

Quand je ne l'ai pas vu au bar, je me suis dirigé vers le bureau. J'avais des livres à lui faire lire et une console de jeu portable avec laquelle il jouait après avoir fini ses devoirs. Et aussi un cahier d'exercices qu'il contestait, mais il n'avait jamais beaucoup de devoirs alors je l'avais acheté pour m'assurer qu'il recevait la meilleure éducation possible.

J'ai entendu sa voix avant d'ouvrir la porte du bureau. Comme toujours, elle semblait contrariée. J'ai soupiré et pris une profonde inspiration, puis j'ai tourné à l'angle du couloir pour entrer dans mon bureau.

Elle se tenait devant mon canapé avec la couverture avec laquelle j'avais dormi la nuit précédente dans ses mains. Elle l'avait déjà pliée en deux et s'apprêtait à la replier encore une fois.

— Qu'est-ce que tu fais ? ai-je demandé.

Sa tête s'est brusquement relevée vers moi, avec un regard coupable. — Je pliais juste cette couverture puisqu'il semble que quelqu'un a dormi ici la nuit dernière. J'essayais d'être gentille.

Je me suis mordu la lèvre pour éviter de dire quelque chose que je regretterais. Elle était gentille. J'avais oublié la couverture quand j'étais rentré en titubant ce matin-là et je n'étais pas beaucoup retourné dans mon bureau depuis mon retour.

— Merci, ai-je réussi à dire. — J'aurais dû m'en occuper plus tôt.

— Ce n'est pas grave. Elle évitait mon regard, gardant le sien sur la couverture. Quand elle eut fini, elle la drapa sur le dossier du canapé et la lissa. Puis elle regarda autour d'elle comme si elle avait besoin de faire autre chose.

— Hé, Hudson, je peux jouer à un jeu ? demanda Matty, attirant notre attention à tous les deux.

— Un jeu ? Quel jeu ?

Matty sortit l'appareil portable du tiroir inférieur gauche du bureau, celui que j'avais réservé juste pour lui avec toutes ses affaires. Il y avait une trousse avec des stylos, des crayons, des crayons de couleur, des bâtons de colle et des ciseaux. Son cahier d'exercices, les livres que j'avais achetés pour lui, quelques livres de coloriage qu'il me disait être pour les bébés mais que je l'avais vu utiliser plusieurs fois, et la console de jeux.

— Qu'est-ce que c'est ?

— C'est à moi, ai-je lâché. — J'aime bien me détendre et jouer parfois, et j'ai dit à Matty qu'il pouvait l'emprunter quand il est ici, tant que ses devoirs sont terminés. Est-ce qu'il a des devoirs à finir aujourd'hui ?

— Non. Il n'a pas de devoirs les week-ends. Mais c'est cher. Il n'a pas besoin de jouer avec ton truc de jeu.

— Ce n'est pas grave, l'ai-je rassurée. — Ça n'a coûté que quelques centaines d'euros. Je peux en acheter un autre si j'en ai besoin.

Clairement, ce n'était pas la chose à dire. Elle pinça les lèvres et hocha la tête. Puis elle s'approcha de Matty et l'embrassa sur le dessus de la tête. —Fais attention, s'il te plaît. Je ne rentrerai pas tard. Écoute Hudson et sois sage. Quelques centaines d'euros peuvent sembler insignifiants pour certains, mais pour moi, c'est beaucoup, alors ne casse pas ça.

Matty acquiesça, déjà en train de charger un jeu.

Anna le lâcha et se dirigea vers la porte, où j'étais toujours planté, lui bloquant le passage. Elle leva les yeux vers moi, son regard empreint de honte et de douleur.

J'ouvris la bouche pour dire quelque chose, mais je ne savais pas quoi. Je n'avais pas voulu la faire se sentir mal de ne pas pouvoir acheter un stupide appareil de jeu pour son enfant. Ce n'était rien pour moi de l'acheter, mais je n'aurais pas dû laisser entendre que j'étais meilleur qu'elle parce que j'avais des revenus disponibles.

—Merci de le laisser rester ici, finit-elle par dire entre ses dents serrées.

—Quand tu veux. Je le pense vraiment.

Elle hocha une fois la tête, puis me contourna et sortit.

Me laissant avec l'impression d'avoir encore tout foutu en l'air. Encore une fois.

5

ANNA

J'ai retenu mes larmes en quittant le bar. Mon Dieu, je détestais qu'une petite chose puisse me faire sentir si insignifiante. C'était un jeu stupide. Quelque chose que chaque enfant devrait pouvoir avoir. Mais pas le mien. Pas de ma part, en tout cas. Mon fils jouait à des jeux parce que Hudson les lui achetait.

Il ne me trompait pas. Je savais que ce n'était pas son truc de jeu. Il l'avait acheté pour Matty. C'était gentil, mais...

Non. Je ne pouvais pas penser à Hudson Grant comme étant gentil. C'est comme ça que je me suis retrouvée enceinte et que je suis devenue mère célibataire. Nick était gentil quand il le voulait. Et puis il a disparu. Cela faisait seulement six mois que j'avais finalement réussi à obtenir le divorce, et j'étais encore en train de reconstruire ma vie. Je n'allais pas craquer pour la gentillesse et ruiner tout le travail que j'avais fait pour que les choses aillent dans la bonne direction.

D'ailleurs, je n'avais aucun intérêt pour Hudson Grant. Ni pour aucun homme. Peu importait à quel point cette couverture sentait bon quand je l'ai ramassée ou comment mon corps a réagi à sa voix quand il m'a demandé ce que je faisais. Il n'était rien d'autre que le patron de mon fils.

Sans excuse pour ne pas aller au club de lecture, je me suis retrouvée à la porte en quelques secondes. J'ai sorti ma clé et je suis entrée, puisque je le pouvais, puis je me suis demandé si c'était correct. Quand Finley est apparue au coin d'une étagère de livres avec un sourire éclatant, j'ai supposé que ça l'était.

—Je pensais bien que c'était toi. Personne d'autre n'a de clés. Je suis contente que tu sois venue. Elle m'a serré dans ses bras et a fait un signe de tête vers le fond, où elles étaient toutes assises à parler de tout sauf du livre qu'elles étaient censées lire.

—Tu ne m'as pas vraiment laissé le choix, j'ai avoué.

Finley a ri comme elle le faisait toujours et m'a tirée vers le fond, comme si elle savait que je m'enfuirais si elle m'en donnait l'occasion. —Jusqu'à quelle heure Joey travaille-t-il ?

—Neuf heures. Il n'a pas encore le droit de travailler plus tard que ça.

—Je me transforme en citrouille avant ça, a dit Laura alors que nous tournions le coin et que le groupe apparaissait à notre vue. —Nico et moi sommes au travail à sept heures, ce qui signifie que je me lève un peu après cinq heures.

—Aïe, a dit Trinity. —Je ne pourrais pas supporter ça.

—Moi non plus, approuva Karissa.

Laura haussa les épaules. —J'imagine que j'y suis habituée, mais ça signifie se coucher tôt.

Je restais là pendant qu'elles parlaient toutes de sommeil, de qui dormait suffisamment et qui ne dormait pas assez. Blake se frottait le ventre, extrêmement enceinte, et semblait sur le point de s'endormir sur place.

—Viens t'asseoir, dit Finley en tapotant la place à côté d'elle.

Je forçai un sourire et la rejoignis sur le canapé. J'étais

l'intruse. Celle qui ne connaissait pas vraiment les autres. Celle qu'il fallait ménager parce que j'étais seule. Les autres se connaissaient toutes. Elles étaient amies depuis des années. Tout ce que j'avais fait, c'était leur répondre sèchement et prendre autant de distance que possible. J'étais aussi douée pour me faire des amis que pour garder un homme.

—Anna s'est inscrite à À la Recherche du Héros Littéraire Parfait, annonça Finley au groupe.

Mes joues s'empourprèrent quand elles se tournèrent toutes vers moi.

—C'est excitant. Tu as déjà eu de bons matchs ? demanda Blake.

Je secouai la tête. —Pas vraiment. Quelques-uns étaient corrects, mais je n'ai pas beaucoup de temps pour rester assise à bavarder ni envie de rencontrer un inconnu après quelques conversations superficielles. Je suis trop occupée pour ce genre de conneries.

Le silence m'indiqua que cette réponse n'était pas la meilleure. Je n'étais pas sûre de ce qui clochait dans mes propos, mais j'avais manifestement mis les pieds dans le plat.

—Eh bien, dit Elise, —ces *conneries* sont ce qui a réuni Colin et moi, donc ça en valait la peine pour moi. Pareil pour la plupart d'entre nous ici.

—Je suis désolée, je-

—Ce n'est pas grave, dit Finley. Elle posa une main sur mon bras et me sourit. —On comprend toutes ce que tu veux dire. Tu as deux enfants, tu travailles à plein temps, et tu fais tout ce que tu peux pour garder la tête hors de l'eau. Les rencontres et le sexe ne sont pas une priorité pour toi en ce moment, et c'est normal.

J'ai avalé difficilement et j'ai hoché la tête. Il valait mieux que je reste silencieuse pour le reste de la journée. Tout irait mieux si je le faisais. Ainsi, je n'énerverais plus aucune d'entre elles.

— Sofia, as-tu rencontré de nouveaux matchs ? demanda Finley à une blonde que je reconnaissais mais ne connaissais pas.

Sofia secoua la tête. — Pas dernièrement. J'ai fait une petite pause. Ça devient trop pour moi.

— Je n'ai pas ce problème, dit Goldie. Nous ne nous connaissions pas bien, mais elle avait un fils proche de l'âge de Joey et était plus âgée comme moi. J'avais l'impression que peut-être elle pourrait être une amie. Peut-être.

— Que veux-tu dire ? demanda Sofia.

— J'ai dû mal remplir quelque chose dans mon profil parce que j'ai à peine des matchs. Goldie leva les yeux au ciel. — C'est comme s'ils savaient que je ne suis pas jeune et mignonne avec des seins fermes et un vagin manucuré.

— Oh, je ressens ça jusqu'au plus profond de moi en ce moment, dit Blake avec un gémissement. — Je jure qu'il y a des moments où j'ai envisagé de demander à Ian de me raser parce que je déteste qu'il doive affronter cette zone quand on fait l'amour, mais je ne suis pas sûre d'être prête à risquer de lui demander de m'attaquer avec un coupe-bordure.

J'ai pouffé malgré moi, attirant l'attention des autres.

— Quel est ton verdict, Anna ? Épilé ou pas ? demanda Goldie.

J'ai regardé autour du groupe ces visages ouverts et j'ai senti chaque cellule en moi commencer à se replier. Je ne voulais pas partager quelque chose d'aussi personnel avec un groupe de femmes que je connaissais à peine. Je ne l'avais jamais fait. J'avais des soi-disant amies au lycée qui m'ont lâchée dès que je suis tombée enceinte. En tant que jeune maman, je ne me suis jamais liée avec les autres mamans quand mes enfants étaient petits. Et maintenant, j'étais la vieille, pleine de vergetures et un buisson qui aurait pu avoir son propre code postal.

Mais partager tout ça ? Pas une bonne idée.

Puis j'ai ouvert ma bouche...

— Le dernier homme à m'avoir vue nue était mon ex-mari. Et la dernière fois qu'on a fait l'amour, je suis tombée enceinte de mon fils qui a douze ans maintenant. Mon vibromasseur se fiche pas mal des poils qu'il y a là-bas, ce qui est une sacrée bonne chose parce que si je les rasais tous, je pourrais probablement en faire un animal de compagnie pour mes fils.

Le silence après ma confession était assourdissant. Pendant environ trois secondes. Puis elles ont toutes éclaté de rire. Des larmes coulaient sur leurs visages, elles se tenaient le ventre et applaudissaient.

—Oh, merde, ça me fait plaisir d'entendre ça, dit Goldie une minute plus tard, tenant toujours son côté. Je pensais être la seule. Je viens d'avoir quarante ans et je jure que je me suis fait mal la dernière fois que j'ai ne serait-ce que pensé à me raser, sans parler de me mettre dans une position pour faire des progrès.

—J'ai quarante ans dans quelques jours, et je ressens la même chose. Mais je n'ai personne pour qui me raser et je n'ai pas l'intention de changer ça de sitôt, alors ça m'est égal. J'ai levé mon assiette en guise de toast à Goldie et j'ai su que j'avais trouvé une amie.

—Dans quelques jours ? demanda Finley. C'est quand ton anniversaire ?

—Le trois novembre. Pourquoi ?

—On doit se retrouver. On devrait toutes faire quelque chose ensemble.

—Chez O'Kelley ? suggéra Trinity.

—On n'a pas besoin de faire quoi que ce soit, interrompis-je. Personne ne m'entendit.

—Soirée entre filles ? proposa Blake.

—N'est-ce pas ce qu'on est en train de faire maintenant ? demanda Elise.

—Oui, mais on peut sortir et prendre des verres, vous pouvez toutes le faire, et s'habiller chic et s'amuser. Blake haussa les sourcils vers moi comme si elle me demandait réellement d'être d'accord.

—Je n'ai pas besoin d'une fête, dis-je.

—Ce n'est pas une fête. C'est une soirée pour sortir et célébrer. On s'est toutes réunies pour l'anniversaire de Goldie. On le fait pour chacune d'entre nous. Blake sourit comme si c'était une conclusion inévitable que je voudrais faire quelque chose.

Une autre vérité qui disait qu'aucun d'entre eux ne me connaissait. Je ne me souvenais pas de la dernière fois que j'avais célébré mon anniversaire. Avant les enfants, c'est certain. Probablement quand j'ai eu vingt et un ans et que Nick et moi sommes sortis. Il s'est soûlé le jour de mon anniversaire et j'ai fini par devoir arrêter de boire pour pouvoir m'occuper de lui.

Ouais, j'étais douée pour choisir les grands gagnants.

—Qu'as-tu fait pour ton anniversaire l'année dernière ? demanda Finley.

—Euh, rien. Je n'ai pas fêté mon anniversaire depuis plus longtemps que je ne peux me souvenir. J'ai haussé les épaules comme si ce n'était pas grave. J'avais renoncé depuis long-temps à être le centre d'attention. Mes enfants étaient ce qui comptait maintenant.

—Alors c'est réglé, déclara Blake au nom de tous. —Nous allons commencer notre soirée chez O'Kelley's. Nous réunirons tous les enfants chez quelqu'un pour celles qui le veulent ou en ont besoin, et nous, les filles, nous sortirons.

Finley frappa dans ses mains en souriant. —Je suis telle-ment excitée par cette idée. Ça va être génial.

Je me forçai à sourire. Dans quoi diable m'étais-je embarquée ?

QUAND MON ANNIVERSAIRE arriva deux jours plus tard, j'ai décidé que j'allais profiter au maximum de cette journée.

Ha !

Non, ce n'est pas vrai. J'ai décidé que j'allais m'enfuir et ne jamais revenir pour que personne n'essaie plus jamais de célébrer mon anniversaire.

Je ne voulais pas faire quelque chose pour mon anniversaire. Pas du tout. Mais Finley était si enthousiaste, et elle était ma patronne, et les autres pensaient que c'était une excellente idée, et je n'avais jamais trouvé comment me lier d'amitié avec d'autres femmes, alors j'ai pris sur moi et j'ai refoulé toute mon anxiété. Si j'avais pu survivre à quinze ans de mariage avec Nick, je pouvais survivre à une soirée avec ma patronne et son groupe d'amies.

Finley a insisté pour me conduire, affirmant qu'elle ne pouvait pas boire de toute façon puisqu'elle allaitait encore, alors elle a tant insisté que j'ai fini par accepter qu'elle vienne me chercher. Je l'attendais dehors quand elle est arrivée, ne voulant pas qu'elle entre dans mon minuscule appartement et voie comment nous vivions.

Oui, j'étais gênée. Elle habitait dans la plus grande maison de la ville, et moi dans le plus petit appartement. Dire que nos mondes étaient différents était un euphémisme.

J'ai souri malgré mon mal d'estomac quand je suis montée dans sa voiture, essayant de ne pas soupirer en sentant les sièges en cuir luxueux.

Apparemment, j'ai échoué.

—Je sais, n'est-ce pas ? a dit Finley. —J'ai dit à Trent que je n'avais pas besoin d'un nouveau véhicule puisque je ne conduis pas loin, mais il a insisté pour m'acheter celui-ci peu après la naissance de George. La seule chose qu'il m'a laissée lui faire abandonner, c'était quelque chose de plus grand parce que ça aurait été un cauchemar pour se garer dans la rue, mais ces sièges en cuir sont à tomber par terre.

J'ai passé ma main sur le doux cuir couleur chameau et j'ai hoché la tête. —Ils le sont vraiment. Je n'ai jamais rien eu d'aussi beau dans ma vie.

—Moi non plus, a dit Finley en riant.

D'accord, donc elle n'a pas grandi dans la richesse, et avant de rencontrer un inconnu et de tomber enceinte, elle vivait au jour le jour, mais tout ça a changé pour elle. Je ne cherchais pas un chevalier en armure étincelante pour me sauver de ma situation. Je pouvais me sauver toute seule.

—Je suis désolée que Blake t'ait un peu forcée la main pour ce soir. Je voulais vraiment juste que tu profites du club de lecture. Les choses ont un peu dérapé.

—Ce n'est pas grave, lui ai-je assuré.

—Tu dis ça maintenant.

—Je devrais m'inquiéter ?

Finley a secoué la tête. —Je ne pense pas. Je veux dire, c'est L'anse MacKellar. Il n'y a pas tant de choses qu'on puisse faire.

J'ai ri avec elle tandis que les nœuds dans mon estomac se resserraient. Pourquoi avais-je accepté cela déjà ?

Finley s'est garée à un pâté de maisons d'O'Kelley's. Elle m'a rejointe sur le trottoir et a passé son bras sous le mien. Elle m'a à moitié traînée vers la porte.

Une partie de moi craignait qu'elle ait loué tout le bar ou quelque chose comme ça et qu'elle allait m'organiser une énorme fête surprise. Quand la porte s'est ouverte et que tout semblait fonctionner normalement, j'ai poussé un énorme soupir de soulagement.

Certaines des femmes étaient déjà installées à une table dans le coin avec des boissons et de la nourriture devant elles. Quand elles nous ont vues approcher, elles ont acclamé et levé leurs verres.

—Vous avez commencé sans nous ? a demandé Finley.

—Non, on vient juste d'arriver, a dit Elise. Elle a levé un verre vers Finley. —Hudson avait préparé de la nourriture puisqu'il savait qu'on venait. Il avait réservé la table et tout, et les boissons étaient prêtes.

—Super, a dit Finley.

Elise a hoché la tête et m'a tendu un autre verre. —Joyeux anniversaire.

J'ai souri. —Merci.

—Bois ça. Ça va t'aider. Elise a haussé un sourcil, un défi ou un encouragement. Je n'étais pas sûre duquel.

Mais j'ai pris le verre. Je l'ai levé et j'ai bu une gorgée, surprise que ce soit doux et léger et très dangereux s'il contenait réellement de l'alcool. —Qu'est-ce que c'est ?

—C'est une spécialité de Hudson. Il est un maître derrière le bar. Il a préparé ça spécialement pour nous ce soir. Qu'en pensez-vous ? Elise m'observait attentivement.

J'ai hoché la tête. —C'est délicieux. Y a-t-il de l'alcool dedans ?

—Oui, a dit Elise en riant. —Beaucoup. Mais c'est bon, n'est-ce pas ?

J'ai hoché la tête et examiné à nouveau la boisson. J'ai pris une autre gorgée. Je devais être prudente. C'était le genre de boisson qui m'avait mise enceinte. Deux fois.

Laura nous a rejointes, puis Goldie, et avant longtemps, je ne pouvais plus voir le reste du bar à cause de toutes les femmes entassées autour de notre table, riant, buvant et mangeant.

— Comment ça se passe par ici ? demanda Hudson. Il était assis en face de moi, entre Blake et Goldie. Il leur sourit à toutes les deux. Goldie lui rendit son sourire et une vague de jalousie brûlante me transperça.

— C'est merveilleux, dit Finley. — Merci d'avoir organisé tout ça.

— Ce n'est rien. Content d'avoir pu aider. Il leva les yeux vers moi. — Joyeux anniversaire.

— Merci, répondis-je automatiquement. Je voulais ajouter quelque chose, mais je ne savais pas quoi et avant que je puisse y réfléchir, il était déjà parti, retournant derrière le bar.

— Sérieusement, qu'est-ce qui se passe entre vous deux ? demanda Trinity.

— Quoi ? Rien. Pourquoi tu demandes ça ? lâchai-je. Mes joues étaient brûlantes, mais c'était juste à cause de l'alcool. J'avais bu deux de ces cocktails et je commençais à perdre mes moyens.

— Il y avait une tension entre vous. Trinity haussa un sourcil et regarda autour de la table pour chercher confirmation. — Sérieusement ? Personne n'a remarqué ça ?

— Il a dit joyeux anniversaire, et elle a dit merci, récapitula Elise. — En quoi c'est sensuel ? J'ai dit la même chose à mes parents et au père de Colin, et je peux te garantir qu'il n'y avait aucune tension là-dedans.

— Je suis d'accord avec Elise, dit Melody. — Je n'ai rien vu. Enfin, j'aimerais bien que Hudson trouve quelqu'un parce qu'il est génial et il le mérite, mais... je veux dire, toi aussi, Anna...

Je lui souris. Je savais ce qu'elle voulait dire. Elle était amie avec Hudson. Tout le monde adorait Hudson. C'était un bon parti. Un homme bien, fort, indépendant qui pouvait tout faire.

Moi, j'étais toujours une étrangère. Quelqu'un qui était toujours là sans vraiment y être. Je vivais en marge, littéralement et figurativement. Et ce serait toujours comme ça.

— Je dois aller aux toilettes, lâchai-je. Dès que j'ai prononcé ces mots, ils sont devenus vrais, mais en réalité, c'était juste une bonne excuse pour échapper aux regards qu'elles me lançaient toutes.

Pauvre Anna pitoyable. Sans argent, sans amis, et sans homme.

Beurk. J'en avais assez.

Je leur montrerais, à eux et à tous les autres.

J'ai verrouillé la porte des toilettes et sorti mon téléphone. Toutes ces notifications que j'avais ignorées ? J'allais répondre à certaines d'entre elles. Oui, une partie de moi savait que c'était une très mauvaise idée quand j'avais bu, mais une plus grande partie de moi, la partie ivre, admettait que je ne le ferais jamais autrement. J'étais morte de trouille à l'idée de prendre un risque et de tout remettre en jeu.

Je n'étais pas sûre de vouloir un rendez-vous, mais ce serait agréable de flirter avec quelqu'un. De sentir que je pouvais être désirée. J'ai passé plus de dix ans avec Nick, et une autre décennie à essayer de me libérer de lui pendant qu'il tentait de m'enterrer sous les dettes. Quand nous nous sommes mis ensemble, il m'a fait me sentir désirée comme jamais auparavant. Mais ce n'étaient que des hormones d'adolescents et des gamins coincés dans la même situation. Il s'est assuré que je le comprenne après que je sois tombée enceinte de Matty et que Nick soit parti pour la dernière fois.

J'avais quarante ans. Je ne rencontrerais peut-être jamais un homme qui me désirerait vraiment, et je n'avais pas besoin que ça arrive, mais pour une fois dans ma vie, je voulais sentir que peut-être, juste peut-être, je valais plus que ce que le nombre de zéros sur mon compte bancaire me disait que je valais.

HUDSON

Mon téléphone a vibré dans ma poche. Je n'y ai pas prêté attention, mais il a vibré de nouveau. Et encore une fois.

Je l'ai sorti et j'ai souri en voyant que j'avais six messages de À la Recherche du Héros Littéraire Parfait. Tous de la même personne. Et tous pour se présenter, clairement sans intention de tous m'être envoyés.

MES AMIS M'ONT FAIT FAIRE ÇA

Salut ! J'ai vu qu'on était matchés et je voulais dire bonjour. Je suis mère célibataire, j'ai 40 ans, et je travaille beaucoup pour m'occuper de mes enfants. Je n'ai pas le temps pour les jeux ou les conneries, donc si c'est pour ça que t'es là, trouve quelqu'un d'autre pour emmerder. Je n'ai pas vraiment le temps de sortir avec quelqu'un. Je ne devrais pas l'admettre, mais on s'en fout. Tu ne me connais pas. Si je t'ai fait peur, tant mieux. Ça veut dire qu'on n'était pas destinés à être ensemble de toute façon. Sinon, peut-être que tu devrais l'être. Mais j'espère un peu que tu ne l'es pas.

J'ai pouffé de rire à son message. Entre toutes les fautes de frappe et le fait qu'elle me l'ait envoyé six fois, exactement le même message, je supposais qu'elle n'était peut-être pas tout à fait sobre en ce moment.

J'ai regardé autour du bar, mais la moitié des femmes présentes avaient le nez plongé dans leur téléphone. J'ai secoué la tête et tapé rapidement une réponse.

ICI PAR FORCE

Enchanté. Je ne suis définitivement pas effrayé par ton premier message. Peut-être par le cinquième. Ou le sixième. Mais c'est bon. J'aime les enfants mais je déteste les jeux et les conneries, donc il y a peut-être une raison pour laquelle je ne suis pas effrayé.

J'ai ricané en imaginant sa réaction à ma réponse et j'ai attendu que la culpabilité se manifeste. Après la mort d'Hillary, j'ai passé des années à me sentir coupable chaque fois que je pensais à une autre femme. Finalement, j'ai couché avec quelqu'un, et j'ai failli me tuer à boire après ça à cause de la culpabilité. Il m'a fallu du temps pour arrêter de me sentir comme si je trompais ma femme décédée. Il y avait encore des moments où je me sentais comme ça, mais cette sensation s'estompait de plus en plus ces derniers temps. Ce soir ? Pas même un frémissement.

Un nouveau message est apparu de MesAmis-MOntForcée.

MES AMIS M'ONT FAIT FAIRE ÇA

Clairement, je ne devrais pas faire ça maintenant. Je vais aller me cacher et prétendre que cela n'est jamais arrivé.

J'ai ri et envoyé une réponse rapide.

> J'ai hâte de discuter à nouveau. Bientôt,
> j'espère.

Je ne m'attendais pas à une réponse de sa part, alors j'ai remis mon téléphone dans ma poche et j'ai reporté mon attention sur le bar. J'ai servi des verres, discuté avec les clients et ignoré cette envie d'aller voir comment se portaient Finley et les autres filles.

Les choses ont commencé à se calmer environ une heure plus tard, et j'ai finalement cédé à ma faiblesse en regardant vers la table de Finley. Mon regard s'est immédiatement posé sur Anna, avec son sourire niais d'ivrogne, riant à quelque chose que quelqu'un avait dit.

Je ne l'avais jamais vue comme ça. Comme si elle n'était pas en colère contre le monde entier. Pendant un instant, elle semblait heureuse et en paix. C'était magnifique. Ce qui m'a fait comprendre que je devais détourner le regard.

Jonathan était derrière le bar avec moi et m'a dit qu'il pouvait gérer les choses pendant quelques minutes. J'avais besoin de m'occuper de certaines affaires dans le bureau, alors je l'ai laissé seul et je suis parti pour me vider la tête.

Anna Charlotte n'était pas quelqu'un à qui je devais penser. Jamais. Bon sang, je l'avais déjà embrassée, et elle m'avait repoussé. Combien de rappels me fallait-il pour comprendre qu'elle n'était pas intéressée ?

Et moi non plus. Je ne l'aimais pas tant que ça. Elle me rendait fou. L'amour n'était pas censé être comme ça. Les relations devraient être simples. Les bonnes relations. Avec Hillary, c'était toujours simple. Non pas que je l'aie rendu ainsi, mais elle, oui. J'étais en colère et désagréable quand nous nous sommes rencontrés parce que mon avenir était menacé. J'étais en train d'échouer dans deux cours et mon entraîneur de baseball m'avait dit que j'avais besoin d'un tuteur ou je perdrais ma bourse et serais viré de l'équipe et de l'école.

J'étais furieux. J'avais passé toute ma vie à me sentir stupide parce que j'étais dyslexique. Je n'arrivais pas à donner du sens aux choses, et j'étais lent. Au lycée, ils me faisaient passer et me donnaient plus de temps parce que je rapportais de l'argent à l'école. Les gens venaient me voir jouer au baseball.

Mais à l'université, je n'étais pas spécial. Il y avait des gars avec deux fois mon talent. J'étais juste un joueur parmi d'autres. Ce qui signifiait que je devais trouver comment réussir ou partir.

Hillary était celle qui avait la malchance d'être assignée comme ma tutrice. Je lui ai carrément dit dès le premier jour que je n'avais pas besoin d'elle et que je n'allais pas rester assise là à la laisser me traiter comme si j'étais stupide. Elle n'a jamais bronché ni riposté. Elle m'a simplement dit qu'elle serait là, prête à m'aider, dès que je serais prête à écouter.

Et elle l'a été. Elle ne m'a jamais jugée ni fait sentir que quelque chose n'allait pas chez moi. Elle a été la première personne à m'accepter telle que j'étais, trouble d'apprentissage inclus.

Une fois que j'ai mis mon ego de côté, elle est devenue mon univers. Elle était tout pour moi. Quand je me suis déchiré le genou et que je ne pouvais plus payer mes études, elle était toujours là. Même si j'ai encore essayé de la repousser.

Facile. C'est ce qu'une relation était censée être.

Mais Anna ? Non. Rien avec elle n'était facile. Rien n'avait de sens. Rien ne me donnait l'impression d'être entier.

L'embrasser était une erreur. Peu importait que ce soit une erreur que je voulais commettre à nouveau. C'était une erreur. J'étais seulement attiré par elle parce qu'elle n'était pas quelqu'un que je connaissais depuis toujours. Comme Finley ou Elise ou Karissa. Anna était différente, mais Anna n'était pas mon avenir.

J'ai sorti Anna de mes pensées et j'ai fait ce que je pouvais pour me concentrer sur la paie de la semaine. Elle devait être faite, et comme je n'avais pas de directeur administratif, je devais m'en occuper moi-même.

Une partie de moi pensait à demander à Melody si elle pouvait revenir travailler pour moi, mais je savais que ce n'était pas la bonne décision. Je n'avais jamais envisagé d'embaucher quelqu'un pour s'occuper des papiers avant qu'elle ne s'impose dans un emploi chez O'Kelley's, mais depuis son départ, j'y pensais chaque fois que je m'asseyais pour faire des choses comme la paie.

J'ai vérifié tous les rapports par rapport aux plannings et aux fiches de temps pour tout le monde. Tout correspondait, heureusement. C'était une semaine facile à gérer, mais ça allait devenir de plus en plus compliqué à mesure que les fêtes approchaient.

J'ai vérifié trois fois toutes les informations et j'étais sur le point de les soumettre quand quelqu'un a frappé à la porte du bureau. J'ai levé les yeux et j'ai trouvé Finley avec Anna accrochée à son épaule.

—Qu'est-ce qui s'est passé ? ai-je lâché, en me levant d'un bond et en me précipitant vers elles. J'ai aidé Finley à installer Anna sur le canapé. Anna s'est immédiatement avachie.

—Elle a bu beaucoup trop de tes cocktails.

—Merde. J'avais prévenu Elise que le cocktail contenait beaucoup d'alcool.

Finley hocha la tête. —Elise nous l'a dit. Anna a dit qu'elle ne sentait pas l'alcool. Je ne pense pas qu'elle avait l'intention de se saouler autant."

Anna ronfla dans son sommeil et tourna le nez vers le canapé. —Miam.

—Je ne peux pas la ramener chez elle toute seule. Je pensais la ramener à la propriété, mais-"

—Joey et Matty sont à la maison," ai-je complété.

Finley hocha la tête. —Je ne sais pas quoi faire. Je voulais que cette soirée soit amusante pour elle."

—Il s'est passé quelque chose ?"

—Non, rien de grave. Mais le fait qu'elle soit aussi soûle me fait penser qu'elle ne se lâche pas souvent ou qu'elle ne tient pas l'alcool. Peut-être les deux."

—Probablement les deux." Je regardai Anna qui souriait dans son sommeil. Ses cheveux châtain clair paraissaient plus roux contre le brun foncé de mon canapé. Elle avait quelques mèches grises. Malgré cela, elle semblait plus jeune dans son sommeil. Paisible. Comme si elle ne portait pas le poids du monde qu'elle avait habituellement sur ses épaules.

—Au moment où j'ai réalisé à quel point elle était mal, tout le monde était déjà parti. Et je ne peux pas vraiment appeler Trent pour qu'il vienne m'aider puisque George dort déjà."

—Je vais t'aider à la ramener chez elle."

Finley se prit les seins en coupe. —Bientôt. J'ai besoin de tirer mon lait."

—Bon sang, je n'ai pas besoin de savoir ça. Ni de le voir."

—Alors soit on part tout de suite, soit tu t'en occupes tout seul parce que je suis sur le point d'exploser."

—Mon Dieu, Finley. Vas-y. Je vais la ramener chez elle. Je contacterai Joey pour qu'il sache que je viens à l'appartement."

—Tu es sûr ?"

— Tu me donnes vraiment le choix ?

Elle m'adressa l'un de ses sourires pleins de regret et haussa les épaules. — Ce n'était vraiment pas mon intention de la faire boire autant. Je voulais juste qu'elle s'amuse. Elle ne se détend pas souvent. Ça fait six mois qu'elle travaille pour moi et je ne l'ai jamais entendue parler de sorties, de rendez-vous ou de quoi que ce soit qui soit juste amusant.

— Peut-être que sa version de l'amusement est simplement différente de la tienne.

— Peut-être. Mais je crois qu'elle a oublié comment s'amuser. Finley grimaça et se saisit à nouveau les seins. — Ouh, il faut vraiment que j'y aille. Tu es sûr que ça va aller pour la ramener chez elle ?

— Oui, je m'en occupe. S'il te plaît, évite juste de mettre du lait maternel partout sur le comptoir.

Finley éclata de rire et s'avança rapidement. Elle me serra dans ses bras, pas trop près, et dit : — Promis. Merci.

— Hé, tu es en état de conduire ?

Elle hocha la tête en arrivant à la porte. — Pas d'alcool pour moi. Ça passe dans le lait maternel, alors j'ai juste bu de l'eau ce soir. Et mangé.

— D'accord, parfait. Sois prudente en rentrant.

— Promis. Merci, Hud.

Finley était partie, et Anna dormait sur mon canapé. Dans quoi m'étais-je embarqué ?

Je pris une inspiration et compris que la seule option était d'en finir. Je saisis mon téléphone et ouvris le numéro de Joey pour lui envoyer un message. Il dormait probablement, mais je ne voulais pas qu'il s'inquiète quand j'entrerais chez lui.

Ta mère est au O'Kelley's et a un peu trop bu. Je pars dans une minute pour la ramener chez elle. Tu n'as pas besoin de te lever, mais je voulais te prévenir puisque je vais entrer chez vous pour que tu ne t'inquiètes pas de qui est là.

Avant que je ne puisse ranger mon téléphone, il vibra avec un pouce levé en réponse.

—On dirait qu'il ne s'inquiète pas, ai-je dit à voix haute.

J'ai regardé la femme qui avait figuré dans trop de mes fantasmes dernièrement. Elle ne souriait plus. Sa bouche était entrouverte, et elle bavait sur mon canapé.

—Heureusement qu'il est en cuir.

Je me suis accroupi devant elle et j'ai dégagé les cheveux de son visage. Elle était belle, et tellement plus facile à désirer quand elle n'était pas en colère et ne me criait pas dessus pour quelque chose.

—Anna ? Tu peux te réveiller pour moi ? Je vais te ramener chez toi.

Elle a grogné mais ne s'est pas réveillée.

—Si tu ne te lèves pas, je vais devoir te porter.

Encore un grognement.

J'ai soufflé et j'ai fait ce que je m'étais promis de ne plus jamais refaire. J'ai posé mes mains sur Anna Charlotte.

Ses cheveux étaient doux quand ils ont effleuré mon poignet. J'ai réprimé l'envie d'y passer mes doigts et j'ai glissé mon bras sous sa nuque. À moitié fait.

Elle portait un pantalon, Dieu merci. J'ai légèrement soulevé sa tête, riant quand elle a ronflé bruyamment au changement de position. Il était clair qu'elle n'allait pas se réveiller et marcher jusqu'à mon pick-up, alors j'ai glissé mon autre main sous ses genoux.

Elle a soupiré et s'est tournée vers moi, posant sa main sur ma poitrine. Cela faisait longtemps que je n'avais pas tenu une femme dans mes bras comme ça. Les quelques-unes avec qui j'avais couché depuis Hillary n'étaient pas des femmes avec qui je passais du temps supplémentaire à les tenir. On baisait et on filait.

Avec Anna, j'avais envie de m'asseoir sur le canapé et de la tenir un moment. Sentir ses cheveux et la regarder dormir. Cette réalisation m'a frappé en plein ventre et m'a transpercé, me mettant presque à genoux.

Je me suis accordé un moment, un seul, pour savourer la sensation de son corps contre le mien. Je ne savais pas ce qu'elle avait qui m'attirait, mais c'était là. Me suppliant de prendre plus que ce que j'allais prendre. Pas seulement maintenant, mais pour toujours.

J'ai expiré lentement, puis j'ai soulevé son poids du canapé. Elle n'était ni minuscule ni légère. Elle était pleine de courbes généreuses et d'une bouche insolente. Mais seule l'une des deux était présente ce soir.

Je me suis levé, ajustant ma prise sur elle pour être sûr qu'elle serait en sécurité pendant que je marcherais jusqu'à mon pick-up. Bien sûr, c'est à ce moment-là que j'ai réalisé que j'aurais dû demander à Jonathan ou Charlie de m'aider à dégager un passage pour sortir du bar.

Le passage dans le couloir arrière était étroit, car je devais me mettre de côté pour ne pas cogner la tête d'Anna contre le mur. Charlie est sorti des toilettes avant que je n'atteigne le bar et a vu Anna évanouie dans mes bras, il s'est immédiatement mis en action.

—Tu es sûr de vouloir passer par l'entrée principale, patron ? Tout le monde va voir.

—Je ne pourrais pas passer par la porte arrière. Pas en la portant et en poussant la porte en même temps. C'était mon seul choix.

—Je vais t'aider. Passons par l'arrière.

—Merci.

Il a ouvert le chemin, tenant la porte pour que je puisse sortir sur la promenade de la rivière. Il savait où j'avais garé mon pick-up et m'y a conduit, ouvrant la portière côté passager et m'aidant à installer Anna avec une ceinture de sécurité avant de refermer la porte.

—Tu peux la ramener chez elle sans problème ? a demandé Charlie.

J'ai hoché la tête. —Tout va bien. J'ai déjà prévenu Joey que je la ramenais.

—Qu'est-il arrivé à ses amies ?

—Elles ne se sont pas rendu compte de combien elle avait bu. Finley m'a demandé de l'aider, mais elle a dû partir alors j'ai dit que je ramènerais Anna chez elle.

—Tu es un homme bien, patron.

J'ai ricané. —On verra si elle est d'accord.

Charlie a ri. —Eh bien, moi je pense que tu l'es.

— Merci. Et merci pour ton aide.

Il hocha la tête et se retourna pour retourner chez O'Kelley. La cuisine allait bientôt fermer, mais je savais qu'il parlerait à Jonathan et qu'ils s'assureraient que tout serait pris en charge jusqu'à mon retour.

J'étais déjà allé dans le quartier d'Anna, mais jamais dans son appartement. Je savais lequel c'était grâce aux documents d'emploi de Joey, mais il m'a quand même fallu quelques minutes pour trouver le bon immeuble.

Il y avait une place de stationnement près de la porte, mais elle était étroite, alors j'ai préféré me garer un peu plus loin où il y avait une place libre à côté. J'ai mis mes clés dans ma poche et j'ai ouvert la portière d'Anna. Elle dormait profondément, ne bougeant que pour respirer.

Heureusement, j'ai réalisé qu'il me fallait ses clés pour entrer dans son appartement. Je n'aimais pas fouiller dans ses affaires, mais c'était la seule option. Ses clés étaient attachées à un porte-clés qui disait *Les lecteurs de romance le font entre les couvertures*. J'ai pouffé de rire. Elle avait dû le recevoir de Finley.

J'ai détaché la ceinture d'Anna et l'ai soulevée à nouveau dans mes bras. Je me suis dirigé vers la porte de l'immeuble, à la fois soulagé et agacé quand j'ai réussi à la pousser du pied. J'ai monté les escaliers jusqu'à son appartement et j'ai soigneusement ajusté sa position pour pouvoir déverrouiller la porte sans avoir à la poser.

Les lumières étaient allumées à l'intérieur. Je suis entré dans un salon avec un canapé usé et bosselé. Il y avait une petite télé sur un minuscule meuble de l'autre côté de la pièce. À gauche se trouvait une cuisine qui avait certainement connu de meilleurs jours.

— Salut, dit Joey, en sortant du couloir qui devait mener aux chambres.

— Salut. Désolé. Je ne voulais pas te réveiller.

Il secoua la tête. — J'étais déjà debout. Est-ce qu'elle va bien ? Son regard, fixé sur sa mère, était plein d'inquiétude.

J'ai acquiescé. — Oui, elle ira bien. Elle a trop bu, alors elle aura forcément un mal de crâne terrible.

— C'est tout ? Est-ce qu'elle va être malade ou quelque chose ? Est-ce qu'elle va mourir ?

— Non. Rien de tout ça. Elle va bien. J'imagine qu'elle ne boit pas beaucoup d'habitude ?

Il secoua à nouveau la tête. Il semblait plus jeune que le gamin qui travaillait pour moi. Même s'il n'avait que seize ans, je le voyais comme quelqu'un de plus âgé et plus sage. Plus fort. Plus mature. Mais ce soir, il n'était qu'un garçon inquiet pour sa mère.

—Elle ira bien. Ça arrive à tout le monde. Si elle était réveillée, je lui ferais boire de l'eau et prendre quelques aspirines ou autre chose. Ce sera plus dur pour elle demain sans ça, mais elle s'en remettra.

—Elle a besoin d'une poubelle ou quelque chose comme ça ?

—Tu peux lui apporter quelque chose et le mettre à côté de son lit. Où est-ce qu'elle dort ?

Il montra du doigt le canapé bosselé, et mon cœur rata un battement.

Putain. Quand Joey a commencé à travailler pour moi, il a

dit qu'il avait besoin d'argent, mais là, c'était un tout autre niveau. Anna dormait sur un canapé probablement plus vieux que ses fils. Dans le salon. Putain de merde.

—D'accord, dis-je, sachant que ce n'était pas la faute de Joey s'ils se trouvaient dans cette situation. Ce n'était pas celle d'Anna non plus. C'était juste de la malchance et un ex connard qui l'avait laissée avec une montagne de dettes. Selon James et Finley, du moins.

J'ai déposé Anna sur le canapé, et elle a gémi doucement. Pas le genre de gémissement agréable, mais celui qui disait qu'elle n'allait pas bien.

—Tu vas t'en sortir avec elle ? ai-je demandé à Joey.

Il haussa les épaules. —Je ne sais pas. Qu'est-ce que je devrais faire ?

J'ai soupiré et accepté le fait que j'allais dormir là aussi. —Va chercher une poubelle pour elle. Tu as des bouteilles d'eau ?

Il secoua la tête.

—D'accord, va chercher la poubelle. Je vais prendre de l'eau. Si ça te va.

Joey hocha la tête et retourna dans le couloir.

J'ai rempli un verre en plastique avec de l'eau du robinet et l'ai posé sur la table près du canapé. J'ai enlevé les chaussures d'Anna et me suis retourné quand j'ai entendu Joey revenir.

Il posa la poubelle à côté du canapé, puis leva les yeux vers moi. —Et maintenant ?"

—Maintenant, tu vas te coucher. Je vais dormir dans ce fauteuil là-bas et garder un œil sur ta mère."

—Vraiment ?"

J'ai fait oui de la tête. —Oui. Va dormir. Tu as école demain, non ?"

—Ouais." Il s'est frotté la nuque. —J'ai un contrôle."

—Alors tu dois te reposer. Tu mets un réveil ou tu veux que je te réveille demain matin ?"

—Non, je mets un réveil. Et je réveillerai Matty avant de partir."

—D'accord. Je préparerai le petit-déjeuner quand je vous entendrai vous lever."

Il hocha brièvement la tête. —Merci. Pour, euh, être resté."

—De rien. Va dormir, gamin."

Il acquiesça et retourna dans la chambre d'où il était sorti plus tôt.

J'ai verrouillé la porte d'entrée et vérifié l'état d'Anna une fois de plus, puis je l'ai couverte d'une couverture et j'en ai trouvé une pour moi. Je me suis assis dans le fauteuil de l'autre côté de la pièce et j'ai accepté que je n'allais pas dormir. Et pas parce que c'était le fauteuil le plus inconfortable de la planète, mais parce que je ne pouvais pas détacher mon regard de la belle femme qui dormait en face de moi.

Et je n'en avais pas envie.

ANNA

Je m'étirais en commençant à me réveiller. Mon estomac se retourna. Ouh. Ce n'était pas bon. J'ai ralenti mes mouvements et évalué mon état.

Estomac retourné. Tête qui cognait. J'entendais des voix, douces. Les garçons devaient être debout.

Une porte s'est fermée doucement, puis le silence est tombé. Joey qui prenait sa douche. Bien. Il prenait soin de lui. Ce qui signifiait que je pouvais me reposer encore quelques minutes avant de devoir commencer à préparer le petit-déjeuner et laisser mon estomac se remettre de... peu importe.

J'ai replongé dans le sommeil en priant pour que le martèlement dans ma tête s'arrête. J'ai oscillé entre sommeil et éveil pendant un petit moment. La porte de la salle de bain s'est ouverte à nouveau, puis celle de la chambre s'est fermée. Je devais me lever bientôt. Peu importait à quel point mon estomac était perturbé ou pourquoi ma tête cognait. Je devais prendre soin de mes garçons.

J'ai inspiré profondément et... je me suis arrêtée. Je sentais... le petit-déjeuner ?

J'ai gardé les yeux fermés et j'ai essayé de comprendre ce qui se passait. Le tissu rugueux et bosselé sous moi était définitivement celui de mon canapé, alias mon lit, mais rien d'autre ne semblait normal.

Merde.

Mes yeux se sont ouverts brusquement tandis que le dernier souvenir de la nuit dernière me revenait. Un autre verre de cette boisson que Hudson avait préparée. Celle dont Elise avait dit qu'elle contenait plus d'alcool que prévu. Danser. Piscine. Flirter avec un homme inconnu.

J'ai essayé de retrouver d'autres souvenirs d'après ce moment, mais c'était le vide total. Je ne me souvenais pas comment j'étais rentrée chez moi. C'était un soulagement d'être à la maison, mais le trou noir me dérangeait. Je n'aurais pas dû boire autant. J'aurais dû être plus raisonnable. Je ne me rappelais même pas la dernière fois que j'avais bu. Du tout. Ce n'était pas quelque chose que j'étais prête à payer avec mes revenus limités, et voir ma mère boire jusqu'à l'inconscience pendant mon enfance m'avait rendue peu enthousiaste à l'idée de boire en général. C'était l'une des nombreuses raisons pour lesquelles je n'aimais pas que Joey travaille dans un bar, mais nous avions vraiment besoin de l'argent.

—Salut, a dit Joey, traînant les pieds hors de sa chambre vers la cuisine.

Je l'ai suivi du regard. Je pensais que c'était lui qui préparait le petit-déjeuner dans la cuisine. Si ce n'était pas lui, alors qui ?

—Salut, Hudson, a dit Joey un instant plus tard, répondant à ma question.

—Bonjour, Joey. Des œufs, ça te va ? J'ai aussi fait des pancakes. Et il y a du bacon et des saucisses.

—Vraiment ? Super.

Je me suis poussée du canapé sur des jambes tremblantes et j'ai su que la façon dont mon estomac se retournait n'était plus à cause de la quantité excessive d'alcool que j'avais bu la nuit dernière, mais entièrement à cause de l'homme présent chez moi.

—Qu'est-ce que vous faites ici ? ai-je soufflé quand je suis entrée dans la cuisine et que je l'ai finalement vu debout devant la cuisinière bancale qui fonctionnait à peine même les bons jours.

Il a levé les yeux vers moi et m'a regardée de haut en bas avant de retourner son attention à la cuisinière. —Bonjour. Je me suis dit que vous auriez faim à votre réveil. J'ai fait du café. Et il y a aussi du pain grillé avec tout le reste si c'est tout ce que vous pouvez supporter.

—Pourquoi êtes-vous là ?

Il m'a jeté un nouveau coup d'œil, puis a dirigé son regard vers Joey.

Oh, merde. Est-ce que j'ai couché avec lui ? Est-ce que je l'ai ramené chez moi alors que mes garçons dormaient dans la pièce d'à côté, et maintenant il joue à la petite maison et nous prépare le petit-déjeuner ?

—Non, a dit fermement Hudson, comme s'il pouvait lire dans mes pensées. —Finley n'a réalisé à quel point vous aviez bu qu'après le départ de tout le monde. Elle m'a demandé de vous aider à rentrer chez vous.

—Et vous êtes resté ?

—Je ne pensais pas que c'était une bonne idée que vous restiez seule. J'ai dormi sur le fauteuil.

Je me suis mordu l'intérieur de la joue. Les larmes me piquaient les yeux. Je ne me souvenais de rien de tout ça. Je ne me souvenais pas que tout le monde était parti. Je ne me souvenais pas d'être partie. Et je ne me souvenais certainement pas qu'Hudson Grant m'avait aidée à rentrer chez moi.

—Je voulais m'assurer que vous alliez bien.

—Je vais bien, ai-je répondu sèchement.

Il a hoché la tête, ignorant ma personne et mon attitude. —Joey, tu veux plus d'œufs ?

—Ouais, dit Joey, en se levant de table et laissant son téléphone là. Chose qu'il faisait rarement. —Merci, Hudson.

—Je t'en prie. Il y en a encore plein. Assez pour ton frère aussi. Tu as dit qu'il sortirait dans environ vingt minutes ?

—Ouais. Merci.

Joey rapporta son assiette à table et se remit à dévorer.

Je réalisai enfin la quantité de nourriture dans ma minuscule cuisine. Plus que je ne pourrais normalement y faire tenir, sans parler de ce que je pourrais me permettre d'acheter. —D'où vient tout ça ?

—Je suis allé au supermarché il y a une heure, dit Hudson. Il ne me regardait pas.

—Pourquoi ?

—Parce que je ne voulais pas utiliser ce que vous aviez ici. Au cas où vous auriez prévu de l'utiliser pour d'autres repas.

—Je...C'est beaucoup de nourriture.

—J'ai dit à Joey que je préparerais le petit-déjeuner ce matin. Il m'a dit qu'il avait un examen. J'ai pensé qu'un bon petit-déjeuner serait préférable.

Ma gorge était épaisse, serrée. Comme si je faisais une réaction allergique à quelque chose. C'était difficile de respirer.

Je marmonnai quelque chose comme quoi j'allais revenir et me précipitai dans le couloir vers la minuscule salle de bain. Minuscule salle de bain dans un minuscule appartement avec une minuscule cuisine. Et Hudson Grant qui avait l'air imposant, dangereux et comme si rien de tout cela ne le dérangeait le moins du monde.

Je m'effondrai sur le siège des toilettes et inspirai de

grandes bouffées d'air difficiles. La tension dans ma gorge s'atténua. Mais tout le reste demeura. Il m'avait ramenée chez moi. Il avait veillé à ce que je sois en sécurité. Il était dans mon appartement et préparait le petit-déjeuner pour ma famille.

C'était la dernière personne sur qui je voulais compter pour quoi que ce soit. Je ne lui faisais pas confiance. Je ne le connaissais pas, mais je ne lui faisais pas confiance. Il était comme Trent, mais adoré au lieu d'être simplement vénéré. Trent MacKellar avait toujours été considéré comme quelqu'un au-dessus des autres. Il avait de l'argent et aucun souci, du point de vue de tout le monde. Il était intouchable.

En travaillant pour Finley et en apprenant à connaître Trent, j'ai découvert beaucoup de choses sur lui. Je ne le voyais plus comme intouchable, mais il restait la personne la plus riche que je connaissais. Multipliée par vingt. Au moins. Ce qui signifiait qu'il était meilleur que moi à tous points de vue.

Mais là où Trent avait plus d'argent que quiconque en ville, Hudson avait plus d'admirateurs que n'importe qui. Les femmes parlaient de lui à l'épicerie. Elles le dévoraient des yeux chez O'Kelley's. Elles se mettaient au défi de flirter avec lui, de rentrer avec lui ou simplement d'attirer son attention.

Et les femmes n'étaient pas les seules à vouloir être proches de Hudson Grant. Les hommes aussi. Ils voulaient être son ami. Obtenir ses conseils. Être près de lui.

Il n'était pas aimé pour ce qu'il pouvait faire pour les autres, comme Trent. Hudson était aimé pour qui il était. Les femmes qui venaient chez Petits ami du Livre Illimité voulaient des livres sur des hommes comme Hudson. Les célibataires les plus convoités. Blessés d'une manière qui leur ferait apprécier les femmes dans leur vie. Des hommes qui traiteraient une femme comme une reine.

Je ne voulais rien avoir à faire avec lui. Je n'étais pas intéressée par une relation, et je ne voulais certainement pas en avoir une avec un homme que toutes les autres femmes désiraient. J'avais déjà assez de merdes à gérer dans ma vie.

J'ai finalement réussi à repousser la honte que je ressentais à l'idée que Hudson Grant ait vu où nous vivions et je me suis levée. Je me suis aspergé le visage d'eau et j'ai décidé qu'il devait partir. Le plus tôt possible. Si mes voisins le voyaient quitter mon appartement, j'en entendrais parler pour toujours. Toute la fichue ville serait au courant.

Non. Pas question. Je devais retourner à mon existence tranquille, où j'étais invisible et insignifiante.

Matty était à table quand je suis retournée dans la cuisine. Hudson était assis entre mes garçons, discutant et riant avec eux. Joey ne fixait pas son téléphone, et Matty n'embêtait pas son frère. Ils agissaient comme si c'était normal qu'un homme inconnu soit dans notre maison.

—Vous devez vous préparer pour l'école, les garçons, ai-je dit, interrompant leur amusement sans en éprouver beaucoup de remords.

—Hudson a dit qu'il me déposerait, m'a informé Joey.

—Le bus sera là dans dix minutes.

—Je peux passer par l'école sur mon chemin de retour. Ce n'est pas un problème, a dit Hudson.

Je détestais quand les gens s'interposaient dans mes décisions. Il n'était pas parent. Il ne comprenait pas. Cela n'arrangeait rien.—Joey prend le bus.

—C'est juste un jour, maman.

Je savais que ma colère était injustifiée, mais elle était là. Si je m'y accrochais, ça ne ferait qu'empirer. Je détestais l'idée de céder, mais si je le faisais, Hudson partirait dans dix minutes, c'était garanti.

—D'accord. Mais si vous êtes en retard, tu seras privé de sortie.

—Je ne le ferai pas arriver en retard. Nous serons là largement à l'heure, dit Hudson. Il but une gorgée de son café et fit un signe de tête à Joey. Puis il se tourna vers Matty. —Comment est le petit déjeuner ? Tu as besoin d'autre chose avant que je parte ?

—C'est le meilleur jour de ma vie. Est-ce que je peux garder un pancake pour demain ?

Mon cœur se brisa. Les restes étaient une denrée précieuse pour nous. Nous n'en avions généralement pas, et Matty savait que toute la nourriture supplémentaire que Hudson préparait était précieuse. Pas seulement en termes d'argent, mais pour ce que cela signifiait réellement pour lui. Il n'aurait pas à faire la queue à la cafétéria le matin pour obtenir le petit déjeuner gratuit que l'école fournissait aux enfants qui n'en avaient pas les moyens. Il pourrait manger à la maison et aller directement dans sa salle de classe en arrivant à l'école.

—Tu peux garder tous les pancakes, lui dit Hudson. À son crédit, il ne tressaillit pas et n'hésita pas. Il agit comme si c'était une question parfaitement normale.

—Vraiment ? demanda Matty.

Hudson hocha la tête. —Absolument. Je les ai faits pour vous.

—Et toi, qu'est-ce que tu vas manger au petit déjeuner ? demanda Matty.

Hudson haussa les épaules. —Normalement, je ne prends pas de petit déjeuner. Je travaille très tard et quand je me lève, c'est presque l'heure du déjeuner.

—J'adore le petit déjeuner, dit Matty. —C'est le meilleur repas de la journée.

Hudson sourit. —On dirait que tu en profiteras beaucoup plus que moi. Il se leva et me regarda. —Je vais tout ranger et emmener Joey à l'école.

J'ai hoché la tête, ne sachant pas quoi dire. Je ne voulais pas qu'il fasse ni l'un ni l'autre, mais il était gentil avec mes enfants, alors je suis restée silencieuse. Cela signifiait qu'il partirait.

Joey est allé se brosser les dents et a pris son sac à dos pour l'école. Il a retrouvé Hudson à la porte quelques minutes plus tard.

—Salut, maman, a dit Joey, déjà à moitié dehors.

—Reviens ici, lui ai-je dit.

Il a baissé la tête et est revenu vers moi, me laissant le serrer dans mes bras et l'embrasser sur la joue.

—Je t'aime. Passe une bonne journée.

—Je t'aime aussi. À plus.

Hudson nous observait depuis la porte, un léger sourire sur son visage. Quand j'ai croisé son regard, il a rapidement détourné les yeux, comme s'il avait honte d'avoir été pris en train de nous regarder.

—Au revoir, Matty, a dit Hudson, jetant un coup d'œil vers la cuisine où Matty mangeait encore des pancakes.

—Au revoir ! Matty a agité son pancake en l'air.

—Au revoir, Anna. Je vous reverrai bientôt. Les paroles d'adieu de Hudson m'ont fait frissonner. Un frisson dont je me serais bien passée.

Après que Matty soit monté dans le bus, j'ai sauté dans la douche. Mon corps entier était faible. J'avais obstinément refusé de manger la nourriture préparée par Hudson pour ma famille, parce que je suis dingue, alors je fonctionnais aux vapeurs de café et d'alcool de ma nuit de sortie.

Joyeux putain de quarantième anniversaire.

Je suis sortie de la douche et j'ai trouvé des vêtements confortables. Si j'allais rester assise à m'apitoyer sur mon sort, je pouvais au moins être à l'aise.

J'ai payé quelques factures et calculé les dettes qu'il me restait à régler. Sans Ramsey Holland, j'aurais beaucoup plus de dettes à mon nom, mais il a fait un miracle en me sortant de mon mariage et en divisant les dettes que Nick avait contractées en mon nom. Sans l'argent pour payer un avocat, je suis restée mariée à lui une décennie de plus que je ne l'aurais voulu. Mais Ramsey m'a proposé un plan de paiement très généreux et m'a obtenu le divorce pour que je puisse avancer dans ma vie.

Je n'étais toujours pas près de rembourser toutes mes dettes, mais chaque euro que je pouvais verser me donnait l'impression d'une victoire. C'est pourquoi l'argent que Hudson dépensait en nourriture me dérangeait tant.

Je ne pouvais pas me permettre de nourrir mes garçons comme Hudson le faisait. Ils prenaient leur petit-déjeuner et leur déjeuner à l'école parce que l'État les fournissait gratuitement aux enfants de familles à faibles revenus. Ils n'avaient pas droit à des œufs et des pancakes tous les jours. Ils mangeaient généralement des gaufres surgelées et de la pizza de la cantine. Mais c'était de la nourriture que je n'avais pas à acheter, alors je l'appréciais.

Un jour, je pourrais acheter à manger à mes enfants. Et leur préparer le petit-déjeuner le matin. Et ne pas m'inquiéter de chaque centime gagné et dépensé. Je n'en étais pas encore là, mais je m'en rapprochais. Grâce à Finley et au travail qu'elle m'avait donné.

Finley m'avait donné un jour de congé, mais je voulais la remercier de m'avoir ramenée chez moi, même si je n'étais pas très contente qu'elle ait laissé Hudson sur place.

> Désolée d'avoir trop bu hier soir. J'espère que je n'ai pas été trop pénible à ramener chez moi.

On connaît tous ces soirées-là. Et aucun
souci. Désolée. Hudson a dit qu'il te
ramènerait. Je fuyais et je devais partir. Mais
on dirait que tout s'est bien passé.

Quoi ? Hudson m'a ramenée tout seul ? Je pensais qu'il avait aidé Finley.

Je me suis levée d'un bond et j'ai fait les cent pas dans mon appartement. Je ne me souvenais de rien. Son camion, l'entrée dans l'immeuble, rien. Comment m'avait-il ramenée ici ? Quand je pensais que c'était Finley et qu'il l'avait aidée, ça me dérangeait moins, mais juste Hudson ? Il avait probablement dû me porter. Et je n'étais pas légère. Oh, mon Dieu.

Ah, d'accord. Eh bien, merci pour hier soir.
Je me suis bien amusée.

MDR ! Tu sais que ça sonne obscène, n'est-
ce pas ?

J'ai pouffé et secoué la tête.

Ce n'est pas ce que je voulais dire.

Tu es sûre ? Parce que tu flirtais avec
quelqu'un sur ton téléphone. Peut-être qu'il
s'est passé quelque chose de cochon dont
tu ne te souviens pas.

Sur mon téléphone ?
Par SMS...
Oh, mon Dieu, à qui ai-je écrit ?
J'ai vérifié mes derniers messages. Tiens. Rien. Alors, quoi...
J'ai vu l'icône de À la Recherche du Héros Littéraire Parfait, et mon estomac s'est noué. Merde. Ça me revenait.

J'avais été si sûre de moi avec l'alcool qui me donnait du courage.

Ma main tremblait quand j'ai appuyé sur l'icône et ouvert l'application. Pas de nouveaux matchs, mais un message de quelqu'un. J'ai tapé dessus et j'ai gémi.

Puis j'ai ri.

Me présenter six fois au même gars ne semblait pas le déranger. Il avait l'air de bien le prendre. Il n'a même pas demandé de photo ou quelque chose de glauque alors qu'il était évident que j'avais bu.

FINLEY

Tu vas me dire qui c'était ?

Je suis retournée à mes messages.

Je ne sais pas. Quelqu'un avec qui j'ai matché. Je me suis ridiculisée, mais il ne me l'a pas fait remarquer. Il a juste laissé couler et a dit qu'on se reparlerait.

Alors tu devrais lui écrire aujourd'hui et flirter un peu plus.

Je ne suis pas sûre que ce soit une si bonne idée.

Flirter est toujours une bonne idée. C'est comme se disputer, mais sans le drame.

Se disputer n'est pas amusant. Jamais.

Peut-être. Mais se réconcilier peut être très amusant.

Une vague de chaleur m'a traversé le corps. La dernière fois que c'est arrivé... Non. Je n'allais pas penser à quel point c'était bon quand Hudson m'a embrassée. Il l'a fait parce qu'il voulait que j'arrête de lui crier dessus. Nous n'étions pas en train de nous réconcilier. Ou quoi que ce soit. Il me déteste autant que je le déteste. Et après la nuit dernière, je ne pensais pas pouvoir l'affronter de nouveau, de toute façon.

J'ai passé le reste de ma journée à nettoyer mon appartement et à réfléchir à comment j'allais éviter le patron de mon fils pendant les prochaines années. Au moins jusqu'à ce que je reprenne le contrôle de la réaction de mon corps face à lui. Il était séduisant, gentil, et il avait été une bonne influence pour Joey, mais il n'était pas fait pour moi. Et jusqu'à ce que mon corps reçoive le message, je resterais loin de lui.

HUDSON

J'ai fait un signe de tête à Joey quand il est entré et j'ai résisté à l'envie de lui demander comment allait sa mère.

Je ne l'avais pas vue depuis la nuit que j'avais passée dans son salon et le petit-déjeuner que j'avais préparé pour leur famille. Elle était bizarre quand je suis parti, plus bizarre que d'habitude, et elle m'évitait depuis.

Du moins, j'étais convaincu qu'elle m'évitait. Je ne pouvais pas vraiment le prouver, mais je n'avais jamais passé une semaine entière sans la voir depuis que Joey avait commencé à travailler pour moi et qu'elle avait fait irruption dans mon bar en exigeant que je ne l'embauche pas.

Même ce premier jour, je savais qu'elle allait bouleverser ma vie. Mais à l'époque, je pensais que ce serait d'une manière très différente. Pas au point d'envahir mes pensées et de me faire souhaiter la revoir.

Joey s'est mis au travail, et j'ai chassé Anna de mon esprit. J'avais des choses à faire, et pas le temps de me demander comment allait une femme qui ne voulait rien avoir à faire avec moi.

Jonathan était derrière le bar et m'a fait signe de le rejoindre quand je suis arrivé à sa hauteur.

—Qu'est-ce qui se passe ? ai-je demandé.

Il a jeté un coup d'œil aux clients assis à quelques pas de nous. Aucun d'eux ne nous prêtait attention, mais il s'est quand même penché vers moi. —Je n'ai pas été payé cette semaine.

—Quoi ? ai-je lâché.

—D'habitude, mon chèque est disponible le mercredi matin, et il n'y était pas aujourd'hui. Normalement, je n'aurais rien dit avant que quelques jours ne passent, mais nous envisageons d'acheter une maison dans les prochains mois et j'ai besoin de prouver que j'ai un revenu régulier.

—Oui, bien sûr. Euh, laisse-moi vérifier ça. Je ne vois pas pourquoi ça n'aurait pas été traité, mais je vais aller... Ça va aller ici ?

—Bien sûr. Et je suis désolé de te mettre dans l'embarras comme ça, mais—

— Non. Tu n'as pas du tout à t'excuser. Tu as travaillé, et tu aurais dû être payé. Laisse-moi voir si je peux comprendre ce qui se passe, et je reviens tout de suite.

Jonathan hocha la tête. Il semblait beaucoup moins inquiet qu'il y a quelques minutes.

Je me connectai à mon ordinateur et accédai à mon système de paiement. Melody avait tout configuré pour moi quand elle travaillait pour moi il y a quelques années, mais c'était un système assez simple et meilleur que celui que j'utilisais avant. Je cliquai sur la section des paies des employés. Tout semblait correct. Tous les employés étaient listés. Les heures étaient enregistrées.

J'allai dans la section des paiements et m'arrêtai. Aucun paiement n'était prévu pour la semaine.

— Qu'est-ce que c'est que ce bordel ?

Je naviguai vers d'autres écrans et m'arrêtai net. Je jetai

ma casquette sur le bureau et me frottai la tête. Comment diable avais-je pu ne pas payer mes employés ? C'était censé se faire automatiquement. Une fois que j'avais vérifié et approuvé le temps, tout se déclenchait. Et je le faisais chaque mardi soir. J'étais là mardi dernier. C'était l'anniversaire d'Anna...

— Putain de merde, marmonnai-je en réalisant ce qui s'était passé.

J'étais en plein milieu quand Finley m'avait amené Anna. J'avais prévu de finir ça dans la soirée, mais j'avais passé la nuit chez Anna. Et j'avais complètement oublié les paies.

Merde.

Personne n'allait recevoir de chèque. Ils avaient des familles à nourrir et des factures à payer, et j'avais tout foutu en l'air pour eux. Parce que je n'avais pas réussi à me rappeler de le faire.

Je me connectai à mon compte bancaire personnel et vis que j'avais assez d'argent pour couvrir la masse salariale. Évidemment, le compte de l'entreprise avait suffisamment puisque les paiements auraient déjà dû être effectués, mais avec l'argent de mon compte personnel, je pouvais écrire des chèques à tout le monde et leur demander de me rembourser quand leurs salaires seraient versés. Ou je pouvais aller à la banque et voir ce qu'on pouvait faire.

La dernière chose dont mes employés avaient besoin était de s'inquiéter de me rembourser. La banque était ma meilleure option.

J'allai d'abord voir Jonathan pour lui expliquer ce qui s'était passé et lui demander s'il pouvait gérer tout ce qui se présenterait pendant mon absence. C'était déjà presque l'heure de fermeture des banques, donc je devais y aller.

Jonathan accepta, mais l'air inquiet sur son visage indiquait qu'il n'avait pas beaucoup d'espoir que je résolve le problème.

J'ai couru jusqu'à mon pick-up et j'ai résisté à l'envie de démarrer en trombe dans la rue. La banque était à environ dix minutes, à la sortie de la ville, et fermerait dans environ vingt minutes. Je devais me dépêcher.

Les portes étaient encore ouvertes quand je suis entré. Des gens faisaient la queue pour parler au seul et unique guichetier qui s'occupait des clients. J'ai regardé autour de moi, croisé le regard d'un responsable et lui ai fait signe d'approcher.

— Comment puis-je vous aider, monsieur ?

— Écoutez, je dirige une entreprise locale et ma paie n'a pas été traitée comme prévu. Y a-t-il quelque chose qui puisse être fait ?

— Je suppose que vous avez vos comptes chez nous ?

Je n'ai pas levé les yeux au ciel. J'étais fier de moi pour ça. — Oui.

— Eh bien, ce n'est probablement pas nous qui traitons votre paie, mais je peux voir ce que nous pouvons faire. Suivez-moi.

Je l'ai suivi alors qu'il se dirigeait vers un box sur le côté avec des parois en verre et absolument aucune intimité. Une fois qu'il a vérifié mon identité, Lucas a consulté mes comptes et m'a interrogé sur le système de traitement des paiements.

— Il semble que nous le gérions effectivement, a-t-il dit. — Cela a été mis en place il y a presque deux ans. Ce qui signifie que c'est quelque chose que nous pouvons traiter pour vous. Malheureusement, comme notre système est configuré pour exécuter votre paie automatiquement les lundis soir, nous devons le faire manuellement et des frais y sont associés.

— Je les paierai. Tant que mes employés sont payés cette semaine. Certains d'entre eux seraient normalement payés aujourd'hui.

Lucas a hoché la tête. — Je vois ça. Ceux qui ont leur compte chez nous reçoivent habituellement leur virement direct le jour où il est libéré de votre compte. Les autres doivent probablement attendre un jour ou deux pour le traitement.

— Combien de temps cela va-t-il prendre ?

— Nous sommes techniquement fermés pour la soirée, monsieur. Ce n'est pas quelque chose que je peux faire sans obtenir la permission d'un responsable.

— Vous n'êtes pas un responsable ?

Il secoua la tête et sembla vraiment désolé pour la première fois depuis mon arrivée. —Je suis directeur adjoint. Mais je peux m'en occuper. Votre personnel est peu nombreux, donc cela ne me prendra pas plus de deux ou trois heures pour traiter tout cela manuellement. Si vous êtes prêt à attendre pendant que j'en parle à mon supérieur...

—Bien sûr. Merci.

Il quitta le box. Je passai mes mains sur ma tête et retins mon souffle. Je n'arrivais pas à croire que j'avais fait ça. La première année où j'ai possédé O'Kelley's, j'ai failli tout perdre. Je me noyais dans le chagrin et ne prêtais pas attention à l'entreprise. J'ai transposé des chiffres un soir où je n'étais pas assez concentré et j'ai complètement foiré ma comptabilité du mois. Alors que je pensais bien m'en sortir, je tenais à peine le coup, mais ma confiance a pris le dessus et j'ai commandé des stocks supplémentaires. Quand mes chèques ont commencé à être rejetés et que les brasseurs ont cessé de signer des contrats avec moi, j'ai dû faire marche arrière.

J'ai encore la nausée quand je pense à ce que j'ai fait subir à mes employés à cette époque. Certains ont démissionné, d'autres sont restés mais me détestaient, et certains sont restés loyaux et ne sont jamais partis, comme Charlie. Mais l'expérience m'a ébranlé. Je me suis promis de ne plus jamais foirer comme ça.

Être assis dans la banque après les heures d'ouverture et supplier un directeur adjoint de faire des heures supplémentaires pour s'assurer que mon personnel soit payé cette semaine n'était pas mon meilleur moment.

Lucas revint une minute plus tard avec un sourire et une autre personne. Elle se présenta comme Jane et me tendit des documents à signer.

Jane m'expliqua la procédure, détaillant ce que cela allait impliquer et combien de temps cela prendrait. J'aurais signé pour donner tout ce qui restait sur le compte si cela signifiait que mes employés seraient payés.

—Vos premiers employés devraient voir un dépôt en attente demain au plus tôt. Mais ce sera peut-être vendredi. C'est le mieux que nous puissions faire. Jane n'offrit ni sympathie ni meilleure option.

—Merci. À vous deux. J'apprécie vraiment votre aide.

Jane et Lucas hochèrent la tête.

—Y a-t-il autre chose que nous puissions faire pour vous, Monsieur Grant ? demanda Lucas.

Je secouai la tête et me dirigeai vers la sortie où un garde attendait que je parte. —Non. Ça va aller. Merci beaucoup.

Je me hâtai vers la porte et les laissai à leur travail, remerciant Dieu pour Melody et pour avoir tout préparé aussi facilement pour moi.

Quand je suis revenu à O'Kelley's, Jonathan m'a accueilli avec un regard aussi fatigué que le mien. Je ne l'ai pas laissé poser de questions. Je lui ai directement expliqué ce qui se passait et quand il pourrait s'attendre à recevoir sa paie.

—Voilà ce qu'il en est... Si tu ne peux pas attendre jusqu'à vendredi, je te fais un chèque tout de suite et tu me rembourseras quand tu seras payé. J'espère que ce sera sur ton compte demain, mais je ne peux pas le garantir. Je couvrirai ton chèque si nécessaire.

—Je ne peux pas te demander ça, a dit Jonathan.

—Tu ne demandes rien. C'est moi qui ai fait une erreur, et je vous dois, à toi et aux autres, de réparer ça. Les chèques seront disponibles cette semaine, mais ils sont visiblement en retard. C'est ma faute, pas la tienne, et tu ne devrais pas en subir les conséquences.

Jonathan a réfléchi un instant, puis a dit : —Si l'argent n'est pas versé demain, on en reparlera. Mais espérons que ce soit le cas.

J'ai acquiescé. —Tiens-moi au courant. Je te ferai un chèque sans hésiter. Merci de m'avoir signalé que l'argent n'a pas été déposé. Je ne l'aurais probablement pas remarqué avant la semaine prochaine.

Jonathan a hoché la tête, son visage à nouveau préoccupé.

Je lui ai donné une tape dans le dos et je suis allé parler aux autres, un par un.

Certains de mes employés étaient plus inquiets que d'autres. Quelques-uns ont accepté mon offre de leur faire un chèque personnel immédiatement, mais la plupart ont dit qu'ils attendraient de voir si l'argent serait versé le lendemain.

Joey était le dernier à qui je devais parler, et je savais que je ne pouvais pas lui parler seul. Je devais aussi parler à Anna.

J'ai attendu que le service de Joey soit presque terminé, puis je me suis approché de lui. —Ta mère vient te chercher aujourd'hui ?

—Ouais. Elle devrait arriver bientôt. Pourquoi ?

—Il y a eu un problème avec les paies de cette semaine. Je dois t'en parler, mais je voulais m'assurer qu'elle soit présente quand je le ferai.

Joey avait l'air abattu. Il regardait le sol, ses cheveux glissant sur son front et cachant son visage. Il hocha la tête. —

Est-ce que je peux lui envoyer un message ? Elle me demande de la retrouver dehors parce qu'il commence à faire froid.

Ces mots pouvaient être vrais, mais l'hiver dernier, elle entrait toujours. C'était une excuse qu'elle donnait à Joey pour ne pas avoir à admettre qu'elle m'évitait. Une excuse intelligente, comme elle. —Bien sûr. Quand elle arrivera, on pourra aller dans mon bureau.

Joey hocha la tête et sortit son téléphone. Il s'éloigna tout en écrivant son message.

Je n'attendais pas cette conversation avec impatience.

Je me suis occupé pendant les vingt minutes suivantes, attendant qu'Anna arrive. Quand la porte s'est ouverte et qu'elle est entrée, j'ai eu l'impression que tout l'air s'engouffrait dans mes poumons, comme s'ils étaient trop pleins pour tout contenir.

Puis j'ai croisé son regard furieux, et tout cet air s'est échappé comme si quelqu'un avait planté une épingle dans ma poitrine.

Avant qu'elle ne puisse me réprimander devant tous mes clients, j'ai fait un signe vers le couloir arrière. Elle a regardé autour d'elle, toujours fumante de colère, puis m'a suivi. J'ai fait un signe à Jonathan pour qu'il sache qu'il devait s'occuper de tout et j'ai vu Anna faire signe à Joey de venir avec nous.

J'ai fermé la porte derrière eux et j'ai contourné mon bureau pour m'asseoir. Mon cul avait à peine touché le siège qu'Anna s'est mise à me tomber dessus.

—Je ne comprends pas comment tu peux gérer une entreprise comme ça. Tu n'es même pas capable de payer tes employés à temps ? Comment peux-tu t'attendre à ce que mon fils, ou qui que ce soit, continue à travailler ici quand tu n'es pas fiable avec tes payes ? Sa colère était palpable, comme si je pouvais tendre la main et la toucher, là, entre nous.

—Tu as raison, et je m'excuse. C'est une erreur qui est

entièrement de ma faute. J'ai déjà parlé à la banque et ils sont en train de la corriger. Mais je sais que ça n'aide pas la situation de quiconque maintenant.

—Tu as parfaitement raison, ça n'aide pas, marmonna-t-elle.

Joey lui lança un regard, mais elle l'ignora.

—Si tu ne vas pas le payer, pourquoi devrait-il rester ici ?

—Je vais le payer. Ce n'était pas intentionnel. Aucun de mes employés n'a été payé aujourd'hui. Mais, comme je l'ai dit, j'ai déjà parlé à la banque. Les dépôts seront traités cette nuit et les paies devraient être en attente sur tous les comptes demain ou vendredi, au plus tard.

—Et si ce n'est pas suffisant ? aboya Anna. Sa lèvre inférieure tremblait. Ses jointures étaient blanches sur l'accoudoir de la chaise. Tout en elle criait la peur.

—J'ai proposé à chaque employé un chèque personnel de ma part, dès maintenant. Comme Joey est mineur, je voulais que tu sois présente pour cette conversation. Le chèque peut être libellé à l'un ou l'autre de vous. Si vous ne pouvez pas attendre que la banque traite les dépôts demain ou vendredi, je suis heureux de le payer tout de suite, et quand le dépôt sera validé, vous pourrez me rembourser.

—Tu plaisantes ? demanda-t-elle, sa voix plus douce.

Je secouai la tête. —Pas du tout. J'ai fait une erreur. Et je ne veux pas qu'un seul de mes employés se retrouve à payer des frais de retard, ou à avoir des chèques rejetés, ou tout autre problème à cause de mon erreur. Pareil pour Joey. Certains employés ont accepté mon offre, d'autres ont dit qu'ils attendraient, mais chaque personne a reçu la même offre parce que je tiens à chacun de mes employés. Ce qui s'est passé était exceptionnel et quelque chose que je ne prévois plus jamais voir se reproduire.

Anna me fixait du regard. Me dévisageait, plutôt. Elle

essayait de décider si j'étais honnête ou si je tentais de la piéger.

Je restai immobile et la laissai m'évaluer. Je ne connaissais pas son monde, mais un chèque en retard pouvait faire la différence entre avoir un toit et être sans abri. Cela pouvait faire la différence entre acheter des courses et mourir de faim. Cela pouvait signifier payer le chauffage ou geler.

Je ne voulais pas que quiconque ait à faire face à ces situations, mais surtout pas elle. Le désir de l'aider était fort. Plus fort qu'il ne l'avait été avec mes autres employés. Et la voir là, jouant les dures mais l'air effrayée, je voulais faire disparaître toutes ses inquiétudes.

—La personne qui a commis l'erreur a-t-elle accepté ton offre ? demanda-t-elle.

Je pris une inspiration. —C'est moi qui ai commis l'erreur.

—Tu n'as pas de gestionnaire d'entreprise ?

—Non.

—Tu devrais vraiment en avoir un. Ce n'est peut-être pas grand-chose pour quelqu'un comme toi, mais pour la plupart des gens, manquer une paie n'est pas facile.

—Je comprends. Encore une fois, je m'excuse. Je fais tout mon possible pour rendre la situation moins pénible pour tout le monde.

Elle se mordilla l'intérieur de la lèvre et détourna le regard. Le fait de ne plus pouvoir plonger dans ses yeux me manqua instantanément. J'avais presque l'impression de pouvoir deviner ses pensées quand elle me regardait, mais maintenant, je n'en avais aucune idée.

—On doit payer la facture d'électricité aujourd'hui. C'est le dernier jour. Le chèque de Joey la couvre pour cette semaine.

J'ai hoché la tête et ouvert le chéquier que j'avais déjà sur mon bureau. Je me suis connecté à mon ordinateur pour vérifier le montant du salaire de Joey et l'ai inscrit sur le chèque. Je l'ai détaché et tendu à Anna.

—Je...

—Je suis désolé de t'avoir causé du stress. Ce n'était pas intentionnel. Je ferai tout mon possible pour éviter que cela ne se reproduise à l'avenir, mais je respecterai ta décision si toi et Joey pensez qu'il serait préférable qu'il ne revienne pas travailler ici.

—Maman, a plaidé Joey.

—Non, a dit Anna. Il peut continuer à travailler ici. Il aime ce travail et il ne veut pas l'abandonner. Et ça... C'est vraiment plus que ce qu'on pouvait attendre.

—C'est le moins que je puisse faire après l'erreur que j'ai commise, ai-je admis. Je n'allais pas lui dire que j'avais commis cette erreur parce que je m'inquiétais trop pour elle. Elle n'avait pas besoin de savoir ça.

—Eh bien, merci. J'apprécie vraiment.

—Je t'en prie. À demain, Joey.

Nous nous sommes tous levés, et ils m'ont fait un signe de tête avant de se diriger vers la porte. Anna a jeté un regard en arrière, puis les a fait sortir et a disparu.

J'ai pris une inspiration et fermé les yeux. Ça s'était mieux passé que je ne l'espérais. À part la partie où j'avais envie de leur donner un chèque du triple de ce que je devais à Joey juste pour voir Anna sourire. Cette partie n'était pas bonne.

9

— *C*omment peut-on oublier quelque chose d'aussi élémentaire que de payer son personnel ? demanda James jeudi lors de notre soirée entre mecs. En plus d'être l'un de mes amis les plus proches et un flic local, c'était un peu un con. Mais le genre qui te fait rire parce qu'il ne se comportait ainsi qu'avec les personnes dont il était proche. Il était aussi compatissant et compréhensif. Il avait surpris Joey en train de voler il y a deux ans et, au lieu de l'emmener en prison, James lui avait donné une seconde chance et un an plus tard, m'avait aidé à l'embaucher.

J'ai levé les yeux au ciel. — Ce n'était pas volontaire.

— Tu as de la chance que personne n'ait démissionné, a dit Nico. En tant que propriétaire d'entreprise comme moi, je savais qu'il comprenait. Nico possédait la clinique d'oncologie de la ville et employait près de vingt personnes.

— Je sais. Je m'attendais vraiment à ce que quelqu'un le fasse. Anna a menacé de faire démissionner Joey, mais elle ne l'a pas forcé.

— Elle a dit qu'elle savait combien il aimait travailler ici. Mais elle s'inquiète toujours pour l'argent. Trent connaissait

Anna mieux que nous tous réunis. Même si Finley disait qu'Anna ne s'impliquait pas beaucoup, Trent avait le don de faire sortir les gens de leur coquille, qu'ils le veuillent ou non.

— Pourquoi n'as-tu pas un gestionnaire qui s'occupe de tout ça pour toi ? Quand Melody le faisait, tu disais que ça te simplifiait la vie, mais tu ne l'as jamais remplacée quand elle a lancé son entreprise. Ramsey détestait que sa femme travaille pour moi, mais il s'en est remis quand il a compris qu'elle était venue me voir uniquement parce qu'elle pensait avoir besoin d'un emploi avant qu'il ne divorce. Heureusement, ils ont réglé leurs problèmes, et elle a créé une entreprise qui la rendait heureuse, mais il avait raison. Ma vie était plus difficile sans elle au O'Kelley's.

— Embaucher des gens n'est pas facile, ai-je dit.

— Tu embauches des gens tout le temps, a interjeté James. — Tu as un nouveau serveur toutes les deux semaines.

— Oui, mais c'est différent. Ils ne gèrent pas toute mon entreprise. Ils apportent de la nourriture et des boissons aux clients. Si j'embauche quelqu'un qui finit par détourner de l'argent, je ne m'en rendrai jamais compte. Pas avant qu'il ne disparaisse et que je perde le bar. C'était ma pire crainte. Perdre tout ce pour quoi je m'étais tué à la tâche.

— Pourquoi penses-tu que ça arriverait ? a demandé James.

— Parce que ça arrive tout le temps aux gens. Quand Melody est arrivée ici en disant qu'elle allait travailler pour moi, je ne m'inquiétais pas qu'elle parte avec mon argent parce que je la connais. Mais embaucher quelqu'un de la rue pour faire tout ça... Je n'arrive même pas à l'imaginer.

Ils m'ont tous regardé comme si j'étais fou. Ils ne comprenaient pas. Peut-être que j'étais trop prudent, mais il me fallait deux fois plus de temps pour comprendre les chiffres que quelqu'un avec un cerveau normal. Je les inversais constamment et je faisais encore des erreurs après avoir vérifié mon travail deux ou trois fois. Mon comptable examinait mes transactions commerciales chaque trimestre avant que je paie mes impôts pour que tout soit fait correctement. Je ne me faisais pas confiance, mais encore moins, je ne faisais pas confiance à un étranger qui pourrait profiter de ma dyslexie et me voler.

—Tu pourrais promouvoir quelqu'un qui travaille déjà pour toi, suggéra Nico. Ma directrice commerciale a commencé comme réceptionniste. Elle était douée et a été promue directrice commerciale. Quand elle est venue me voir, elle avait l'expérience qui correspondait à ce que je cherchais. Si j'avais eu quelqu'un déjà dans mon bureau qui pouvait faire le travail, je l'aurais promu en premier, cependant.

J'ai jeté un coup d'œil vers le bar et mes serveurs qui se dépêchaient. Ils souriaient aux clients et bavardaient avec eux. Ils faisaient des suggestions et vendaient beaucoup de nourriture et de boissons au cours de la soirée. Mais Nico avait raison. Certains d'entre eux avaient le potentiel pour faire plus. S'ils le voulaient.

—Je devrais peut-être y réfléchir, ai-je admis.

—Bien. Et pendant que tu y réfléchis, tu peux nous dire qui tu as rencontré sur l'appli jusqu'à présent, dit James.

—Comment diable... ? Tu sais quoi, laisse tomber.

James a souri avec suffisance, l'enfoiré. —Je savais que tu rencontrerais quelqu'un. Qui est-ce ?

J'ai haussé les épaules. —Je ne sais pas. Tout l'intérêt, c'est de ne pas utiliser de noms.

—D'accord, eh bien, depuis combien de temps lui parles-tu ?

—Un peu plus d'une semaine. Elle m'a envoyé un message un soir où elle avait clairement bu. Elle m'a envoyé la même chose six fois, se présentant. Elle pensait que ça allait à différentes personnes.

Les sourcils de James se sont levés d'un coup. —Et tu lui parles quand même ?

—Bien sûr. On a tous fait des trucs stupides en buvant. Et tout l'intérêt de l'appli est de rencontrer des gens. Pourquoi je m'énerverais qu'elle parle à des gens alors que je fais pareil ?

—À qui d'autre parles-tu ? demanda Nico.

—À personne aussi régulièrement. Cette femme est drôle et intelligente, mais elle est occupée avec ses enfants, son travail et sa vie. Les autres me semblent toutes jeunes. Certaines sont assez superficielles, d'après ce que je peux voir. J'ai l'impression d'être un vieux pervers.

Les autres ont ri. —Eh bien, tu es un peu vieux, a dit James.

—Va te faire foutre. Je n'ai même pas un an de plus que toi.

—Toujours plus vieux. James leva son verre et termina sa bière. Il était assez intelligent pour ne pas en demander une deuxième.

—Je vais demander Laura en mariage, lâcha Nico.

—Ouais, on sait, dit James. —Félicitations, mec. Le mariage, c'est vraiment génial.

—Comment diable tu le sais ? demanda Nico, se tournant pour fixer James du regard.

—Tu es avec elle depuis un an et demi. Je suis plutôt surpris que vous ne soyez pas déjà mariés. James n'avait pas tout à fait tort.

—Elle a dit quelque chose ? Elle est en colère ? Nico semblait inquiet.

—Pas à moi, mais je doute qu'elle me dirait quoi que ce soit.

—Est-ce que Trinity t'a dit que Laura est fâchée ?

—Nico, ne stresse pas, dit Trent. —Laura a travaillé pour

toi pendant des années avant que vous ne soyez ensemble, non ?

Nico acquiesça.

—Et elle a beaucoup de patience. Et elle t'aime. Ne laisse personne te faire sentir mal à propos du moment où tu demandes à la femme que tu aimes de t'épouser.

Nico hocha la tête d'un air pensif. —Tu as raison. Ça ne regarde personne.

—C'est vrai. Quand j'ai demandé Finley en mariage, les gens pensaient que j'étais fou. On se connaissait à peine, mais je savais tout ce que j'avais besoin de savoir sur elle. Et je l'aime. Le reste est facile.

Ramsey ricana. Je devais admettre que moi aussi.

—Quoi ? aboya Trent, nous fusillant tous les deux du regard.

Ramsey haussa les sourcils dans ma direction, mais je secouai la tête pour qu'il puisse parler à ma place.

— Le mariage, c'est difficile. C'est un mélange de conflits, de confiance, de joie et de douleur. L'amour n'est pas toujours suffisant. Mais c'est le meilleur point de départ. J'espère que Finley et toi resterez ensemble, et j'espère que Laura et toi resterez ensemble aussi. Mais si quoi que ce soit arrive à vos mariages et que les choses commencent à se dégrader, le seul conseil que je peux vous donner est de revenir à l'instant présent. Pensez à combien vous les aimez quand tout va bien, quand c'est facile. Et trouvez le chemin pour vous retrouver.

— Ce qu'il vient de dire, j'ai approuvé.

— Tu n'as jamais eu de difficultés dans ton mariage, m'a dit James.

— Bien sûr que si. Mais nous les avons surmontées. Hillary évitait les conflits. Elle était toujours conciliante. J'ai laissé passer trop de choses en sachant que ce n'était pas vraiment ce qu'elle voulait. Je le regrette maintenant, mais c'est trop tard.

— Tu penses que ton prochain mariage sera différent ? a demandé Nico.

— Je suis loin de penser au mariage. J'arrive à peine à accepter de parler aux femmes.

— Ouais, et on sait tous comment ça s'est passé, a dit James en riant.

Je lui ai fait un doigt d'honneur.

James a ricané.

— Chaque relation est différente. Et chaque relation a ses défis. Nico, si tu as besoin de quoi que ce soit, fais-moi signe. En tant que personne la plus récemment mariée ici, j'essaie d'être utile. Trent a levé les yeux au ciel en regardant James, Ramsey et moi.

— Nous essayons d'être utiles, a dit Ramsey. — Nous essayons simplement d'être honnêtes.

— Ce n'est pas toujours utile, a dit Trent.

— Je pense que Hudson devrait nous en dire plus sur la femme avec qui il parle, a dit James, ramenant l'attention de tout le monde sur moi. — Je veux le voir tout perturbé.

J'ai grogné et je suis parti. Les avantages d'être propriétaire des lieux.

J'AI PASSÉ le week-end à travailler et à échanger occasionnellement des messages avec MesAmisMontForcé. Elle était drôle et autodérisoire, mais d'une façon qui la rendait attachante. Une part de moi voulait la rencontrer en personne, mais je n'étais pas tout à fait prêt pour ça.

Pendant chaque service du week-end, j'ai réfléchi aux employés qui pourraient être promus au poste de responsable administratif. Ce poste devrait être accompagné d'avantages sociaux et d'un salaire fixe, ce qui représenterait une augmentation pour quiconque l'accepterait. Dans ma tête, j'ai dressé ma liste et, en personne, j'ai tout vérifié trois fois pour ne pas risquer de commettre d'autres erreurs.

Le lundi, j'étais complètement décidé à embaucher quelqu'un. Quand Finley est venue déjeuner avec George, j'ai décidé de lui en parler. Peut-être qu'elle aurait quelques conseils à me donner.

—Tiens ton filleul, dit-elle en me le confiant pendant qu'elle déchargeait toutes ses affaires et garait la poussette dans laquelle il était installé.

Le bébé me regarda avec ses grands yeux bruns. Quelque chose remua profondément en moi. Je le calai contre mon corps et lui souris. Il tendit la main vers ma barbe et tira dessus. Son sourire édenté me donnait toujours l'impression d'avoir fait quelque chose de bien, même si j'étais sûr que c'était juste sa façon de me dire qu'il me reconnaissait.

Finley et Trent m'avaient accueilli dans leur famille comme si j'en faisais partie. Ce n'était pas facile d'apprendre à connaître Trent, mais nous y arrivions. Finley l'aimait malgré la façon dont il l'avait traitée au début, et George était le bébé le plus parfait qui soit.

Il me rendait difficile d'abandonner le rêve que j'avais toujours eu d'avoir mes propres enfants.

—Comment vas-tu ? demanda Finley, s'asseyant enfin. Elle ne tendit pas les bras vers George, me laissant simplement le tenir.

—Bien.

—Vraiment ?

—Oui, pourquoi ? Qu'est-ce que tu crois qu'il se passe ?

—Rien. Anna m'a parlé des fiches de paie la semaine dernière. On dirait qu'elle t'a un peu engueulé à ce sujet.

—Je le méritais. J'ai tout gâché pour tout le monde. Les gens avaient parfaitement le droit d'être en colère.

—Oui, mais tu as réparé. Et tu as payé tout le monde de ta poche. La plupart des patrons ne feraient pas ça.

—C'était la chose à faire, marmonnai-je. Je ne voulais pas qu'elle pense que j'en faisais trop. Si j'avais bien fait les choses dès le départ, je n'aurais pas eu besoin de réparer quoi que ce soit.

—Tu es un patron formidable, Hudson.

—Avec un esprit dérangé. J'ai besoin d'embaucher un responsable administratif.

Finley haussa les épaules. —Pas une mauvaise idée. Tu as quelqu'un en tête ?

J'ai regardé autour du bar. —Nico a suggéré de promouvoir un serveur.

Finley a suivi mon regard. —Dommage que Piper ne travaille plus ici et qu'elle ait sa propre entreprise à gérer. Mais ouais, promouvoir quelqu'un n'est pas une mauvaise idée. Et si personne ne veut du poste ?

Je n'y avais pas pensé. Pourquoi quelqu'un refuserait de gagner plus d'argent ? D'avoir des avantages sociaux ? —Tu le penses vraiment ?

—Ouais. C'est possible que quelqu'un dise oui, mais c'est aussi possible que personne ne le veuille. Qu'est-ce que tu vas faire dans ce cas ?

—Merde. J'essayais de décider à qui parler en premier parce que je ne voulais froisser personne.

—Tu devrais peut-être leur parler en groupe. Leur dire ce que tu recherches et demander aux personnes intéressées de venir te voir.

—Comment je décide qui embaucher ?

Finley a ri. —Tu embauches le meilleur candidat.

George a gazouillé et a tiré sur ma barbe à nouveau. J'ai baissé les yeux vers lui. La vie semblait tellement plus simple de son point de vue. Manger, dormir, faire caca. C'était une sacrée belle vie. Il était aimé et pris en charge et ne manquait jamais de rien. Il avait des parents formidables et un bon foyer. Quelque chose que trop d'enfants n'ont pas en grandissant.

—Je vais commencer à parler aux gens aujourd'hui. C'est compliqué.

—Non, ça ne l'est pas. Tu n'aimes simplement pas contrarier les gens. Tu es un tendre. Tu ne le montres pas, c'est tout.

J'ai levé les yeux au ciel et lui ai rendu le bébé. —Déjeuner ?

—Oui, s'il te plaît.

—Burger et frites ?

—Oui, s'il te plaît.

—Quelque chose à boire ?

—Oui, s'il te plaît.

J'ai ricané. —Tu vas manger tout ce que je t'apporterai ?

—Oui, s'il te plaît.

J'ai ri. Finley avait le don de me faire sentir mieux. Elle soulageait toute la tension en moi. C'était drôle parce que je n'avais jamais été attiré par elle, mais bon sang, j'aurais aimé l'être.

En revanche, son employée hantait mes rêves et me tendait toujours comme un élastique sur le point de rompre.

Un jour, elle allait me faire craquer.

MERCREDI APRÈS-MIDI, j'étais dans mon bureau quand quelqu'un a frappé à la porte. Elle était ouverte, mais quand j'ai levé les yeux, j'ai été surpris de voir Anna là. Et elle n'avait pas l'air de vouloir me tuer.

—Salut, a-t-elle dit. —Je peux entrer ?

—Oui, bien sûr. Qu'est-ce que je peux faire pour toi ? Être poli semblait étrange.

Elle est entrée et s'est assise en face de moi dans un

fauteuil visiteur. Elle a fait glisser une enveloppe vers moi. —
Je voulais te remercier.

—Pour quoi ?

Elle a relevé la tête, son regard rencontrant le mien. Il y avait de la vulnérabilité là, un regard que je ne voyais pas souvent chez elle. —Pour avoir payé Joey. Je sais que j'ai été...une garce avec toi à ce sujet. Et je suis désolée pour ça.

—Tu n'as pas besoin de t'excuser. J'ai mal géré les chèques et payer était la chose à faire.

—Oui, mais—

—Anna, c'était ma faute. J'apprécie que tu me rembourses. Mais tout ce que j'ai fait, c'est corriger une erreur que j'ai commise.

Elle a fermé la bouche et hoché la tête. Ses mains étaient sur ses genoux. Elle les tordait ensemble, tripotant la bandoulière de son sac.

J'ai attendu. Je voulais lui demander ce qu'elle voulait dire d'autre, mais je devais faire attention avec elle. L'avoir là sans qu'elle me crie dessus était un changement agréable. Presque aussi agréable que de la plaquer contre mon mur et de l'embrasser à perdre haleine.

Non, ce n'était pas vrai. L'embrasser à perdre haleine était définitivement mieux.

Elle a finalement levé les yeux vers moi. La vulnérabilité était maintenant plus évidente. J'ai ajusté ma position, me préparant à ce qu'elle allait dire.

—Merci d'avoir donné ce travail à Joey. Et de permettre à Matty de rester ici après l'école. Je sais que tu n'étais pas obligé de faire tout ça, mais je ne sais pas comment nous aurions pu traverser cette dernière année sans ton aide.

Quelque chose s'est déplacé en moi à ces mots. Joey était un excellent employé et l'embaucher avait été une bonne décision commerciale. Et Matty ne posait aucun problème. Qu'elle soit si reconnaissante me montrait à quel point peu de personnes dans sa vie avaient été gentilles avec elle. Et pourquoi elle était toujours sur la défensive avec moi. Depuis le jour où j'avais embauché Joey, elle cherchait quelque chose qu'elle pourrait utiliser pour l'éloigner de moi, mais elle n'allait rien trouver. Je pense qu'elle commençait enfin à le voir.

—Ce sont des enfants formidables. Et c'est uniquement grâce à toi. Je sais que leurs vies, et la tienne, n'ont pas été faciles, mais aucun d'eux ne s'est laissé aigrir ou mettre en colère. Ce sont des garçons intelligents qui travaillent dur et sourient souvent. Tu es une mère incroyable.

À ma plus grande surprise, elle a éclaté en sanglots.

Après un moment d'hésitation, je me suis levé et j'ai fermé la porte du bureau. Puis j'ai pris des mouchoirs dans la salle de bain et les lui ai proposés. Elle a pris la boîte, et je me suis assis sur la chaise à côté d'elle.

—Merci. Je suis désolée. Je ne devrais pas être assise ici à pleurer.

—Ce n'est pas grave, ai-je dit, même si tout en moi disait le contraire. Je détestais quand les gens pleuraient. Ça me poussait fortement à régler ce qui causait tant d'émotion chez une personne. Et avec Anna, cette attraction était encore plus forte que d'habitude.

—Ce n'est pas normal, mais merci. Personne ne m'a jamais dit que j'étais une bonne mère.

—Je n'ai pas dit ça, Anna. J'ai dit que tu étais incroyable. Tu l'es. Tu ne le vois pas parce que tu es au cœur de la situation, mais tes fils sont des personnes formidables. Tu es la seule responsable de cela.

Elle a reniflé et hoché la tête. —Merci.

—Je t'en prie.

Elle m'a regardé. Nous étions penchés l'un vers l'autre et si proches qu'il n'aurait pas fallu grand-chose pour l'embrasser à nouveau. Ses yeux se sont agrandis, puis se sont posés sur mes lèvres. Elle a léché les siennes, les préparant.

Tout a ralenti, comme si le temps s'arrêtait pour que je puisse savourer ce moment. Elle s'est penchée davantage, son corps s'étirant vers le mien.

J'ai tendu la main vers elle, pour caresser le côté de son visage. Elle s'est blottie contre celle-ci, juste assez pour me faire comprendre qu'elle était d'accord avec ce qui se passait.

Puis elle combla la dernière distance entre nous.

Nos lèvres se touchèrent, et elle eut un sursaut. Je me figeai, ne sachant pas si ce sursaut était une invitation à continuer ou à m'arrêter.

Elle saisit le devant de ma chemise et me tira plus près, ce qui déclencha quelque chose en moi.

Je la soulevai de sa chaise pour l'installer sur la mienne. Ses cuisses s'écartèrent pour qu'elle puisse s'asseoir sur mes genoux. Je durcis instantanément, pressé contre son centre chaud tandis que nos lèvres s'entrouvraient et que nos langues s'entremêlaient.

Je gémis, ou peut-être était-ce elle. Ma main plongea dans ses cheveux pour tourner sa tête là où je voulais. Elle soupira d'aise, s'abandonnant contre moi et faisant tomber ma casquette de baseball pour passer ses doigts sur mon crâne rasé.

Mon autre main se posa sur sa cuisse, puis glissa jusqu'à sa hanche, rapprochant son corps. Je ne me souvenais pas de la dernière fois où je m'étais senti si hors de contrôle. Mais je ne l'étais pas. Je savais exactement ce que je faisais. J'avais juste besoin que tout arrive maintenant.

Elle eut un nouveau sursaut et se redressa. Elle regarda derrière moi, puis s'arracha précipitamment de mes bras.

Mon cerveau mit un peu plus de temps à réaliser que quelqu'un était à la porte. Frappant.

—Hudson ? Tu es là ?

Joey. Entre tous.

—Oh, mon Dieu, siffla Anna. Elle essuya ses lèvres et

passa ses doigts dans ses cheveux. Ses joues étaient rouges et ses yeux brillaient de plaisir.

Je voulais lui en donner davantage.

—Hudson ?

—C'était une erreur, siffla Anna.

—N'ose même pas dire ça, grondai-je.

Elle me regarda, les yeux écarquillés de défi et de désir. Elle se détourna, saisissant son sac et se dirigeant à pas précipités vers la porte. Elle l'ouvrit juste au moment où Joey commençait à s'éloigner.

—Maman ?

—Je donnais à Hudson l'argent que nous lui devions. Nous discutions.

Joey regarda autour d'elle vers l'endroit où je me tenais, bras croisés, devant mon bureau. Je priais pour que le gamin ne puisse pas voir l'érection que j'arborais grâce à sa mère.

— Euh, salut. Je voulais juste te faire savoir que je partais. J'ai hoché la tête. — Merci.

Il nous regarda tour à tour avant de s'arrêter sur sa mère. — Tu es prête à partir ?

— Oui. Je suis prête, dit-elle. Elle jeta un dernier regard vers moi, son expression indéchiffrable. Puis elle partit.

Putain de merde. C'était quoi ça ?

10

J'ai fait de mon mieux pour chasser de mon esprit ce baiser avec Anna et son insistance sur le fait que c'était une erreur pendant le reste de la semaine. À la place, je me suis concentré sur O'Kelley's et sur la recherche d'un gestionnaire d'entreprise.

Malheureusement, c'était beaucoup plus difficile que prévu.

J'ai d'abord parlé à Jonathan. En tant que barman, c'était avec lui que j'avais le plus travaillé. Il était intelligent et compétent. Et pas du tout intéressé.

—Merci, patron, mais honnêtement, j'adore le fait de ne pas avoir à penser à cet endroit quand je pars. Harry travaille à des heures aussi irrégulières que moi, nous achetons une maison, et changer de poste ne me semble pas être la bonne décision pour nous en ce moment. Peut-être quand nous aurons des enfants, mais nous n'en sommes pas encore là.

—Je comprends, lui ai-je dit. La famille était importante. Et avoir du temps à consacrer aux personnes qu'on aime était plus important qu'un emploi, même un qui payait mieux et qui avait ce que la plupart des gens considéreraient comme de meilleures horaires. Les horaires ne seraient certainement pas meilleurs pour Jonathan.

—Est-ce que tout va bien entre nous ? a-t-il demandé après la conversation.

J'ai hoché la tête. —Bien sûr. Je ne t'en voudrais jamais pour quelque chose comme ça. Être là pour ta famille et passer du temps avec ton mari est le meilleur choix que tu puisses faire. Je ne savais pas que ses horaires étaient aussi fous que les nôtres.

Jonathan a ri. —Peut-être pas aussi fous, mais ils ne sont certainement pas réguliers. Lui et moi aimons tous les deux travailler les après-midis et les soirées et avoir nos jours de congé.

—Si tu étais intéressé par le poste, nous pourrions trouver un arrangement de ce genre, ai-je dit, me sentant un peu plein d'espoir.

Jonathan a secoué la tête. —Je sais que nous essaierions, mais je ne suis pas sûr comment. Tu parles aux fournisseurs et tu reçois les commandes tôt le matin. Si cela faisait partie de mon travail, et j'imagine que ce serait le cas, cela signifie-rait être ici pour le service de jour.

J'ai soupiré. Il avait raison. Je ne pouvais pas le forcer à s'adapter à un poste qui ne lui convenait pas vraiment. —Je comprends. Merci d'au moins l'avoir envisagé. Visiblement, tu y as réfléchi.

—C'est vrai. Et je suis désolé.

—Pas besoin de ça. Tu m'as sauvé la mise plusieurs fois derrière le bar. Je t'en suis reconnaissant.

Jonathan hocha la tête et retourna au travail.

Le lendemain, j'ai parlé à Danielle, qui m'a donné une réponse similaire. Puis Charlie, Pat, Neve et Rodney. Aucun d'eux n'était intéressé par les horaires ou la responsabilité.

Ce qui signifiait que j'étais coincé. Bien sûr, je pouvais continuer à descendre ma liste, mais les autres serveurs, barmans et cuisiniers que j'avais étaient des personnes qui travaillaient avec moi depuis moins longtemps et que je ne pensais pas prêtes pour un poste comme celui-là.

J'étais revenu à la case départ.

Et Anna m'évitait à nouveau.

J'essayais de ne pas laisser ça m'atteindre, mais quand une semaine entière passa sans la voir une seule fois, c'était difficile de ne pas le prendre personnellement. Encore une fois.

Mais je recevais de plus en plus de messages réguliers de Mes amis m'ont fait faire ça sur À la Recherche du Héros Littéraire Parfait. Elle était drôle et sarcastique et faisait passer les journées plus vite quand nous discutions.

MES AMIS M'ONT FAIT FAIRE ÇA

Pourquoi les hommes pensent-ils toujours avoir raison ?

ICI PAR FORCE

Parce que c'est le cas.

MES AMIS M'ONT FAIT FAIRE ÇA

Vraiment ? C'est ça ta réponse ? Je suppose que c'est bien la réponse. Les hommes sont des crâneurs arrogants qui n'ont aucun sens des limites.

ICI PAR FORCE

Comment te sens-tu vraiment ?

MES AMIS M'ONT FAIT FAIRE ÇA

MDR ! Désolée ! Non, pas vraiment.

ICI PAR FORCE

Qui t'a fait te sentir comme ça ?

MES AMIS M'ONT FAIT FAIRE ÇA

Quelqu'un à qui j'ai affaire beaucoup trop souvent.

ICI PAR FORCE

Est-ce qu'il te crée des problèmes ?

Je ne pouvais pas expliquer l'instinct protecteur que j'avais pour cette femme. Je ne l'avais jamais rencontrée et je ne savais pas grand-chose sur elle, mais au cours des dernières semaines, nous avions développé une sorte d'amitié. Une amitié qui me disait qu'elle avait tout aussi peur d'être blessée à nouveau que moi, mais pour des raisons différentes. Et elle avait des enfants dont elle devait s'inquiéter.

MES AMIS M'ONT FAIT FAIRE ÇA

Non, c'est juste une de ces personnes que je n'arrive pas à cerner. La plupart du temps, il me rend dingue, mais ensuite il fait quelque chose de surprenant et je me dis que c'est quelqu'un de bien.

ICI PAR FORCE

Si tu n'es pas sûre, tu devrais garder tes distances.

MES AMIS M'ONT FAIT FAIRE ÇA

Je sais. Et je le suis.

ICI PAR FORCE

Bon plan.

MES AMIS M'ONT FAIT FAIRE ÇA

Alors, qu'est-ce qui te rend fou chez les femmes ? Nous ne sommes pas faciles à gérer.

J'ai éclaté de rire en pensant à Anna. Elle n'était vraiment pas facile à gérer.

ICI PAR FORCE

Le chaud et le froid.

MES AMIS M'ONT FAIT FAIRE ÇA

Tu veux dire changer d'avis ?

ICI PAR FORCE

Non. Jamais. Mais se laisser emporter par le moment, puis se mettre en colère. Ou baisser sa garde, puis se replier. Ça peut vraiment perturber l'esprit d'une personne.

MES AMIS M'ONT FAIT FAIRE ÇA

Je suis tout à fait d'accord avec ça. Complètement. Sois cohérent. Sois qui tu es. Ne change pas parce que tu penses que c'est ce que quelqu'un veut voir.

ICI PAR FORCE

Exactement. C'est difficile de laisser les gens entrer dans sa vie, mais c'est mieux ainsi. Je suis dyslexique, et quand les gens l'apprennent, ils pensent que je suis stupide, mais ça signifie simplement que mon cerveau fonctionne différemment. Parfois, ça veut dire que j'ai besoin de plus d'aide ou que je mets plus de temps à faire quelque chose, mais beaucoup de gens refusent d'entendre ça.

MES AMIS M'ONT FAIT FAIRE ÇA

Je comprends ça. Je l'ai vu avec d'autres personnes. Merci de me l'avoir dit.

ICI PAR FORCE

Merci de ne pas fuir.

Ça faisait longtemps que je n'avais pas avoué mes difficultés à quelqu'un. C'était plus facile avec elle puisque je ne connaissais pas son nom et que je ne voyais pas sa réaction en direct, mais je me sentais vraiment mieux d'être honnête avec elle.

UNE AUTRE SEMAINE passa sans que je voie Anna. Joey venait au travail et partait à l'heure, agissant comme si rien d'étrange ne se passait, mais Anna n'entrait plus chez O'Kelley's, et elle n'avait pas participé au club de lecture de tout le mois, d'après ce que je pouvais constater.

—Que fais-tu pour Thanksgiving ? demanda Finley quelques jours avant les festivités.

Elle n'avait pas non plus envoyé Anna chercher des déjeuners. Elle venait elle-même ou ne commandait pas chez moi. Ça commençait à m'énerver.

—Où est Anna ? lui demandai-je.

—Elle travaille. Pourquoi ? Il s'est passé quelque chose ?

Finley m'observait attentivement pendant que j'essayais de trouver comment répondre à sa question. Si je lui disais la vérité, elle n'abandonnerait jamais l'idée de nous voir ensemble. Si je mentais, elle verrait probablement clair dans mon jeu. Dans tous les cas, le simple fait de demander des nouvelles d'Anna me trahissait, et j'étais foutu.

— Je ne l'ai pas vue depuis quelques semaines. Joey vient travailler, et Matty passe après l'école, mais Anna est absente. Je me demandais juste si elle allait bien.

Finley ricana. — Je croyais que tu la détestais.

— Je n'ai jamais dit ça.

— Non, tu agis simplement comme si tu avais hâte qu'elle parte quand elle est là et tu es sec avec elle.

— C'est elle qui t'a dit ça ?

— Hud, je l'ai vu de mes propres yeux. Je t'adore, mais elle pense que tu es un connard.

— Merde, gémis-je. J'étais un connard avec Anna. Pendant longtemps. Les vieilles habitudes et tout ça. Mais bordel s'il n'y avait pas eu un changement en moi. Un changement dont je n'étais pas sûr de vouloir, mais qui s'était produit quand même.

Ces joutes verbales me manquaient vraiment. Et l'embrasser aussi. Et la voir.

Ma queue devenait douloureuse à force de me branler en pensant à Anna ces derniers mois. Et j'étais à court de souvenirs dans lesquels puiser.

— Tu l'aimes bien, n'est-ce pas ? demanda Finley. Sa voix exprimait plus d'étonnement qu'autre chose. Ses yeux pétillaient d'excitation. Les coins de ses lèvres se retroussaient.

— Je n'ai pas dit ça.

— Tu n'as pas dit le contraire non plus. Je croyais que vous vous détestiez.

Je secouai la tête. — Je suis presque sûr que c'est à sens unique.

— Wow. Tu l'aimes vraiment bien. Qu'est-ce que tu as fait pour qu'elle ne mette plus les pieds ici ?

— Elle a dit ça ?

— Pas en ces termes, mais quand je lui demande d'où elle veut commander à manger, elle ne veut jamais commander ici. Elle dit que la dernière fois, tu n'avais pas notre commande et que ça lui a fait perdre du temps de devoir aller ailleurs.

— C'est peut-être mieux si les choses restent comme ça. Je n'ai pas l'habitude de ce genre de situation.

— Tu parles d'Hillary ?

J'ai essuyé le comptoir et je me suis appuyé sur le bord. — Oui et non. Les choses entre nous étaient simples. Une fois que j'ai surmonté ma colère d'avoir besoin d'un tuteur et accepté qu'elle essayait juste de m'aider, Hillary et moi avons tout de suite accroché. On est devenus inséparables après ça. On ne se disputait pas, on n'était pas en désaccord, on n'avait pas de problèmes. Pas très souvent. Mais avec Anna ? C'est tout ce qu'on fait.

— Toutes les relations sont différentes, a dit Finley. Elle a siroté son eau et haussé les épaules. — Je n'aurais jamais pensé finir mariée à quelqu'un comme Trent. Il y a des moments où il m'intimide à cause de son argent. Je sais que ça semble mal, mais j'ai l'habitude de me débrouiller et de travailler dur pour tout. Vivre sans souci est nouveau, et c'est un ajustement. J'essaie d'équilibrer la vie de Trent et la mienne pour donner à George une éducation qui ne lui permet pas de penser qu'il possède le monde, même si en quelque sorte c'est le cas.

— George ne va pas devenir un petit con gâté comme l'était Trent, ai-je grogné. Trent avait l'habitude de débarquer chez O'Kelley's et de se comporter comme s'il était un touriste. Je savais qui il était, et la nuit où lui et Finley ont couché ensemble, je ne lui ai rien dit. Je l'ai regretté quand elle a découvert qu'elle était enceinte et qu'il a refusé d'assumer ses responsabilités. Il a fini par s'y mettre, mais ça lui a pris beaucoup plus de temps que ça n'aurait dû.

— Je sais. Et Trent s'améliore.

J'ai ricané. Finley connaissait la situation de son mari.

— Tout ce que je dis, c'est que ta relation avec Hillary est différente de toute autre relation que tu auras. Et c'est normal.

J'ai lentement hoché la tête. — Je suppose.

Finley est restée silencieuse pendant une minute. — Alors, pour Thanksgiving ? Tu as des projets ?

— Je travaille. Tu sais comment c'est.

— Oui. Nous pensions déjeuner au domaine. Xavier va ouvrir le théâtre ce soir-là, donc il ne sera pas là tard non plus. Tu veux te joindre à nous ?

Être seul pour les fêtes avait été ma norme pendant des années. C'était le moment pour les familles d'être ensemble, et puisque je n'en avais pas, c'était le moment pour moi d'être seul. Mes parents étaient morts il y a des années, et sans frères et sœurs ni famille élargie aux alentours, j'avais l'habitude de passer la journée seul et de travailler le soir, offrant aux habitants du coin un endroit pour se détendre après une longue journée en famille.

Mais la solitude ne semblait pas aussi attrayante que d'habitude. Passer du temps avec Fin, George et Trent serait agréable.

— Oui, je veux bien. Merci, lui dis-je, lui rendant son sourire radieux. — Qu'est-ce que je peux apporter ?

— Rien. Tu connais Trent. Il s'occupera de tout. Tu viens à onze heures ?

— J'y serai. Merci, Fin.

— Je t'en prie. Je suis contente que tu viennes. On sera nombreux, mais ce sera sympa.

— Oui, ce sera bien.

LA PETITE VIPÈRE m'avait piégé. Dès que je suis entré, j'ai compris. La première personne que j'ai vue était Matty, et la deuxième était George, qui a été poussé dans mes bras par Finley avec un murmure : « Tu ne peux pas te fâcher quand tu as un bébé dans les bras. »

— Tu es cruelle, lui ai-je sifflé, avant de hisser le bébé sur mon épaule et de refuser de le rendre.

— Je veux que vous vous entendiez bien. Et comme aucun de vous deux n'avait d'endroit où aller pour Thanksgiving, je vous ai tous les deux invités ici. Il n'y a rien de mal à ça.

Je lui ai lancé un regard noir, même si je savais qu'elle avait raison. Je ne pouvais rien dire sur le fait que Finley invitait qui elle voulait dans sa propre maison pour sa propre célébration de fête.

Mais j'étais bien décidé à ne pas en être content.

Finley s'est éloignée, sachant qu'elle devait le faire avant que je ne dise vraiment quelque chose. Quelques minutes plus tard, Karissa m'a rejoint.

—Tu as l'air bien avec un bébé, dit-elle avec un sourire et un regard mélancolique.

—Toi aussi, tu aurais l'air bien.

Elle secoua la tête, le regard toujours fixé sur George. —Ma chance pour ça est passée. Je m'en suis accommodée.

—Il y a toujours des enfants qui ont besoin d'être aimés, Rissa. Toi et Xavier devriez envisager l'adoption ou l'accueil.

Elle haussa les épaules. —Peut-être quand McJenna sera à l'université. Pour l'instant, elle doit être notre priorité.

—Je comprends.

—Mais tu devrais y réfléchir.

J'ai ri. —Pas avec mon mode de vie. Je travaille trop de nuits et de week-ends pour même penser à faire entrer un enfant là-dedans. Un bébé. Et ne pas avoir de partenaire rendrait ça impossible.

—Anna y est arrivée, dit Karissa sans la moindre trace d'ironie.

—Elle est unique.

—Tu dis ça comme si c'était une mauvaise chose.

J'ai secoué la tête. —Pas du tout. Je dis simplement que tout le monde n'aurait pas la force de faire quelque chose comme ça.

—C'est vrai. George babilla vers elle, attirant son attention pendant un moment. —Finley m'a dit que tu cherchais à embaucher un directeur commercial.

—Ouais. J'admets enfin que j'en ai besoin. Melody m'a trop gâté.

—Melody a travaillé pour toi il y a des années.

—Oui, et je me suis battu pour ne pas avoir à la remplacer depuis.

—Tu ne voulais même pas l'embaucher, dit Karissa en riant.

—Non, je ne l'ai pas fait. Mais elle a bien plaidé sa cause. Et j'ai eu du mal depuis qu'elle a démissionné. Ne le dis à personne, mais ça m'a fait en vouloir un peu à Ramsey.

Karissa mima une fermeture éclair sur ses lèvres, tourna la clé imaginaire, puis la jeta et fit un clin d'œil.

—Merci. Tu connais quelqu'un qui cherche du travail, par hasard ?

Karissa secoua la tête. —Non, mais Goldie pourrait connaître quelqu'un.

—Vraiment ?

Karissa acquiesça. —Oui. Elle a beaucoup de contacts avec tout le travail qu'elle a fait. Je pense que tu devrais lui demander.

—D'accord, je le ferai. Merci.

—De rien. Maintenant, ton paiement pour ce conseil sera de me confier notre filleul.

—C'est injuste, grognai-je.

Elle tendit les bras vers lui, et il gazouilla joyeusement. —Tu vois ? Il veut venir avec moi. Tu dois arrêter de te cacher dans un coin à lancer des regards noirs à tous ceux qui s'approchent de toi.

Je lui lançai un regard noir pour faire bonne mesure. Elle rit et emporta le bébé, me laissant seul pour me débrouiller.

Trent me fit un signe de tête tandis que j'entrais dans la maison. Je me dirigeai vers lui et acceptai la bouteille d'eau qu'il m'offrait.

—Je me suis dit que si tu travaillais ce soir, l'eau serait ta boisson préférée, dit-il.

—C'est le cas. Merci. Vous avez organisé un sacré rassemblement.

Il rit. Son regard parcourut la pièce et s'illumina quand il se posa sur Finley qui parlait avec Anna de l'autre côté de la pièce. —Tu sais que c'est entièrement son œuvre. Mes fêtes habituellement se résumaient à un dîner coûteux et un verre cher. Xavier et McJenna étaient les seules personnes avec qui je célébrais. C'était sympa, mais je n'ai jamais été du genre à collectionner les gens comme le fait Finley.

—Elle fait vraiment ça, approuvai-je.

— Elle a dit que si nous avons tout cet espace et tout cet argent, nous devrions les dépenser pour les gens qu'on aime. Sa mère est ici depuis ce matin en train de cuisiner, ce qui m'a fait me sentir terriblement coupable, mais elle a insisté qu'elle ne voulait pas que ce soit autrement.

— Je comprends. Tu voulais juste faire un chèque et que tout soit réglé, n'est-ce pas ?

Il hocha la tête, sirotant sa boisson et regardant le comptoir. — Ça aurait été plus facile. Personne n'aurait eu à stresser. La nourriture aurait été prête. Nous aurions tous pu profiter de la journée.

— Regarde Kim. Tu penses qu'elle ne profite pas de ce moment ?

Trent regarda dans la direction que j'indiquais et vit sa belle-mère. Kim était entourée de famille, souriant fièrement avec George dans ses bras et Blake, très enceinte, assise à côté d'elle sur une chaise. Kim rayonnait de bonheur et riait à quelque chose qu'Ian avait dit.

Certes, elle avait l'air fatiguée, mais c'était le genre de fatigue qui était rafraîchissante. Le genre de fatigue que je ressentais après une longue soirée à l'O'Kelley où les gens s'amusaient et personne ne se disputait. Kim n'était pas épuisée, elle était comblée de joie.

— Elle a l'air heureuse, admit Trent.

— Oui, c'est vrai. Ça a peut-être été difficile d'organiser tout ça, mais ça ne veut pas dire qu'elle n'en a pas profité. Regarde son visage quand tout le monde s'assiéra pour manger et la complimentera pour la qualité de sa cuisine.

— On dirait que tu as de l'expérience dans ce domaine.

J'ai hoché la tête. — En effet. Il y a toujours des moments

où c'est préférable de faire quelque chose soi-même plutôt que de payer quelqu'un pour le faire. J'ai rarement eu l'argent pour simplement faire un chèque et passer à autre chose, mais quand ça m'est arrivé, ça ne m'a pas donné la même satisfaction.

— Tu es en train de dire que je passe à côté de la vie parce que j'ai de l'argent ? demanda Trent.

— Parfois, oui. Mais je pense que Finley est bonne pour toi. Elle va t'aider à voir la joie que tu peux ressentir en te salissant un peu les mains de temps en temps.

Il sourit d'un air narquois.

— Pas comme ça. J'ai ri avec lui.

—Tu as raison, dit-il. —Elle m'aide à voir cela. Je voyais Kim uniquement comme fatiguée et travaillant trop, pas comme quelqu'un qui aime subvenir aux besoins de sa famille de cette façon. Merci. Pas étonnant que Finley soit si déterminée à te trouver une femme.

—Oh, merde. C'est vrai ?

Il sourit d'un air narquois. —Je suppose que tu ne t'en étais pas rendu compte, hein ? Ouais, t'es foutu, mon pote.

—Putain de merde.

Trent éclata de rire. —Exactement.

11

ANNA

Mes joues me faisaient mal à force de maintenir mon sourire. Je n'allais certainement pas laisser quiconque voir à quel point j'étais... je ne savais même pas quelle émotion me traversait, mais ce n'était pas de la joie.

J'aurais dû me douter que Finley inviterait Hudson à sa fête de Thanksgiving. Elle avait dit que ce serait juste la famille et quelques amis, et elle avait insisté pour que je vienne avec les garçons. J'avais essayé de refuser, mais nous savions toutes les deux que je n'avais pas d'autres projets et qu'elle était ma patronne. Je ne pouvais pas dire non à ma patronne sans une bonne raison.

Alors, nous y sommes allés. Mes garçons étaient excités de voir l'intérieur du domaine MacKellar. Je l'étais aussi, mais cela me fascinait beaucoup moins qu'eux. Je savais à quelle vitesse on pouvait tout perdre, et la sécurité financière faisait certainement partie de ces choses.

Non que je pensais que cela arriverait à Finley. Mon Dieu, j'espérais vraiment que non parce que, même si j'étais contra-

122

riée contre elle, je l'appréciais. Beaucoup. Elle méritait d'être heureuse.

—Maman, Trent a dit qu'on pouvait aller jouer dans sa salle de jeux. C'est d'accord ? demanda Matty.

Je regardai vers l'endroit où Trent attendait les garçons. Il me sourit, et je hochai la tête.

—Oui, mais soyez sages, leur dis-je alors qu'ils s'éloignaient précipitamment, oubliant jusqu'à mon existence.

Ce devait être une journée amusante. Un jour pour être reconnaissants. C'était aussi le premier Thanksgiving traditionnel que mes garçons avaient connu depuis des années. Ils ne se souvenaient probablement pas du seul et unique Thanksgiving qu'ils avaient tous les deux passé avec leur père et sa famille. C'était l'année de la naissance de Matty, avant que Nick ne parte et ne revienne jamais.

Mes parents étaient déjà partis à cette époque. Ils n'ont jamais rencontré mes garçons. Les fêtes et la famille n'étaient pas importants pour eux. C'étaient vraiment des personnes horribles, et mes fils se portaient mieux sans eux, mais je me sentais mal qu'ils n'aient que moi et pas un grand groupe comme celui avec lequel George allait grandir.

—Comment allez-vous, Anna ? demanda Kim, la mère de Finley, en me rejoignant au bout du canapé.

Le salon était immense. Les meubles étaient confortables et coûtaient probablement plus que mon loyer pour une année entière. Les trente personnes que Finley avait invitées pour le déjeuner tenaient facilement dans la pièce sans qu'on ait l'impression d'être à l'étroit.

—Je vais bien, dis-je en me décalant pour lui laisser de la place. Il y en avait largement, mais elle s'assit juste à côté de moi avec sa jambe pressée contre la mienne.

—C'est vraiment formidable à entendre. Vous avez été une véritable bénédiction pour Finley cette année. Je sais que tout le monde dira que George est ce dont elle est le plus reconnaissante, mais j'espère que vous savez que nous vous sommes tous très reconnaissants également.

Ma gorge se serra à ses paroles. Peu de personnes avaient déjà dit qu'elles étaient reconnaissantes de m'avoir, à quelque titre que ce soit. —Merci.

Elle tapota ma main comme si elle comprenait à quel point ses mots comptaient pour moi. —Je sais que vous avez donné beaucoup de conseils à Finley sur l'éducation des garçons, et je sais que vous êtes devenue bien plus qu'une employée pour elle. Elle s'est beaucoup appuyée sur vous, et ma fille a toujours été farouchement indépendante. Vous ne la connaissiez pas avant sa grossesse, mais le fait qu'elle ait lâché prise comme elle l'a fait et qu'elle vous ait confié la gestion du magasin a été énorme pour elle. Vous avez rendu son congé maternité possible.

Je souris. Finley m'avait dit la même chose, mais c'était lorsqu'elle me versait une prime qu'elle disait être pour me montrer sa reconnaissance. J'avais utilisé cet argent pour rembourser une des dettes de Nick et pour me donner un peu de marge de manœuvre, à moi et à mes fils. Je n'avais jamais considéré cela comme autre chose qu'un outil. Je n'avais pas réalisé que j'avais offert à Finley quelque chose dont elle avait besoin.

—Je suis désolée si je vous ai bouleversée, dit Kim. —Je voulais simplement que vous sachiez que je suis heureuse que vous soyez ici, et que je suis heureuse que vous fassiez partie de la vie de ma fille.

—Merci.

Kim me tapota à nouveau le bras, puis me laissa assise dans mon étonnement. Les personnes autour de moi s'estompèrent tandis que le poids des paroles de Kim s'enfonçait en moi.

Je m'excusai auprès de personne en particulier et me précipitai aux toilettes du rez-de-chaussée. C'était ridicule que les remerciements de Kim aient un tel impact sur moi, mais c'était le cas. De tous les emplois que j'avais eus, les personnes pour qui et avec qui j'avais travaillé, les personnes qui avaient fait partie de ma vie, aucune n'avait jamais dit qu'elle m'appréciait comme Kim venait de le faire. Comme elle disait que Finley le faisait. C'était plus agréable à entendre que je ne l'aurais cru. Ce n'était ni vide ni dénué de sens. Ses paroles avaient un poids. Un poids qui se déposa dans mon cœur et me fit sentir que ma présence ici n'était pas due au fait que Finley avait pitié de la pauvre femme qu'elle employait par compassion.

C'était stupide, mais cela me faisait sentir qu'elle m'appréciait vraiment.

Je n'aimais pas avoir besoin de cette validation, mais je ne l'avais jamais eue auparavant. Mes amis du lycée étaient comme moi, fumaient, buvaient et agissaient bêtement. Mes collègues après le lycée étaient pour la plupart les mêmes personnes. Une fois enceinte, ces amis avaient perdu tout intérêt pour moi puisque je ne pouvais plus fumer ni boire. Et je ne m'étais jamais fait d'amies parmi les mères. J'avais été seule, isolée du monde, pendant des années. Jusqu'à ce que je m'immisce dans la conversation de Finley et que je tente ma chance pour qu'elle m'embauche.

Et que je trouve quelque chose dont je me disais que je n'avais pas besoin.

Quand j'ai finalement réussi à me ressaisir, je me suis lavé les mains, j'ai tapoté mes joues et je me suis dit que personne ne remarquerait que j'avais pleuré. J'ai tourné la poignée pour ouvrir la porte, la trouvant difficile à bouger.

Parce que quelqu'un la tournait de l'autre côté.

—Qu'est-ce que... Oh, ai-je hoqueté.

Hudson.

Je ne voulais absolument pas lui parler, et encore moins me retrouver coincée avec lui dans le couloir loin des autres, où je risquais de perdre la tête à nouveau et de céder à son parfum enivrant.

—Salut, dit-il en reculant. Il se plaqua contre le mur opposé, me laissant suffisamment d'espace pour passer.

—Salut. Je ne pouvais pas bouger. Mes pieds étaient cloués au sol, mes yeux rivés sur l'homme en face de moi.

—Est-ce que tu... Je veux dire, ça va ?

J'ai baissé le menton et laissé mes cheveux tomber devant mes yeux. J'ai hoché la tête.

Son doigt a effleuré mon menton, relevant mon regard vers le sien. Il a plissé les yeux et m'a examinée attentivement, évaluant par lui-même si j'allais bien.

Ce qu'il a vu a dû le satisfaire car il a relâché sa prise. Il s'est approché. Assez près pour que je puisse sentir son eau de Cologne.

—Hudson.

—Ce qui s'est passé il y a quelques semaines n'était pas une erreur, Anna. J'ai besoin que tu le saches.

J'ai inspiré brusquement, ma poitrine se soulevant avec mon souffle.

Son regard s'est posé dessus. Il s'est léché les lèvres. Il s'est rapproché. —Dis-moi de ne pas t'embrasser à nouveau, Anna.

Je l'ai fixé, les mots coincés dans mon cerveau. Je savais que je devais le dire. Il ne le ferait pas si je lui disais de ne pas le faire. Mais il y avait dans ses yeux un regard auquel je ne pouvais pas résister. Un regard qui disait qu'il ne voulait pas résister.

Aucun homme ne m'avait jamais regardée de cette façon. Comme s'il ne pouvait pas attendre pour poser ses mains sur moi. Cela m'envoya des frissons le long de la colonne vertébrale qui se déposèrent entre mes cuisses et firent fourmiller mon intimité.

Cet homme, qui volait des pots de spaghetti aux boulettes

de viande et qui donnait du travail à des adolescents et qui prenait soin de femmes enceintes alors qu'elles n'étaient pas sa responsabilité, il me rendait folle. Je ne voulais pas le désirer, mais mon Dieu, c'était le cas.

— Anna, dit-il encore, son murmure rauque, suppliant, implorant.

— No.

— Tu as dit que c'était une erreur, Anna.

— Et toi, tu as dit que ça n'en était pas une, le provoquai-je.

— Putain de merde, grogna-t-il en comblant l'espace entre nous.

Il me poussa en arrière dans les minuscules toilettes. La porte se ferma derrière lui, nous enfermant dans cet espace trop étroit. Mon dos heurta le mur en face de la porte et son corps me pressa plus fort contre la surface plane.

Ses lèvres n'avaient toujours pas touché les miennes. Son souffle balayait mon visage, ses yeux brillaient de désir et d'exigences. Je n'étais pas sûre de ce qui me faisait frissonner, mais je frissonnais.

Je voulais tout ça.

— Anna, gronda-t-il.

— Hudson.

Son nom sur mes lèvres brisa quelque chose en lui, et il scella enfin sa bouche à la mienne. Il écarta mes lèvres consentantes et enfonça sa langue profondément dans ma bouche. Ses mains capturèrent les miennes, entrelaçant nos doigts tandis qu'il remontait nos mains le long du mur pour les immobiliser au-dessus de ma tête.

C'était une attaque totale. Le genre que je n'avais vu que dans les films. Le genre qui te fait douloureusement prendre conscience de chaque centimètre de l'autre personne tout en oubliant quelles parties t'appartiennent et lesquelles lui appartiennent.

Je tremblais pendant qu'il m'embrassait, sa langue et ses lèvres me poussant à ma limite puis au-delà. C'était fou de penser que je pourrais avoir un orgasme à cause d'un baiser, mais j'en étais proche. Un frôlement contre mon clitoris et je serais partie.

Il glissa sa cuisse entre mes jambes comme s'il savait à quel point j'étais proche. Il tenait mes deux mains dans l'une des siennes et descendit l'autre sur ma hanche, me guidant le long de sa jambe.

—Anna, gémit-il. Ses doigts s'enfoncèrent dans mes fesses généreuses, et il se pressa contre moi à nouveau.

Peut-être que je n'étais pas la seule à perdre complètement la tête.

—Mon Dieu, murmurai-je. Mon corps tremblait, s'envolant en spirale avant même que j'aie eu le temps d'y penser.

Il ne dit rien d'autre, se contentant de me tenir pendant que je m'abandonnais. Je n'avais jamais joui aussi facilement de ma vie. Je ne savais pas si je devais me sentir ridicule ou puissante quand j'ai intercepté son regard.

Désir.

—C'était sexy en diable, gronda-t-il.

Mes joues s'échauffèrent, et il se pencha pour m'embrasser à nouveau. Sa langue envahit ma bouche. Ses mains parcouraient mon corps. Tout en moi réclamait un autre orgasme.

Il s'écarta juste assez pour croiser mon regard. Le sien était douloureux, anxieux. —Ne dis pas encore que c'était une erreur. S'il te plaît, Anna. Ne le dis pas."

J'ai hoché la tête, et il a reculé. Il a ouvert la porte, jetant un coup d'œil dehors, puis m'a regardée avec un sourire avant de partir.

Je me suis laissée tomber sur la cuvette des toilettes et j'ai passé une main dans mes cheveux. Je ne pouvais pas réprimer le sourire qui relevait mes lèvres, ni l'éclat dans mes yeux. J'ai fait de mon mieux pour lisser mes cheveux. J'ai aspergé mes joues d'eau. Puis j'ai quitté la salle de bain.

—Venez vous asseoir avec moi, dit Kim quand j'ai rejoint le groupe dans le salon. —Nous nous apprêtons à manger."

Tout le monde a pris place, Hudson et moi séparés par cinq personnes. Je me suis dit que ce n'était pas intentionnel, mais quand il n'a pas croisé mon regard de tout le repas, j'ai commencé à me demander si ça l'était.

Avant que tout le monde ait fini, Kim s'est levée et a tapé son couteau contre le bord de son verre. —Je suis si reconnaissante envers chaque personne ici présente. Même si ce n'est pas chez moi, je voulais prendre un moment pour vous remercier tous d'être venus. Merci à Finley et Trent de nous accueillir. Et merci à vous tous d'être des personnes si importantes dans nos vies. Je voudrais que chacun dise quelque chose dont il est reconnaissant aujourd'hui. C'est peut-être niais, mais c'est toujours bon de se rappeler nos bénédictions. Aujourd'hui, l'une de mes bénédictions est Anna et le soutien qu'elle a apporté à Finley cette année. Anna ? Voulez-vous continuer, s'il vous plaît ?"

Mon corps était encore tremblant, et mes émotions un peu confuses, mais je lui ai souri et j'ai levé mon verre. —Je suis reconnaissante d'être ici aujourd'hui. De permettre à mes garçons de vivre une grande fête familiale et d'être accueillis si complètement dans votre maison et dans vos vies. Merci."

—Très touchant, a dit Kim. —Hudson ? À vous maintenant.

Son regard a croisé le mien pendant une fraction de seconde avant qu'il ne le détourne brusquement. Il a souri à Kim et a dit, —Je suis reconnaissant pour les opportunités que j'ai eues dans ma vie et celles qui sont encore à venir.

—On dirait que vous avez de grands projets, a taquiné Kim. —Blake ? Et vous ?

Le reste de la table a été appelé un par un. C'était agréable d'entendre ce pour quoi les autres étaient reconnaissants. Tout, de la famille aux amis en passant par le foyer. Matty était reconnaissant que Hudson le laisse jouer à des jeux. Joey était reconnaissant pour les risques qu'il avait pris et les leçons qu'il avait tirées en poursuivant ce qu'il voulait.

Mon cerveau s'est arrêté sur cette dernière phrase. J'étais heureuse de l'entendre dire cela, mais il y avait quelque chose dans sa façon de le dire qui me faisait me demander de quoi il parlait.

J'ai souri tout au long du déjeuner et j'ai bavardé avec tout le monde. C'était agréable de ne pas être seule pendant les fêtes. Les garçons se sont amusés, et je dois admettre que je me suis aussi amusée.

Quand les autres ont commencé à partir, nous nous sommes dirigés vers la porte. Nous avons remercié Finley et Trent de nous avoir reçus, et j'ai décliné l'invitation à rester plus tard car je travaillais tôt le lendemain. Finley ne faisait pas de soldes pour le Black Friday, mais elle voulait que le magasin soit ouvert tôt pour les gens qui se promenaient et faisaient du shopping en ville.

—Hé, maman, est-ce que je peux aller voir Tierney ? a demandé Joey environ une heure après notre retour à la maison.

Tierney était la nouvelle petite amie de Joey. Je n'étais pas tout à fait sûre de quand ils avaient commencé à sortir ensemble, mais j'entendais de plus en plus souvent son nom ces derniers temps. Ses parents semblaient gentils, et Tierney était toujours polie quand je la voyais. Elle jouait au volley-ball pour l'école et était une bonne élève. Elle avait un petit frère et une grande sœur, et ils vivaient dans une très belle maison au centre-ville.

—De quoi parlais-tu quand tu as dit que tu étais reconnaissant pour les risques que tu avais pris et les leçons que tu en avais tirées ?

—Quoi ? a-t-il demandé, levant les yeux de son téléphone. Il le fixait, probablement en train de planifier quelque chose avant même d'en avoir la permission. Mon Dieu, comme je détestais avoir été pareille à son âge. Mais là où je m'enfuyais en douce si mes parents disaient non, Joey ne l'avait jamais fait. À ma connaissance.

— Au déjeuner. Tu as dit que tu allais chercher ce que tu voulais. De quoi parlais-tu ?

Mon premier indice que sa réponse n'allait pas me plaire fut quand il évita mon regard. Il fourra son téléphone dans sa poche et accrocha ses pouces à ses passants de ceinture. Il se balança sur ses talons et prit une profonde inspiration.

— Joey ?

J'avais le cœur dans la gorge. Tierney était-elle enceinte ? Joey avait-il été renvoyé de l'école ? Abandonnait-il ses études ? Mon cerveau se précipita immédiatement vers tous les scénarios catastrophes que je pouvais imaginer. Je savais qu'il était en sécurité, mais uniquement dans la mesure où je pouvais le voir. Peut-être que—

— Je me suis inscrit aux examens SAT.

— Tu as fait quoi ? aboyai-je.

Ce n'était pas mon plus beau moment. Pas du tout. Je détestais avoir réagi avec colère quand il l'a dit, mais c'était le cas. Non, ce n'était pas vrai. J'avais peur. J'étais terrifiée. Je m'étais tuée à la tâche pour rembourser les dettes que son père avait laissées à mon nom, au point que mon compte d'épargne n'existait même plus et que mon compte courant n'avait jamais vu de virgule.

J'avais dit à Joey que l'université n'était pas une option. Que je n'avais pas l'argent et que les bourses étaient difficiles à obtenir. C'était une conversation difficile parce que ses professeurs et son conseiller d'orientation insistaient pour qu'ils commencent à penser à l'université. Il n'avait pas les notes nécessaires pour une bourse à cause de ses troubles d'apprentissage, et les bourses sportives étaient encore plus difficiles à décrocher.

— Je veux aller à l'université, maman. Je sais qu'on ne peut pas se le permettre, mais je prendrai des prêts, je travaillerai et je ferai tout ce qu'il faut.

— C'est Tierney qui te pousse à faire ça ? ricanai-je. Encore une fois, pas mon plus beau moment. Elle avait mentionné que sa grande sœur étudiait à Columbia.

— Tierney veut que je sois heureux, mais non, ce n'est pas elle. Tu es la seule qui n'est pas d'accord avec mon projet. Tu n'es pas allée à l'université, alors tu ne le vois pas comme une option.

— Les dettes d'études sont écrasantes pour la plupart des gens. Tu finis par devoir des dizaines de milliers de dollars, si tu as de la chance. Certaines personnes en doivent des centaines de milliers. Sais-tu combien de temps il te faudrait pour rembourser ça ? Même si tu obtiens un emploi bien payé, ça prend des décennies. Ça affecte ta capacité à faire d'autres choses à l'avenir.

— Hudson l'a fait, lui.

—Hudson ? Il n'y avait plus d'air. C'était lui qui avait commencé tout ça. Qui avait mis dans la tête de Joey que les études supérieures étaient possibles.

—Oui. Il a obtenu une bourse de baseball et a fait des études jusqu'à ce qu'il se blesse. Sa femme était sa tutrice, et elle avait des prêts, mais il a dit que ce n'était pas si terrible.

J'ai fait les cent pas dans le salon en retenant les larmes qui me montaient aux yeux. Je voulais offrir le monde à mes enfants. Je voulais qu'ils aient des possibilités illimitées. J'aurais fait n'importe quoi pour eux.

Mais les accabler d'une dette qui les suivrait toute leur

vie, les encourager à faire quelque chose qui affecterait leur avenir, je ne pouvais pas cautionner ça.

Je connaissais toutes les statistiques. Les diplômés gagnaient plus que ceux qui n'avaient jamais fait d'études, mais personne ne parlait des diplômés qui vendaient leur âme pour rembourser leurs dettes. Ceux qui payaient plus que mon loyer chaque mois pendant vingt ans pour rembourser l'argent qu'ils avaient emprunté.

Ce n'était ni intelligent ni raisonnable. Mais Hudson lui avait fait croire que c'était le cas.

—Reste ici avec ton frère, ai-je dit sans regarder mon fils.

—Mais je devais retrouver Tierney.

—Non. Je serai de retour dans une heure. On pourra parler à ce moment-là.

Joey a soupiré, mais il a acquiescé.

J'avais le cul d'un propriétaire de bar à botter.

12

J'étais furieuse. De la vapeur devait sortir de mes oreilles. J'avais le visage en feu et tout mon corps brûlait. Je n'arrivais pas à croire qu'Hudson ait convaincu mon fils que l'université était une option. Je tenais à peine le coup, et même s'il pouvait obtenir des prêts, je ne voulais pas que mon fils commence sa vie d'adulte avec le genre de dettes que j'essayais de rembourser depuis des années.

Putain d'Hudson.

Le temps d'arriver chez O'Kelleys, je m'étais un tout petit peu calmée. Une place de parking était libre juste devant, ce qui m'a fait sourire face à cette chance inespérée, et je suis entrée dans le bar bondé.

Qu'est-ce que c'est que ça ?

J'étais plus que surprise de voir tant de monde un soir de Thanksgiving, mais j'ai rapidement mis cette pensée de côté et suis partie à la recherche de l'homme que j'étais venue voir.

J'ai marché d'un pas lourd vers le bar, repérant Hudson du regard. Mon corps s'est embrasé pour une raison totalement différente, mais je ne pouvais pas laisser mes stupides hormones et mes désirs d'adolescente prendre le dessus. Pas quand l'avenir de mon fils était en jeu.

Il a levé les yeux et m'a vue avant que j'atteigne le bar. Ses lèvres ont commencé à s'étirer en un sourire, puis il a remarqué mon expression et a froncé les sourcils. Il a fait un signe de tête vers le couloir. Homme intelligent. Il ne voulait pas que cette conversation ait lieu en public.

Il est arrivé au bureau avant moi et m'attendait juste à l'intérieur de la porte. Il l'a fermée derrière moi et a croisé les bras, bloquant ma seule et unique issue comme s'il pensait que j'allais partir en courant sans lui dire ce qui n'allait pas après avoir traversé toute la putain de ville en voiture pour lui crier dessus.

Dieu, j'étais tellement en colère !

Il restait là, à me regarder sans parler. Je voulais qu'il me demande ce qui n'allait pas, mais il ne le faisait pas. Il restait juste là.

—Pourquoi as-tu dit à Joey de s'inscrire aux SATs ? ai-je finalement lâché.

—Quoi ? a-t-il demandé.

Je me suis retournée vers lui. Il avait laissé retomber ses bras le long du corps. Sa tête était inclinée. Son regard était lointain, comme s'il ne se souvenait pas d'avoir parlé à mon fils de son avenir.

—Joey a dit que tu l'as encouragé à s'inscrire aux SATs. Pourquoi as-tu fait ça ?

Hudson secoua la tête comme s'il émergeait d'un brouillard. Ses sourcils se froncèrent. Il se concentra sur moi.
—C'est pour ça que tu es si en colère ? En quoi est-ce un problème ?

—Tu te fous de moi ?

La légèreté en lui s'évanouit. Il croisa à nouveau les bras. Ses muscles se tendirent. —Pour entrer à l'université, il a besoin de ce test. Toutes les écoles l'exigent. À moins qu'il ne prévoie d'aller quelque part qui demande l'ACT, mais généralement c'est...

—Il ne va pas à l'université, ai-je répliqué sèchement.

—Qu— Il s'arrêta avant de finir sa question.

Je ne pouvais pas le regarder. Je savais ce que les gens pensaient de l'université. C'était une obligation pour obtenir la plupart des emplois. Surtout les bons. C'était ce que la plupart des gens faisaient. Il y avait des moyens de la payer. Mais pas des très bons.

—Il parle de l'université depuis toute l'année. J'ai supposé—

—Comme tu as supposé qu'il avait ma permission pour travailler ici l'année dernière ? ai-je craché.

C'était un coup bas, un que je n'aurais pas dû lancer, mais j'étais en colère et effrayée, et cet homme était celui qui créait tout ce tumulte dans mon monde en ce moment.

Il fondit sur moi, réduisant la distance entre nous avant même que j'aie le temps de réaliser qu'il bougeait. —Tu as accepté qu'il travaille ici après ça. Je n'avais aucun moyen de le savoir, et je pensais que nous avions dépassé ce problème.

Je rassemblai toute ma colère et ma défense pour le fusiller du regard. Je détestais qu'être si proche de lui fasse frissonner toutes mes bonnes parties. Je voulais ne pas le trouver le moins du monde attirant. Je voulais pouvoir résister à l'attraction que je ressentais quand j'étais si proche de lui.

—Ouais, eh bien, c'était avant que tu ne décides d'interférer dans nos vies. Encore.

—Qu'est-ce qui est si grave à ce qu'il aille à l'université ? demanda Hudson. Sa voix était dure, confuse mais aussi déterminée. Il pensait avoir raison.

—Comment diable va-t-il la payer ? Moi je ne peux certainement pas. Et les prêts étudiants créent une crise dans ce pays. Il va porter des prêts pour le reste de sa vie, et je ne vais pas lui imposer ça.

—Ne devrait-ce pas être son choix ?

J'ai ricané. —C'est un adolescent. Tu crois vraiment qu'il prend des décisions réfléchies en ce moment ?

—Ce n'est pas un adolescent typique. Il a un emploi et il travaille dur à l'école. Il s'occupe de son frère. Il veut ça. Pourquoi t'y opposes-tu aussi fermement ?

—Parce que nous ne pouvons pas tous dépenser quelques centaines d'euros pour un truc de jeu vidéo sans y réfléchir à deux fois ! Je ne peux pas. Mes enfants ne peuvent pas. J'arrive à peine à joindre les deux bouts, et je vis dans un taudis où il ne devrait pas être légal de loger des êtres humains. Mais les dettes ont failli me détruire. Je ne peux pas m'en sortir parce que je ne peux pas me permettre mieux. Et je ne laisserai pas mes enfants souffrir comme j'ai souffert.

—Es-tu allée à l'université ?

—Qu'est-ce que ça peut faire ?

—Y es-tu allée ?

—Non. J'ai croisé les bras et redressé ma colonne vertébrale. —Et je me suis très bien débrouillée sans diplôme universitaire.

—Je suis d'accord, a-t-il dit. —Mais il y a beaucoup d'opportunités pour les gens à l'université. Surtout pour quelqu'un comme Joey, qui veut devenir ingénieur.

—Il quoi ? ai-je haletée. Il ne m'avait jamais dit ça. Il ne me disait rien.

—Il ne t'en a pas parlé ?

—Non, ai-je claqué. —Mais visiblement, il t'en a parlé à toi. Donc, mon fils fait des projets pour son avenir sans m'en informer, mais il t'implique, toi. C'est censé me rassurer ?

Hudson a froncé les sourcils. —Tu es vraiment pénible, tu sais ça ? Pourquoi ne peux-tu pas simplement accepter qu'il fasse ses propres choix ?

—Et pourquoi ne peux-tu pas rester loin de ma famille, bordel ?

Nous respirions tous les deux fortement. Nos poitrines montaient et descendaient ensemble. Nos souffles se mêlaient. Nos corps étaient tendus et crispés.

Et puis nous avons craqué.

Je ne sais pas lequel de nous a bougé en premier, mais l'instant d'après, il me plaquait contre la porte, pressant son corps contre le mien. Ses lèvres étaient sur les miennes, sa langue forçant l'entrée de ma bouche.

J'ai griffé son dos avec mes ongles, lui arrachant un sifflement. Il s'est retiré de notre baiser et a traîné ses dents sur ma clavicule avant de mordiller mon lobe d'oreille.

J'ai grogné contre lui.

Il a soulevé ma jambe et s'est installé entre mes cuisses. Il était dur, j'étais mouillée, et putain, je savais où ça allait nous mener.

Une petite voix au fond de mon esprit me disait que je devais arrêter, mais toute l'adrénaline en moi pulsait au rythme de mon désir et je savais que j'aurais plus de chances d'arrêter un train en pleine course, car c'était exactement ce que je ressentais.

Sa barbe a râpé le long de ma gorge tandis que ses doigts remontaient mon t-shirt. Sa paume chaude brûlait ma peau. Me marquant au fer. Me signant. Me revendiquant.

Je l'ai repoussé et j'ai arraché mon t-shirt. Son regard s'est posé sur mes tétons, dressés sous mon soutien-gorge en coton. Le genre pas cher de grande surface. Il n'était ni sophistiqué, ni en dentelle, ni joli. Il était simple et blanc, parce que c'était économique.

Mais sous son regard, il se transformait en lingerie fine.

Son souffle sortait de ses narines comme celui d'un taureau prêt à charger. Il a tendu le bras et retiré son t-shirt, puis il s'est avancé vers moi comme un homme en mission.

Je me suis sentie encore plus excitée rien qu'à l'idée d'être cette mission.

Il a de nouveau soulevé ma cuisse et s'est pressé contre moi. Mon corps s'est tendu à ce mouvement, se préparant pour lui.

Il l'a fait encore, et encore. Il fixait mes seins tout ce temps, son regard rivé sur ces monticules de chair et la façon dont ils rebondissaient entre nous. Puis il a relâché ma jambe pour prendre mes seins en coupe et pincer mes tétons.

J'ai crié, ma tête cognant contre la porte. Il a poussé le coton sur le côté et remplacé une main par sa bouche. Je me détestais de voir avec quelle facilité il me faisait perdre pied. D'abord dans les toilettes chez Finley, et maintenant dans son bureau. Il n'avait même pas réussi à enlever mon pantalon les deux fois, mais je jouissais comme s'il avait été enfoui en moi.

—Putain, a-t-il grogné, léchant mon téton et mordillant son chemin vers l'autre côté. Encore.

Il lécha et suça mon autre téton jusqu'à ce que mon corps s'envole une seconde fois. J'étais furieuse. Je ne voulais pas qu'il ait ce genre de contrôle sur moi. Être la seule à être faible de désir.

Je le repoussai et nous fis pivoter, plaquant son dos contre la porte. Je tombai à genoux et déboutonnai son jean. Il gémit, m'aidant à faire glisser son jean et son boxer le long de ses jambes, exposant son sexe épais et dur.

Cela faisait longtemps que je ne m'étais pas mise à genoux devant un homme. Je ne me souvenais même plus de la dernière fois. Mais je savais que je n'étais pas très douée pour les fellations. Nick me répétait sans cesse que je devais m'améliorer et m'encourageait à m'entraîner, mais il disait toujours que je n'étais pas très bonne. Après avoir joui, bien sûr.

—Anna, dit doucement Hudson.

Je ne voulais pas qu'il soit gentil avec moi. Ni qu'il me prenne en pitié. Je ne voulais pas qu'il voie l'incertitude dans mon regard ou qu'il sache que je voulais lui faire plaisir. Je voulais juste lui faire perdre le contrôle.

Je me penchai en avant et entourai son sexe de mes lèvres. Il poussa plus profondément dans ma bouche, puis se retira immédiatement.

—Putain, siffla-t-il.

Je fermai les yeux et me concentrai sur ses sensations. Ses cuisses se contractaient sous mes doigts. Son sexe pulsait entre mes lèvres. Ses doigts s'enfoncèrent dans mes cheveux, se resserrant quand je me retirais et m'encourageant à aller plus profond quand je le prenais dans ma bouche.

Plus je le suçais sans instruction, plus je devenais audacieuse. Je caressai ses testicules. Je fis glisser mes ongles le long de ses cuisses. Je suçai plus fort.

Sa respiration devint désespérée. Son va-et-vient s'accéléra. Sa prise sur mes cheveux se resserra. Je me préparai à ce qu'il se déverse dans ma gorge. Je ne voulais pas m'étouffer avec lui, mais c'était possible. Je détendis ma gorge et respirai par le nez.

Puis il grogna et me tira en arrière.

Il serra la base de son sexe et grogna. —Sur le canapé. Maintenant.

—Quoi ? demandai-je, encore étourdie d'avoir été tirée de lui.

—J'ai besoin d'être en toi quand je jouis.

Je le regardai fixement, me demandant si j'avais bien entendu.

—Anna, gronda-t-il.

Mon corps a réagi à cela. Putain d'enfoiré. Mais j'ai fait ce qu'il disait.

Il m'a retiré le reste de mes vêtements, jurant quand mes bottines ont empêché mon pantalon de glisser facilement. Il a pris une inspiration et les a délacées, les jetant par-dessus son épaule quand elles se sont enfin libérées.

Puis il a disparu dans la salle de bain, revenant une minute plus tard avec un préservatif et un regard dangereux dans les yeux.

Putain de merde, cet homme était sexy.

Mon excitation coulait entre mes jambes. Je ne me souvenais pas de la dernière fois où j'avais été aussi mouillée. Peut-être jamais. Et tout ce qu'il avait fait, c'était jouer avec mes tétons.

Il m'a regardée, et j'ai résisté à l'envie de couvrir mon corps. Qu'il aille se faire foutre. S'il n'aimait pas mes courbes, je m'en fichais. Je n'étais pas là parce que je voulais une relation avec lui. Ou parce que nous étions faits l'un pour l'autre. J'étais là parce que j'étais en colère contre lui. Et parce que je ne l'aimais pas. Et parce que...

—Tu es tellement belle, putain, murmura-t-il.

Mon corps a frémi à ses mots. Je ne voulais pas qu'ils signifient autant, mais c'était le cas.

Il s'est placé entre mes jambes et s'est positionné à mon entrée. Il a capturé mon regard et l'a maintenu. Ses mains ont écarté mes cuisses. Il m'a observée pendant qu'il pénétrait mon corps.

Je ne pouvais pas détourner mon regard du sien, me sentant comme prisonnière de ses yeux. L'émotion m'a serré la gorge. Je ne voulais rien ressentir. C'était du sexe. Deux personnes qui ne pouvaient rien faire d'autre que se battre et baiser. Et nous faisions enfin la deuxième.

Quand il s'est complètement enfoncé en moi, nous avons tous les deux gémi. Hudson a fermé les yeux un instant, et j'en ai profité pour le dévisager. Il avait l'air différent sans chapeau, mais son crâne rasé et sa barbe fournie le rendaient encore plus badass. Ses lèvres étaient pleines, pulpeuses et parfaites pour les baisers. Son corps était puissant à force de soulever des caisses d'alcool, des chaises et de botter des culs quand il le fallait. Une épaisse couche de poils recouvrait sa poitrine et descendait sur ses abdominaux. J'ai tendu la main pour les toucher, savourant leur douceur contre ma paume.

Ses yeux se sont ouverts, et il a regardé là où nous étions joints. Ses mains s'y sont déplacées, m'écartant davantage. Ses pouces ont tiré ma chair alors qu'il commençait à bouger, exposant mon clitoris.

Il a alterné les caresses sur mon clitoris avec chaque pouce. Des caresses douces au début, juste assez pour allumer des étincelles en moi. À mesure que ses hanches poussaient plus fort, ses pouces caressaient plus vite, et je ne pouvais pas arrêter le train d'orgasmes qui fonçait vers moi.

—Putain, gémis-je.

—Oui.

Je serrai les dents et cessai de résister. C'était trop bon. Trop parfait. Trop tout. Profondément enfoui en moi, je n'avais jamais rien ressenti d'aussi intense pendant un rapport. Nick ne se souciait pas vraiment que je jouisse en même temps que lui. Il n'était pas très doté, tout court. Mais Hudson me remplissait et m'étirait, frottant contre toutes les parties en moi qui avaient besoin d'être stimulées. Mon clitoris pulsait et vibrait. Au plus profond de moi, tout se contractait et frémissait.

—S'il te plaît. Oui. Oh, oui ! grognai-je, vaguement consciente que nous étions dans un lieu public et que n'importe qui derrière la porte pouvait nous entendre.

Hudson grogna et me baisa plus fort. Ses hanches s'emparaient de tout ce que j'avais, et ses pouces saisissaient le reste. Mon corps s'accrochait au dernier fil de réalité, puis se brisa lorsque je jouis.

Je me perdis dans l'orgasme. Mon corps tremblait, se cabrant, poussant et exigeant tandis que mon orgasme prenait le dessus. J'étais certaine d'avoir crié, mais je m'en fichais. Hudson continuait de me pilonner, mon orgasme déclenchant le sien. Il rugit et s'enfonça au plus profond, s'immobilisant là où je pouvais le sentir pulser et se libérer.

Après un moment, il s'effondra sur moi. Ses mains étaient piégées entre nous, nos corps humides et collants.

Mon cerveau essayait de me dire que j'avais fait une erreur, mais j'étais trop comblée pour m'en soucier. Je n'avais jamais fait l'amour comme ça de ma vie. Je n'allais pas encore réfléchir à qui c'était ni à quel point c'était une mauvaise idée. Ces pensées viendraient, mais pendant un instant, j'avais besoin de savourer le poids d'un homme sur moi et la joie pure d'un orgasme qui m'avait vidée et me donnait envie de pleurer.

Cela aurait pu durer des heures ou seulement quelques secondes, mais bien trop tôt, Hudson roula sur le côté. Il alla directement à la salle de bain. Il laissa la porte entrouverte. C'était intime. Un genre d'intimité qui allait au-delà du sexe et me rappelait que c'était une mauvaise idée.

Tout d'un coup, je ne pouvais plus sortir d'ici assez vite.

J'attrapai mon jean et ma culotte, les enfilant d'un coup. Mes cuisses étaient mouillées, mais je devais partir. Je n'avais pas le temps d'utiliser la salle de bain ou de me nettoyer. Je devais juste m'en aller.

J'enfilai mon soutien-gorge et cherchais mon t-shirt quand je l'entendis derrière moi.

—Il est près de la chaise, dit-il. Sans émotion.

—Merci, murmurai-je. J'attrapai mon t-shirt, puis le passai par-dessus ma tête avant d'enfiler mes bottes à la hâte. Je ne pris pas la peine de les lacer avant de glisser mes bras dans mon manteau et de jeter mon sac sur mon épaule.

—Tu pars ?

—Ouais. Je suis venue uniquement pour te dire... Je me suis arrêtée. Ça semblait moins important maintenant.

—De rester en dehors de l'avenir de Joey, termina Hudson à ma place. Sa voix était plate.

J'ai hoché la tête. Je pouvais le voir du coin de l'œil, mais je ne pouvais pas le regarder. Il me faisait perdre la tête. Tout le temps. Je ne criais jamais sur les gens. Jusqu'à lui. Je ne couchais jamais avec des hommes dans des bureaux. Jusqu'à lui. Je n'avais jamais envisagé un avenir meilleur. Jusqu'à lui.

Je ne pouvais me permettre rien de tout ça. Je devais rester loin de Hudson Grant. Il était trop dangereux pour moi parce qu'il me faisait désirer des choses que je n'aurais jamais.

—Joyeux Thanksgiving, dit-il doucement.

J'ai levé les yeux vers lui. Grosse erreur. Il était toujours nu. Magnifique. Tentant.

Mais c'était le regard dans ses yeux qui m'a touchée. Celui qui disait qu'il ne voulait pas que je parte. Celui qui disait qu'il n'allait pas me demander de rester. Celui auquel je voulais désespérément répondre.

J'ai hoché la tête une fois, puis j'ai quitté son bureau. Sans me retourner.

13

Le sexe vraiment bon est censé soulager la tension. Il est censé te faire sentir capable de tout. Je n'étais pas censée... coucher avec le patron de mon fils'.

Je ne pouvais pas l'affronter. Jamais. Si je le pouvais, je déménagerais simplement. Mais j'avais deux garçons scolarisés, des dettes à payer, et un emploi que j'appréciais vraiment.

Hudson Grant n'allait pas ruiner ma vie. Il n'était pas dans ma vie. Et il n'y serait jamais.

Je me suis cachée pendant le reste du week-end de Thanksgiving. J'ai travaillé, j'ai passé du temps avec mes enfants et j'ai essayé de comprendre comment j'allais pouvoir leur acheter des cadeaux pour Noël.

Joey et moi avions conclu une trêve provisoire, mais très fragile. Il n'a plus rien dit à propos de l'université, des examens SAT ou quoi que ce soit. Il allait à l'école, au travail, et aidait à la maison.

Matty pouvait sentir que les choses n'étaient pas normales et m'a demandé un soir au dîner pourquoi j'étais fâchée contre Joey.

—Je ne suis pas fâchée contre lui, ai-je assuré aux deux garçons.

—Ça y ressemble pourtant. Matty était celui qui n'avait jamais peur de dire ce qu'il pensait. Il tenait ça de son père. Heureusement, il n'avait pas hérité de grand-chose d'autre de Nick.

Je ne savais pas comment répondre à Matty, mais Joey s'en est chargé.

—J'ai dit à maman que je voulais aller à l'université, mais les études supérieures coûtent cher et maman ne veut pas que je me retrouve fauché plus tard.

—Comme nous ? a demandé Matty.

—En gros, oui, a répondu Joey. «On travaille tous ensemble pour faire de notre famille ce qu'il y a de mieux, mais papa nous a baisés—

—Joey ! ai-je crié.

—Quoi ? Il m'a lancé un regard noir, me mettant au défi de le contredire. «C'est vrai. Je sais que c'est vrai. Papa ne voulait pas de nous. Putain, toi non plus probablement, mais tu n'es pas comme lui.

—Ne dis jamais ça, ai-je dit à mon fils. Les larmes me montaient aux yeux. —Ne dis jamais ça. Je vous aime tous les deux plus que tout au monde. Vous ne faisiez pas partie de mes plans quand je suis tombée enceinte, ni pour l'un ni pour l'autre, mais cela ne veut pas dire que je changerais quoi que ce soit à votre sujet. Vous m'avez sauvée plus de fois que vous ne le saurez jamais. Je vous aime.

—Je t'aime, ont-ils dit ensemble.

—Quant à votre père, il... Je n'arrivais pas à trouver les mots pour excuser ce qu'il avait fait. Ou pour l'expliquer.

—Maman, a dit Joey doucement.

J'ai levé les yeux vers lui et j'ai vu un garçon qui était plus proche d'être un homme que d'être un enfant.

—Papa a toujours été un crétin. Quand il était là, il était

méchant avec toi et il nous ignorait. Je sais que Matty ne se souvient pas de lui, mais moi, si. Il n'était pas violent, mais il n'était pas un père. Il ne s'est jamais soucié d'aucun de nous, et on est mieux sans lui.

J'ai hoché la tête, incapable de prononcer un mot à cause de la boule dans ma gorge.

—Je sais que tu t'inquiètes que je finisse endetté comme toi. Je sais que tu n'es endettée qu'à cause de papa. Ce n'est pas juste. Mais les dettes ne sont pas toujours mauvaises.

—Elles peuvent changer une vie.

—Les études supérieures aussi, a rétorqué Joey.

J'ai retenu mon souffle. Celle-là faisait mal. Non pas parce qu'il avait tort, mais parce qu'il voyait le monde si différemment de moi.

—Je sais que tu en veux à Hudson et que tu penses qu'il est responsable de tout ça, mais ce n'est pas sa faute. Je lui ai demandé des informations sur l'université parce que je savais que tu ne voudrais pas en entendre parler.

—Et que t'a-t-il dit ?

—Qu'il existe des bourses et des prêts étudiants, et que si je suis malin et que je choisis une école abordable, le coût peut être raisonnable à payer. Il a dit que sa femme a travaillé pendant ses études en donnant des cours particuliers à d'autres jeunes et que certaines personnes qu'il connaissait travaillaient pour leurs universités en faisant diverses choses. Il y a des programmes d'aide.

—Ça reste cher, ai-je dit.

Joey hocha la tête, ses cheveux glissant sur son visage. Il les repoussa et rencontra mon regard avec ses yeux bruns, identiques aux miens. —Je ne peux pas devenir ingénieur sans diplôme. C'est ce que je veux faire, maman. J'adore les maths et les sciences, et ce n'est pas facile pour moi, mais je veux y arriver. Je pense vraiment que j'en suis capable.

Merde. Voilà. La culpabilité maternelle. Avoir un enfant

qui avait des difficultés à l'école signifiait avoir un enfant qui doutait toujours de son intelligence. S'il avait la moindre idée, il ne me regarderait pas avec ce doute de soi ou cette peur que je le protégeais de quelque chose de plus grand. Quelque chose de pire.

Ce n'était pas le cas. Ma réticence à parler d'université provenait de mes peurs concernant les dettes, l'argent et le fait de ne jamais en avoir assez. Je ne voulais pas imposer ça à mes garçons, mais c'était notre réalité, et Joey en était douloureusement conscient. Deux ans s'étaient écoulés depuis qu'il avait été pris en train de voler un sac à main pour essayer d'obtenir de l'argent pour acheter de la nourriture à Matty. Deux ans depuis que notre situation désastreuse m'avait giflée en plein visage et que j'avais su que je devais faire des changements. J'avais travaillé plus dur pour dépenser intelligemment, et Ramsey avait réussi à stopper l'hémorragie concernant Nick qui ajoutait plus de dettes à mon nom, mais c'était Joey qui avait dû m'ouvrir les yeux sur la gravité de notre situation.

Et maintenant, il pensait que je lui disais que je ne voulais pas qu'il aille à l'université parce qu'il n'était pas assez intelligent.

—Joey, écoute-moi bien, dis-je fermement. Des larmes coulaient sur mes joues, mais je les ignorai. —Tu peux faire tout ce que tu veux. Absolument tout. Tu es l'une des personnes les plus travailleuses et les plus intelligentes que je connaisse. Je déteste t'avoir fait croire que tu ne pouvais pas aller à l'université et y exceller. Tu peux. Tu es un jeune homme exceptionnel, et je ne pourrais pas être plus fière d'être ta mère.

—Je ne suis pas si intelligent, maman. Je le sais.

Je secouai la tête. —Oh, mon chéri, tu n'en as aucune idée. Être intelligent n'a rien à voir avec être normal. Ton cerveau fonctionne à sa manière. Ce n'est pas comme le mien ou celui de Matty, mais ça ne veut pas dire qu'il est défectueux. Nous sommes tous différents. Mais tu es intelligent et capable. Bien plus intelligent que moi. Je suis désolée de t'avoir fait sentir que l'université était hors de portée parce que tu n'étais pas assez intelligent. Cette idée ne m'a jamais traversé l'esprit.

—Tu es sûre ?

Je pris son visage entre mes mains et relevai sa tête jusqu'à ce que son regard rencontre le mien. —Absolument. J'aurais voulu aller à l'université, mais ce n'était pas une option pour moi. Ton père ne l'a jamais envisagé, et je me suis dit que c'était suffisant. Je me suis dit ça souvent avec lui.

—Il n'a jamais été assez bien pour toi, maman.

Je souris. —Il a été suffisamment bien pour me donner les deux plus belles parties de ma vie.

—Eh bien, une seule. Tu t'es débarrassée de l'enfant test, puis tu as créé la perfection, dit Matty.

J'ai pouffé de rire et secoué la tête.

Joey lança un regard noir à son frère. —Je pense que maman a simplement tenté sa chance, en essayant d'obtenir la perfection deux fois. Ça a échoué. L'original est toujours meilleur."

—Pourquoi essayer d'atteindre la perfection deux fois ? Si quelque chose est parfait, tu n'as pas besoin de le dupliquer ou de l'améliorer. Ils savaient que tu étais un raté.

—Matty ! ai-je crié.

Il a ricané. Joey a bondi de sa chaise et a attrapé Matty par le cou. Tous les deux sont tombés au sol et ont commencé à se battre.

Je n'avais besoin d'aucun autre homme dans ma vie. J'avais déjà les deux meilleurs de la ville, là dans mon salon.

COMME TOUJOURS, décembre a filé à toute vitesse. Une minute, je dormais avec Hudson dans son bureau, et la suivante, les garçons avaient presque terminé l'école et allaient être à la maison pour les vacances d'hiver dans quelques jours.

Et je n'avais fait aucun achat de Noël.

Noël était toujours modeste pour nous. Quand les garçons étaient petits, ils recevaient des choses comme de la nourriture et des couches pour avoir quelque chose à déballer, même si ce n'était rien d'amusant. J'essayais toujours de leur acheter quelque chose de sympa, mais au fur et à mesure qu'ils grandissaient, il devenait de plus en plus difficile de trouver des choses qu'ils aimaient et qui correspondaient à mon budget.

Le vendredi avant Noël, dernier jour d'école avant les vacances, j'étais en congé, alors j'ai décidé de faire un tour dans les boutiques locales pour trouver quelque chose pour les garçons. Je déambulais dans une allée de Cove Consignments quand Goldie a tourné au coin.

—Salut, a-t-elle dit, paraissant aussi surprise que moi.

—Salut. Comment vas-tu ?

—Bien. C'est la folie. Tu fais des achats pour tes garçons ?

J'ai hoché la tête. —Rien de tel que d'attendre la dernière minute."

Elle a ri. —Je suis comme toi. Je pense qu'il devient plus difficile de leur acheter des cadeaux à mesure qu'ils grandissent. Paul ne veut que jouer aux jeux vidéo et parler avec ses amis."

—Joey est pareil.

Goldie rit à nouveau. —Je suis contente de ne pas être la seule. Tu m'as manquée au club de lecture.

Mon estomac se noua. Je me sentais un peu coupable de ne pas y être retournée, mais je me sentais aussi mal à l'aise de traîner avec Finley et ses amies. C'était gentil de sa part de m'inviter, mais comme pour tout ce à quoi elle m'incluait, je savais que c'était uniquement parce qu'elle était très gentille.

—Je ne les connais pas très bien, avoua Goldie. —Laura m'a poussée à venir au début. Elle travaille avec ma petite sœur. Ally et moi ne sommes pas du tout proches. Nous avons le même père, mais elle a neuf ans de moins que moi. Laura et moi avons tout de suite accroché, mais pour les autres, j'essaie encore d'apprendre à les connaître. Lentement. Et là je te déballe tout ça comme une folle qui n'a aucune compétence sociale.

Je ris avec elle et secouai la tête. —Je suis toujours comme ça. La malédiction d'être la plus âgée dans la pièce.

—N'est-ce pas ? Oh, mon Dieu, tellement vrai. Je me sens toujours si vieille quand je suis avec elles. Mais ensuite je regarde leurs relations saines et leurs vies équilibrées et je me dis que je pourrais prendre quelques notes sur comment mieux gérer cette décennie.

Je pouffai. —Je n'ai pas eu de bonne décennie ces derniers temps, alors je suis preneuse de conseils.

Goldie gloussa. —D'accord, alors, je vais encore être celle qui n'a pas de compétences sociales et te demander si on peut faire du shopping ensemble. Je suppose que tu es en congé aujourd'hui ?

—Oui. Et ce serait sympa.

—Ouf. J'avais peur de devoir m'éclipser discrètement et faire semblant de ne pas être horriblement gênée d'avoir été repoussée.

Je secouai la tête. —Pas question. J'aurais bien besoin d'une amie.

—Moi aussi.

Nous avons souri et continué notre shopping. Quand l'une de nous trouvait quelque chose, elle le montrait à l'autre. Nous riions et nous amusions, et je me sentais moi-même pour la première fois depuis bien trop longtemps.

—Qu'est-ce que vous faites pendant les vacances ? demanda Goldie alors que nous passions d'un magasin à un autre, manteaux bien serrés et nez enfouis dans nos écharpes.

—Je travaille. Je pense que Joey aussi. On ne fait pas grand-chose.

—Est-ce que ça veut dire que tu es en ville ? Parce qu'on devrait se voir, toi et moi. Si tu penses que les garçons s'entendront bien, ça me va aussi, mais on devrait sortir ensemble. Dîner ou prendre un verre, quelque chose comme ça.

—Je ne suis pas sûre, dis-je, détestant devoir la refuser à cause de l'argent.

—Paul va chez son père pendant une partie des vacances. J'aurai la maison pour moi toute seule. Et si tu venais dîner chez moi ? Sauve-moi de ma solitude ?

Le regard suppliant sur son visage suffisait à me faire croire qu'elle était sincère et voulait vraiment passer du temps ensemble. On s'amusait bien. Et je pouvais sortir un soir. Ce serait mon cadeau de Noël à moi-même.

—D'accord, ça me va.

—Oh, super. J'avais tellement peur que tu me prennes pour une folle.

—Ben, un peu, mais dans le bon sens du terme.

Goldie éclata de rire. —Je m'en contenterai parfaitement.

Nous avons passé le reste de l'après-midi à faire du shopping et j'ai finalement trouvé quelques petites choses qui, je pensais, feraient plaisir aux garçons. Quand nous nous sommes séparées, je souriais et j'étais heureuse. Ces vacances allaient être bonnes.

NOËL SE LEVA quatre jours plus tard sans grand cérémonial dans notre petit appartement. Je me suis levée tôt et j'ai préparé des pancakes pour les garçons, une tradition que j'avais commencée quand ils étaient à l'école primaire. J'ai fait mon café et lancé notre marathon de films. Nous avions ajouté et retiré des films au fil des ans selon nos goûts, mais je commençais toujours par des comédies romantiques qui me donnaient l'espoir qu'un jour, peut-être, je choisirais un homme qui ne me donnerait pas envie de pleurer et de regretter de l'avoir rencontré.

Hudson me vint à l'esprit, mais j'ai chassé cette pensée aussitôt qu'elle est apparue. Hudson ne serait jamais à moi.

Les garçons sont sortis de leur chambre ensemble. Ils portaient tous les deux des sweats et des t-shirts, pieds nus et les cheveux en bataille. Ils sont venus directement vers moi et se sont blottis sur le canapé à mes côtés, m'enlaçant de part et d'autre.

—Joyeux Noël, dirent-ils à l'unisson.

—Joyeux Noël. Je vous aime, les garçons.

—Je t'aime, maman, dirent-ils.

Nous sommes restés assis un moment, tous les deux blottis contre moi pendant que le film larmoyant se déroulait sur l'écran à peine assez grand pour être visible de l'autre côté de la pièce. Quand le film s'est terminé, ils ont bougé, puis ont quitté le canapé pour aller à la cuisine.

Leurs voix étouffées pendant qu'ils préparaient le petit-déjeuner me faisaient me demander de quoi ils parlaient. D'habitude, leurs chamailleries me faisaient crier, mais ils étaient calmes et ne se disputaient pas, ce qui était suspect.

Ils sont revenus au canapé et ont replié leurs jambes sous eux en s'asseyant pour regarder le film. Au moment où celui-ci s'est terminé, nous riions et parlions de nos souvenirs de Noël préférés.

—Je me souviens quand on a eu ces petits bonshommes verts cette année-là. Je les adorais, dit Joey.

—J'étais tellement en colère quand tu ne me laissais pas jouer avec, avoua Matty.

—Ouais, je n'ai pas toujours été le meilleur des frères.

Matty haussa les épaules.

—Désolé. J'essaie de m'améliorer. On n'a que l'un l'autre. Pas vrai, maman ?

J'ai hoché la tête. Mes garçons étaient de bons enfants. Hudson avait raison. J'avais fait du plutôt bon travail.

—J'aimerais pouvoir vous offrir plus de cadeaux, mais j'espère que vous aimerez ce que vous avez, leur ai-je dit quand nous nous sommes finalement dirigés vers le pathétique sapin de table que j'avais trouvé dans les poubelles un jour. Les lumières ne fonctionnaient pas quand nous l'avons récupéré, et on ne pouvait pas mettre plus d'un ou deux cadeaux autour, mais c'était mieux que ce qu'on avait quand nous l'avons sauvé des ordures.

—Tu n'avais pas besoin de nous acheter quoi que ce soit, dit Joey.

J'ai ébouriffé ses cheveux et souri.—Bien sûr que si.

Il a ouvert son cadeau en premier et a haleté quand il a vu le Guide de préparation au SAT. Je n'étais pas sûre qu'il l'aimerait vraiment, mais le regard dans ses yeux disait qu'il savait que ce n'était pas juste à propos du livre. C'était à propos de moi acceptant son rêve et le soutenant dans tout ce qu'il voulait faire.

—Merci, maman. Je n'aurais jamais pensé être excité par un test, mais merci.

J'ai ri avec lui. Il a ouvert le livre et en a parcouru quelques pages. Il l'a observé avec une grimace, puis a hoché la tête et fermé le livre.

— Ça va beaucoup m'aider. Merci.

— De rien.

Matty a ouvert son cadeau ensuite. Ses yeux se sont écarquillés quand il a réalisé que c'était un jeu pour l'appareil que

Hudson gardait dans le tiroir de son bureau. — Waouh, sérieux ? C'est génial, maman. Merci !

— De rien. J'aimerais pouvoir être plus souvent à la maison pour que tu puisses y être aussi, mais puisque tu es chez O'Kelley et que Hudson te laisse jouer aux jeux, je me suis dit que ce serait bien que tu aies le tien.

— Hudson s'en fiche. Il ne l'utilise pas. Il l'a acheté juste pour moi. Joey a donné un coup de coude à Matty, et il s'est éclairci la gorge. — Je veux dire, oui, tu as raison. Merci, maman.

Je lui ai souri en secouant la tête.

Ils ont examiné les quelques choses que j'avais mises dans leurs chaussettes de Noël, puis ils m'ont dit de rester sur le canapé et qu'ils reviendraient tout de suite.

Les chuchotements provenant de leur chambre m'inquiétaient. Je ne savais pas à quoi m'attendre. Quand ils sont revenus, ils souriaient largement et tenaient quelque chose derrière leur dos.

— Qu'est-ce que vous avez fait tous les deux ? ai-je demandé.

— C'est Noël. On t'a acheté un cadeau, a dit Joey.

Ils se sont écartés et ont présenté un sapin de Noël violet. J'ai ri. C'était adorable. — Où avez-vous déniché ça ? C'est magnifique.

— Hudson nous a aidés. Je lui ai demandé s'il savait où on pourrait en trouver un comme celui-ci. Je t'ai vue le regarder un jour dans ce magasin où tu aimes te promener près de la boulangerie Cove, a dit Joey.

Je me suis avancée et j'ai touché les aiguilles de pin violettes. Elles scintillaient, tout comme l'arbre dans la vitrine d'Island Designs. C'était peut-être kitsch, mais je trouvais ça magnifique.

— Il s'illumine même, maman, a fièrement ajouté Matty.
— On a vérifié.

—Merci, les garçons, mais vous n'aviez pas à faire ça. Où avez-vous trouvé l'argent ?

—Hudson a donné des primes à tout le monde. Il a dit que c'est de l'argent supplémentaire pour nous remercier de tout le travail acharné qu'on a fourni cette année. J'en ai utilisé un peu pour t'acheter cet arbre parce qu'on savait que ça te rendrait heureuse. Le reste, tu pourras l'utiliser pour rembourser davantage de dettes.

—Tu n'avais pas à dépenser ton argent pour moi, ai-je dit.

Joey a ri. —Si, maman, je le devais. Parce que je t'aime. On t'aime tous les deux. On ferait n'importe quoi les uns pour les autres parce que c'est ça que fait une famille.

J'ai hoché la tête et j'ai serré mes garçons dans mes bras. —Oui, c'est vrai. Et j'ai la meilleure famille qui soit.

—Ouais, c'est sûr, a dit Matty.

J'ai ri. Et j'ai embrassé leurs joues. Puis nous sommes tous retournés sur le canapé pour regarder un autre film pendant que j'admirais mon magnifique sapin violet étincelant.

C'était une journée parfaite.

14

ICI PAR FORCE

Comment s'est passé ton Noël ? Tes enfants
se sont bien amusés ?

J'ai souri en lisant ce message. Je ne me souvenais
pas de la dernière fois où j'avais eu autant d'espoir pour mon avenir. Entre ma nouvelle amitié
avec Goldie et le fait de remettre un pied dans un monde qui
impliquait le sexe opposé, je me sentais bien.

MES AMIS M'ONT FAIT FAIRE ÇA

Ils ont passé un très bon Noël. Et ils m'ont
surprise avec un cadeau que j'adore.

ICI PAR FORCE

Ils ont l'air d'être de bons enfants.

MES AMIS M'ONT FAIT FAIRE ÇA

Ce sont les meilleurs. Comment s'est passé
ton Noël ?

ICI PAR FORCE

> Bien. J'ai passé du temps avec des amis et
> j'ai travaillé. C'est assez typique pour moi.

MES AMIS M'ONT FAIT FAIRE ÇA

> Le travail, c'est ce qui nous permet de payer
> les factures. Tu aimes ton boulot ?

Je commençais à l'apprécier. Après presque deux mois à discuter en ligne, nous avions définitivement construit une amitié. La plupart des hommes auraient déjà voulu du sexe à ce stade, mais ce type n'avait même pas demandé si nous pouvions nous rencontrer. C'était comme s'il comprenait à quel point il était difficile de commencer quelque chose de nouveau.

ICI PAR FORCE

> J'adore mon travail. Et les gens avec qui je
> travaille. Les horaires ne sont pas toujours
> géniaux, mais je ne peux vraiment pas me
> plaindre. Et toi ?

MES AMIS M'ONT FAIT FAIRE ÇA

> Mes horaires sont bons, et j'aime ce que je
> fais. Je ne suis pas sûre que ça va durer
> longtemps, cependant.

Je n'avais dit cette vérité à personne d'autre. Finley m'avait dit qu'elle n'avait pas l'intention de me renvoyer, mais je comprenais comment fonctionnait une entreprise. Si elle ne gagnait pas d'argent, elle devait réduire les coûts. Et les hivers à L'anse MacKellar étaient difficiles. Elle avait réduit les heures d'ouverture du magasin puisqu'il n'y avait pas autant de passage, ce qui réduisait mes revenus, mais même les heures où nous étions ouverts semblaient parfois trop longues.

ICI PAR FORCE

Qu'est-ce qui te fait dire ça ?

MES AMIS M'ONT FAIT FAIRE ÇA

Tu sais comment c'est par ici. C'est calme.
Je ne suis pas sûre que ma patronne pourra
se permettre de me payer toute l'année
après cette année.

ICI PAR FORCE

Espérons que ça n'arrive pas.

MES AMIS M'ONT FAIT FAIRE ÇA

Je suis d'accord.

ICI PAR FORCE

Tu penses qu'on se connaît ?

Un petit frisson me chatouilla la nuque. Je m'étais posé cette question plusieurs fois. Quand je marchais dans la rue, je me demandais si les hommes que je croisais pouvaient être Ici par force. Je me surprenais à sourire à des inconnus, au cas où l'un d'eux serait lui.

Mais malgré toutes nos conversations, je n'avais pas réussi à découvrir qui il était. Ce qui signifiait que si nous nous connaissions, nous ne nous connaissions pas bien.

MES AMIS M'ONT FAIT FAIRE ÇA

Je ne sais pas. Je n'ai aucune idée de qui tu
es. Penses-tu savoir qui je suis ?

ICI PAR FORCE

Non. Et j'ai peur de demander. Et si tu me
détestais déjà ?

MES AMIS M'ONT FAIT FAIRE ÇA

Si je te déteste déjà, peut-être que ça va me
faire changer d'avis. Et si c'était toi qui me
détestais ?

ICI PAR FORCE

Je ne connais aucune femme que je déteste.

MES AMIS M'ONT FAIT FAIRE ÇA

Espérons que ça veut dire que tout va bien entre nous.

ICI PAR FORCE

Est-ce que ça veut dire que tu veux qu'on se rencontre ?

Tout l'air s'échappa de mes poumons. Je savais que ça arriverait. Inévitablement, l'un de nous devait le dire. Cela faisait des semaines que nous discutions régulièrement. J'étais curieuse. Et ce serait bien d'avoir quelqu'un d'autre que Hudson à qui penser.

Je n'avais vu Hudson qu'en passant ces dernières semaines. J'évitais O'Kelleys. J'envoyais un message à Joey quand j'arrivais pour qu'il sorte me rejoindre à la voiture. Je proposais d'autres endroits pour manger quand Finley voulait commander le déjeuner. J'évitais tout contact possible avec lui.

Mais l'idée de rencontrer un autre homme me faisait immédiatement penser à Hudson. Que penserait-il si je sortais avec quelqu'un ? Pourquoi voulais-je le savoir ? Est-ce que je voulais sortir avec quelqu'un d'autre ? Est-ce que je voulais sortir avec lui ?

ICI PAR FORCE

Laisse tomber. Je ne veux pas que tu te sentes obligée.

MES AMIS M'ONT FAIT FAIRE ÇA

Ça fait longtemps que je ne suis pas sortie avec quelqu'un.

ICI PAR FORCE

Alors que dirais-tu d'un verre ?

J'ai pris une inspiration et fermé les yeux. Je pouvais le faire.

MES AMIS M'ONT FAIT FAIRE ÇA

Demain soir. Vingt heures. O'Kelley's. Tu sais où c'est ?

ICI PAR FORCE

J'y suis allé une fois ou deux, oui.

MES AMIS M'ONT FAIT FAIRE ÇA

Je serai au bar. Je porterai un pull violet.

ICI PAR FORCE

À plus tard.

Des papillons s'envolèrent dans mon estomac. J'ai souri.

Puis j'ai imaginé le visage de Hudson quand il me verrait avec un autre homme.

Mes cuisses ont frémi. Mon pouls s'est accéléré. Mes lèvres se sont entrouvertes.

Je ne voulais pas être excitée en pensant à Hudson devenant jaloux, mais je l'étais. Peut-être qu'il s'en ficherait. Mais peut-être que non.

J'espérais que ça lui importerait.

J'AI ENVOYÉ un message à Goldie, sachant que j'avais besoin des encouragements d'une amie. Elle était excitée pour moi et m'a fait promettre de lui raconter tous les détails quand nous dînerions ensemble dans deux jours.

Matty dormait chez un ami, et Joey sortait au cinéma avec Tierney et quelques autres amis. J'ai déposé mes deux garçons, puis je suis allée au OKelley's.

Le nœud au centre de mon estomac s'est resserré quand je suis entrée. C'était animé. Pas autant que j'avais pu le voir par le passé, mais certainement plus que ce à quoi je m'attendais. Avoir autant de témoins de ce qui serait sûrement un échec de ma part n'était pas quelque chose dont je me réjouissais.

Pas plus que je n'aimais la pression de devoir rentrer avec un inconnu. Certes, j'avais pris ce rendez-vous quand je savais être libre, mais ça ne signifiait pas que je voulais plus qu'un verre avec ce type.

Qu'est-ce qui m'avait pris ?

J'étais sur le point de faire demi-tour quand j'ai vu Hudson qui m'observait de derrière le bar. Il avait les bras croisés sur sa poitrine et me foudroyait du regard.

Pourquoi avais-je choisi son bar pour ça ?

J'ai ravalé mon malaise et me suis avoué que c'était pour la même raison que Finley avait dit avoir rencontré Trent ici. Elle savait, tout comme moi, que Hudson ne laisserait jamais rien de mal arriver.

Mais pour moi, il pourrait être la mauvaise chose qui arrive.

Mes genoux tremblaient tandis que je traversais le bar vers lui. Je me suis glissée sur un tabouret au bout, d'où je pouvais voir la porte et disparaître dans le couloir des toilettes si j'avais besoin d'une pause.

Hudson's regard ne dévia pas une seule seconde. Quand j'ai finalement levé les yeux, ses pupilles étaient tellement dilatées qu'elles en étaient presque noires.

— Je peux avoir un verre ? lui ai-je demandé.

Il a hoché sèchement la tête. Il n'a rien dit pendant qu'il prenait un verre et le remplissait de glaçons. Je me suis détournée de lui, ne voulant pas le regarder pendant qu'il me préparait quelque chose qui allait sûrement me plaire un peu trop. Quand le verre a atterri avec un bruit sourd sur le comptoir devant moi, je me suis retournée et l'ai trouvé tenant toujours le verre et m'observant.

Je l'ai regardé fixement, espérant que le frisson profond que je ressentais ne se voyait pas sur mon visage.

— Je ne t'ai pas vue depuis presque un mois, a-t-il dit. Sa voix était calme dans le bar bruyant, presque dure, comme s'il retenait quelque chose.

— J'ai été occupée.

— Pas trop occupée ce soir ?

J'ai secoué la tête. — Matty est à une soirée pyjama, et Joey est sorti avec des amis.

— Et toi tu... ?

— Je rencontre quelqu'un.

Il a soufflé par le nez. — Quelqu'un que je connais ?

— J'en doute.

— Qu'est-ce qui te fait dire ça ? Je connais beaucoup de monde.

J'ai réfléchi à ce qu'il disait et me suis demandé si Hudson connaissait Ici par force. Si c'était le cas, est-ce que ce serait une bonne ou une mauvaise chose ?

— Comment s'appelle-t-il ?

J'ai failli donner son pseudo mais j'ai décidé de ne pas partager cette information avec Hudson. Il se moquerait de moi pour avoir utilisé un site de rencontres en ligne. — Pourquoi ?

— Je me demande si je le connais. Je ne savais pas que tu voyais quelqu'un.

— Qui a dit que je voyais quelqu'un ?

— J'ai demandé quel était son nom. Tu ne m'as pas corrigée.

Merde. Il avait raison. — Est-ce un problème ?

— Non. Joli pull.

J'ai pris une gorgée de mon verre. — Merci.

— Je suppose que tu es fan du violet.

— Pourquoi dis-tu ça ?

Il a haussé les épaules. — Arbre violet. Pull violet. On dirait que c'est ta couleur préférée.

— Comment as-tu... Ah, j'avais oublié que tu avais aidé Joey pour ça. Merci. C'était une merveilleuse surprise. Je l'adore.

Hudson a de nouveau hoché la tête. Il semblait tendu. Mal à l'aise. Comme moi.

Je l'ai ignoré un moment et j'ai scruté le bar. Je savais qu'en disant à Ici par force ce que je portais, je lui donnais le pouvoir de décider s'il voulait me rencontrer ou non. S'il ne se montrait pas, je n'aurais d'autre choix que de supposer qu'il n'était pas intéressé.

Mon téléphone a vibré dans mon sac, et je l'en ai sorti. Un nouveau message.

ICI PAR FORCE

Le violet te va vraiment bien.

J'ai eu le souffle coupé. Il était là. Et il m'observait.

MES AMIS M'ONT FAIT FAIRE ÇA

J'en suis définitivement fan. Puisque tu sais qui je suis, est-ce que tu vas venir me dire bonjour ?

J'ai attendu, le cœur dans la gorge. J'ai regardé autour de moi pour voir si je pouvais repérer quelqu'un avec son téléphone à la main. Les gens discutaient et riaient avec leurs amis. Certains avaient des téléphones sortis, mais la plupart étaient engagés dans des conversations. Je n'ai pas repéré qui que ce soit qui aurait pu être Ici par force.

ICI PAR FORCE

Je l'ai déjà fait.

J'ai penché la tête sur le côté en essayant de comprendre

de quoi il parlait. La seule personne à qui j'avais parlé depuis mon arrivée était...

Non.

Ce n'était pas possible.

J'ai levé les yeux vers lui. Il me fixait. Son téléphone à la main. Il a haussé un sourcil sombre. Un défi ou une question. Peu importait. Je devais partir.

Je me suis précipitée hors du tabouret où j'étais assise et me suis frayé un chemin à travers la foule. Hudson Grant ne pouvait pas être Ici par force. C'était impossible. Il n'était pas l'homme gentil et attentionné qui avait passé deux mois à apprendre à me connaître. Il n'était pas le gars avec qui j'aimais discuter.

Ma voiture était trop loin, alors je me suis précipitée le long du trottoir enneigé en priant pour qu'il ne me rattrape pas avant que j'atteigne ma voiture. Je ne sais pas pourquoi je m'inquiétais, cependant. Quand je suis montée dans ma voiture et que j'ai démarré, je n'ai vu personne sur le trottoir.

Il ne me courait pas après.

J'ai refoulé ma déception et me suis éloignée du trottoir. Ce n'était pas juste. Hudson me rendait folle de toutes les façons possibles. Il ne montrait jamais cette facette de lui-même. Ce côté gentil, attentionné et irrésistible. Même si j'avais hésité à rencontrer Ici par force ce soir, j'avais ressenti une attraction pour lui depuis notre première conversation.

Le jour de mon anniversaire. Quand je lui ai envoyé six messages.

J'ai gémi et secoué la tête. J'étais tellement stupide. Pour-quoi avais-je pensé que les rencontres étaient une bonne idée ? Même les rencontres en ligne. Finalement, on passe à la vraie vie, et la vraie vie est compliquée.

Je me suis réprimandée pendant tout le trajet, et quand je suis arrivée chez moi, j'avais décidé d'en finir avec les rencontres. Ça ne valait pas l'humiliation que quelqu'un comme Hudson apprenne tous les détails intimes que je lui avais confiés. Je me sentais tellement idiote.

J'étais presque à ma porte quand une portière de véhicule s'est refermée derrière moi. Il faisait sombre, et mon quartier n'était pas le plus sûr, alors je me suis dépêchée vers la sécurité de mon immeuble. C'est alors qu'il m'a appelée.

— Anna. Attends. S'il te plaît.

J'ai poussé un profond soupir. Hudson. Une partie de moi était heureuse qu'il'soit venu me chercher, et une autre partie était complètement fermée. Il savait des choses. Il connaissait ce sentiment d'échec en tant que parent. Il savait pour Nick et une partie de ce qu'il m'avait fait subir. Il savait que je ne me sentais pas désirable. Il savait tellement de choses. Est-ce qu'il jouait avec moi depuis le début ? Est-ce qu'il savait qui j'étais et voulait me faire sentir stupide quand je découvrirais qui il était ?

—Pourquoi ? ai-je demandé.

—Parce qu'on doit parler. Rentrons. Il m'avait déjà rattrapée et se tenait sur une marche en dessous de moi sur le béton fissuré. La neige s'était accumulée de chaque côté du chemin. Elle avait pratiquement fondu là où le sel avait été généreusement répandu, mais les températures baissaient et d'autres chutes de neige étaient annoncées.

Je me suis dit que le frisson qui me parcourait venait du froid et non de l'homme qui se tenait à trente centimètres de moi. J'ai pivoté et suis entrée, sentant sa force silencieuse derrière moi tandis que j'avançais.

Dans mon appartement, je voulais fuir. Je n'avais aucune envie d'entendre comment Hudson m'avait piégée pendant des mois juste pour s'amuser. Ou comment il avait tout compris et voulait me le faire savoir pour qu'on en finisse. Ou n'importe quoi d'autre. Pourquoi ? Pourquoi est-ce que ça m'arrivait à moi ?

—Je n'avais aucune idée de qui tu étais jusqu'à ce que tu

entres chez O'Kelley's ce soir, dit-il. Sa voix raclait chaque nerf de mon corps. —Une partie de moi espérait que c'était peut-être toi, mais je ne me suis jamais vraiment permis de formuler complètement cette pensée parce que c'était injuste envers la femme avec qui je parlais.

—Pourquoi ?

—Pourquoi quoi ?

—Pourquoi espérais-tu que c'était moi ?

Il a ri et a passé une main sur son visage. —Tu me rends complètement dingue, Anna. Tu me défies d'une façon dont personne ne l'a jamais fait. Tu domines mes pensées, et quand je suis près de toi, je perds complètement la tête.

Le souffle a quitté ma poitrine, me rendant faible. Je me suis laissée tomber sur mon canapé et me suis penchée en avant, posant mes coudes sur mes genoux.

—Tu ne ressens pas la même chose, a-t-il dit, se laissant tomber sur le fauteuil dans le coin. Ce n'était pas une question. Il interprétait mes actions. Mais il se trompait.

—Quand on est ensemble, on se dispute ou on baise. Comment ça peut marcher ?

Il a laissé échapper un petit rire et a haussé les épaules. — Je ne sais pas, mais il n'y a personne d'autre avec qui je préférerais faire l'un ou l'autre.

Mon regard a croisé le sien, et j'ai su qu'il était sincère. J'ai essayé de le mettre dans la case où je l'avais rangé il y a un an. La case des connards. Comme Nick. Un homme qui pensait savoir ce qui était le mieux pour tout le monde. Mais plus j'essayais de l'y mettre, plus il était difficile de l'y faire rentrer. Hudson n'était pas celui que je croyais. Il me l'avait montré, mais je ne voulais pas le croire. Il était gentil et généreux. Il était sexy et passionné. Il était intelligent et fort.

Et pour une raison quelconque, il me regardait comme si j'étais tout ce qu'il désirait.

— Anna, a-t-il gémi. Ses doigts agrippaient les accoudoirs

du fauteuil. Le même fauteuil dans lequel il avait dormi quand il m'avait ramenée chez moi le jour de mon anniversaire.

— Je ne veux pas me disputer avec toi maintenant.

Un sourire lent et sexy a étiré ses lèvres tandis qu'il comprenait ce que je lui disais. Il s'est approché de moi comme un prédateur, ses mouvements tranquilles alors qu'il traversait la petite pièce. Il s'est penché sur moi, me forçant à incliner la tête en arrière. Son visage était à un centimètre du mien, ses mains posées sur le dossier de mon canapé. Il sentait la bière et l'homme. Mon cœur battait fort, mon souffle s'échappant doucement. J'avais l'impression que nous avions tout le temps du monde.

Et nous allions utiliser chaque seconde.

J'ai tendu la main et saisi le bord entrebâillé de sa chemise. Sa peau chaude était juste dessous, suppliant mes doigts de la toucher. Il a sifflé au contact mais n'a pas reculé. J'ai glissé ma main vers le haut, soulevant sa chemise au fur et à mesure jusqu'à ce que le haut de son corps soit exposé.

J'ai maintenu son regard en me penchant en avant. Il m'a observée jusqu'à ce que l'angle rompe notre connexion, puis j'ai léché son téton.

Il a gémi. — Anna.

J'ai passé ma langue sur son téton, savourant les doux gémissements qui s'échappaient de lui. Je suis passée à l'autre et lui ai donné un petit coup de dent. Ses gémissements sont devenus plus forts.

Une seconde plus tard, il a saisi mes hanches et nous a fait basculer. Je me suis retrouvée au-dessus de lui, mes cuisses largement écartées pour qu'il puisse s'installer entre elles. J'ai gémi en sentant sa dureté contre moi et j'ai ondulé sur lui.

— Prends ce dont tu as besoin de moi, a-t-il murmuré. Ses mains ont guidé mes hanches, m'encourageant à bouger.

— J'ai besoin de toi, ai-je avoué.

Bien sûr, un orgasme serait agréable, mais ce serait encore mieux s'il me l'offrait volontiers. Je pouvais me satisfaire moi-même quand je le voulais, mais avoir un partenaire pour le faire n'était pas habituel pour moi.

— Moi aussi, a-t-il chuchoté. Puis il s'est emparé de mes lèvres et a plaqué mon corps contre le sien.

Nous nous embrassions comme des adolescents sur le canapé, sans que ni l'un ni l'autre ne précipite les choses. Mes hanches se déplaçaient et les siennes poussaient, mais nous nous en tenions aux baisers et à quelques mains baladeuses pendant que nous nous familiarisions avec ce qui se passait entre nous.

Hudson Grant, l'homme que j'avais passé la majeure partie de l'année dernière à détester, me rendait complètement folle sans même me déshabiller.

—Hudson, murmurai-je.

—Oui ?

—Est-ce qu'on doit recommencer à se disputer ?

Il rit doucement. —Je préférerais l'option deux.

—Parfait.

15

HUDSON

Quand Anna est entrée à l'O'Kelley dans ce pull violet, j'ai failli m'étouffer. Elle était stupéfiante. Le vêtement mettait en valeur ses hanches larges et sa silhouette généreuse. Et elle le portait pour moi.

Pas qu'elle le sache, mais c'était le cas.

J'ai failli lui dire dès qu'elle s'est assise, mais je voulais être sûr que c'était bien elle. Quand elle est partie, j'ai presque renoncé à la suivre, mais Jonathan m'a dit que j'étais un idiot si je ne le faisais pas.

Je devais offrir un verre à cet homme. Ou une voiture. S'il n'avait pas proposé de s'occuper de la fermeture, je n'aurais pas les mains pleines de la femme qui avait été au centre de tous mes fantasmes ces derniers mois.

— Matty est absent toute la nuit ? ai-je demandé, ayant besoin de savoir si nous serions interrompus.

Elle a hoché la tête.

— Et Joey est sorti avec des amis ? Jusqu'à quelle heure ?

— Son couvre-feu est à onze heures. La mère de son ami le ramène.

— Donc, nous avons presque trois heures seuls ? ai-je demandé.

Elle a soupiré et bougé ses hanches. Ma queue pulsait et était douloureusement dure, mais je m'accommoderais du désordre si elle continuait et que je jouissais dans mon pantalon.

— Est-ce que tu vas me laisser te baiser ici même sur ce canapé ? lui ai-je demandé.

Elle a frissonné à mes mots et s'est mordu la lèvre. —C'est mieux que de se disputer.

J'ai ri doucement et remonté mes mains le long de ses côtés, soulevant le doux pull et l'éloignant de son corps. Elle portait un débardeur moulant en dessous, qui épousait et mettait en valeur ses courbes. La bretelle de son soutien-gorge s'entremêlait avec les fines bretelles du débardeur, me donnant envie de les tirer vers le bas pour me délecter de sa poitrine.

Elle n'a pas résisté à mon geste, m'aidant à dégrafer son soutien-gorge tandis que je portais un sein à mes lèvres comme une offrande. Elle a haletè quand j'ai mordu le petit bourgeon tendu, puis a à nouveau bougé ses hanches.

Putain de merde. J'ai vu des étoiles. J'ai dû mobiliser toute ma volonté pour ne pas donner de coups de reins contre elle et me perdre en elle, mais je voulais être à l'intérieur d'elle quand je jouirais. Je n'avais qu'un préservatif dans mon portefeuille, un préservatif de l'espoir auquel je ne pensais jamais avoir recours après qu'elle se soit enfuie de mon bureau la dernière fois où j'avais eu la chance d'arrêter de me disputer avec elle suffisamment longtemps pour la baiser.

Je passai à l'autre téton, laissant une traînée humide entre les deux. Elle gémit et ondula, se guidant là où elle voulait aller. J'avais l'intention de prendre mon temps. La dernière fois, ç'avait été rapide, colérique et incroyable, mais cette fois je voulais l'amener au bord du précipice et la laisser suspendue là avant qu'elle ne bascule. Je voulais la goûter sur ma langue et la sentir autour de mes doigts. Je la voulais épuisée, trempée et si prête pour moi qu'il n'y aurait aucune résistance quand je la pénétrerais.

—Hudson, murmura-t-elle.

Elle était déjà proche. Putain, cette femme pouvait jouir en une seconde. J'adorais à quel point elle se défaisait facilement, mais je voulais le sentir.

J'ai tiré sur le tissu élastique qui couvrait son centre et réussi à y glisser ma main. J'ai effleuré des boucles humides en descendant. Elle se cambra contre moi, son intimité cherchant mes doigts tandis que je tournais ma main pour trouver son centre.

Quand je l'ai trouvé, j'ai gémi en même temps qu'elle. Elle était trempée, ruisselante et palpitante. J'ignorai son clitoris et glissai deux doigts à l'intérieur d'elle, mordant son téton en même temps.

Elle se resserra autour de mes doigts et jouit avec un cri presque silencieux qui me donna l'envie dévorante de l'emmener quelque part où elle pourrait faire tout le bruit qu'elle voudrait.

—Putain de merde, grognai-je. —J'en veux encore.

Elle aussi, si la façon dont ses hanches chevauchaient ma main était un indice. J'appuyai mon pouce contre son clitoris et jurai quand elle se décomposa à nouveau aussi vite une seconde fois.

J'ai retiré ma main, savourant le cri de douleur qu'elle m'a donné quand je l'ai fait. —Sur le dos, Anna. Maintenant.

Elle n'hésita pas à faire ce que je demandais. Je fis glisser son legging et sa culotte le long de ses cuisses et mis un oreiller sous ses hanches. J'écartai largement ses cuisses et soufflai doucement sur sa peau. Elle frissonna et du plaisir s'écoula de son centre. Je me penchai et le léchai, gémissant au goût d'elle sur ma langue.

—S'il te plaît, murmura-t-elle.

Je n'avais aucune intention d'arrêter de sitôt, mais elle ne le savait pas. Je la léchai à nouveau, puis ajoutai à nouveau mes doigts dans son canal. Trois cette fois. Elle gémit et se resserra autour d'eux, soulevant ses hanches pour accompagner mes va-et-vient.

—Tellement bon.

Je murmurai avec approbation et fis glisser ma langue autour de sa chair tendre et douce. Mes doigts entraient et sortaient en elle dans un rythme lent, insuffisant pour l'emmener plus haut encore. Juste pour l'y habituer afin que lorsque je pousserais, elle s'envolerait.

Elle miaulait et gémissait, implorant davantage sans prononcer un mot. Je brûlais de m'enfoncer en elle et de me perdre, mais plus encore, je brûlais de la voir perdre la tête. C'était une chose de faire jouir une femme aussi réceptive qu'Anna. C'en était une autre de la taquiner au bord du précipice et de la laisser haletante. Je voulais la seconde option.

Mes mouvements étaient lents et nonchalants. J'explorais chaque centimètre d'espace entre ses cuisses. J'embrassais ses cuisses et mordillais sa chair. Je léchais la jointure entre sa jambe et son entrée, et je suçais son clitoris. Tout ce que je faisais était un pur délice pour moi, et j'espérais que pour elle aussi.

Ses bruits passèrent du désir délirant à la frustration. Un grognement suivi d'un mouvement de ses hanches. Elle était prête pour plus, et j'étais plus que ravi de le lui donner.

J'enfonçai mes doigts plus profondément, la surprenant et récoltant un halètement et un gémissement en récompense. J'appuyai ma langue plus fermement contre sa peau. J'accélérai le rythme avec lequel j'entrais et sortais d'elle, poussant plus profondément et plus vite. Elle se resserra autour de moi, sa respiration s'accélérant au même rythme que je la baisais avec ma main.

—S'il te plaît, murmura-t-elle, le mot à peine audible au-dessus du sang qui rugissait dans mes oreilles et pulsait fortement dans ma queue.

Je craquai à ce mot. Une femme qui ne demandait jamais rien me suppliait de lui faire du bien. Ce n'était pas facile pour elle. Elle avait attendu jusqu'à être suspendue au bord du gouffre, désespérée de tomber mais incapable de le faire seule.

Je mis tout ce que j'avais pour l'emmener plus haut qu'elle n'avait jamais été, plus haut qu'elle ne savait pouvoir aller. Je la fouettai de ma langue et la baisai vigoureusement avec mes doigts. Je frottai son point G et suçai son clitoris. Elle commençait à tomber, et je changeai mes mouvements pour la pousser plus haut, et plus haut, et encore plus haut. Jusqu'à ce qu'elle soit haletante et que ses mouvements deviennent saccadés.

Puis je la laissai tomber.

Les sons qu'elle émettait, faibles en volume mais intenses, étaient un mélange de surprise et de délice. Elle grognait, fredonnait et gémissait. Son corps vibrait d'énergie, son orgasme imposant des mouvements erratiques et exigeant que celui-ci continue.

Je n'étais pas prêt à abandonner. Je restai avec elle, suçant son clitoris et taquinant son canal tandis qu'elle chutait et redescendait peu à peu sur terre. J'observai son visage tandis que des larmes coulaient sur ses joues et qu'un sourire paisible incurvait ses lèvres.

Elle ouvrit les yeux et me trouva. Elle tendit la main vers moi, sa paume enveloppant ma mâchoire. Je me frottai contre elle et elle replia ses doigts pour m'inviter à la rejoindre.

J'essuyai ma barbe et mon visage sur ma chemise et me relevai pour l'embrasser. C'était un baiser tendre, un baiser partagé entre amants. Ses mains caressaient mon dos et mes épaules, m'attirant plus près jusqu'à ce que mon poids repose sur elle.

—Qu'est-ce que tu me fais ? demanda-t-elle, nos visages à un souffle l'un de l'autre.

Je souris. —J'espère la même chose que ce que tu me fais.

Elle me sourit en retour et bougea ses hanches. Ses paupières s'abaissèrent, et elle gémit en sentant nos corps alignés.

—Anna ?

—S'il te plaît, Hudson.

Je me levai et enlevai rapidement le reste de mes vêtements. Je déroulai le seul préservatif que j'avais sur toute ma longueur et la regardai.

Elle fixait mon sexe. Elle se lécha les lèvres.

Je le caressai, ayant besoin de cette pression pour me calmer avant de plonger en elle et de perdre instantanément la tête.

Ses yeux s'élargirent, et elle se pencha vers moi.

—Pas maintenant, dis-je. —Je vais craquer. Et c'est mon seul préservatif, donc si on le gâche, c'est terminé.

—Alors il vaut mieux ne pas le gaspiller, dit-elle.

Mon sexe était tout à fait d'accord.

Anna s'allongea sur le canapé. Je me positionnai entre ses cuisses, un ressort du canapé heurtant mon genou blessé. Je me déplaçai vers une meilleure position et me concentrai à nouveau sur elle.

Elle était étendue devant moi comme un cadeau. Son corps entier se dévoilait, prêt et attendant que je lui fasse du bien. Je savais que j'étais l'un des rares à avoir jamais été béni par cette vision, à la voir ainsi. Et je me considérais très chanceux.

Je nous alignai et frottai mon sexe dans l'humidité entre ses cuisses. Elle gémit et se tortilla. Quand je poussai en elle, elle se détendit et me laissa entrer. Après quelques mouvements, je m'enfonçai complètement en elle. Nous soupirâmes tous les deux.

—Tellement bon, murmura-t-elle.

—Oui, dis-je. Je pris son visage dans mes mains, et elle leva son regard vers le mien. —Merci.

Elle sourit. Elle savait que je ne la remerciais pas seulement pour le sexe. C'était plus que ça. Plus grand que ça. C'était une chance d'avoir plus. Pour nous deux. Une chance qu'aucun de nous ne pensait avoir à nouveau un jour.

J'ai commencé à bouger, me retirant juste assez pour revenir en elle. Je ne voulais pas nous séparer. Je voulais rester en elle, profondément enfoui et connecté, pour toujours.

Cette pensée m'a surpris, mais tandis qu'elle tournait dans ma tête, je ne l'ai pas combattue. Anna me défiait. Elle me poussait. C'était différent d'être avec Hillary, mais tout aussi bon. Tout aussi juste.

Avec cette nouvelle connaissance et acceptation, je me suis perdu en Anna. Elle répondait à mes coups de reins par les siens. Elle gémissait et se tortillait avec moi. Ses mains parcouraient mes bras de haut en bas, encerclant ma taille et m'encourageant à prendre ce dont j'avais besoin d'elle. Ce dont nous avions tous les deux besoin l'un de l'autre.

Je l'ai sentie se resserrer autour de moi. Ses yeux se sont fermés. Son corps s'est empourpré. J'étais au même point qu'elle, mais je ne savais pas si je pourrais tenir jusqu'à ce qu'elle jouisse en premier. J'ai changé d'angle, et elle a gémi.

—Anna, ai-je grogné.

—Je suis proche, a-t-elle murmuré.

Plus fort, plus profond, plus, tellement plus. La sueur coulait sur mon visage. Mes testicules se contractaient et exigeaient que je lâche prise. Ma gorge se serrait. Mes muscles criaient. Tout mon corps avait besoin de cette délivrance.

Puis elle a lâché prise. Son canal s'est resserré autour de moi, rendant presque impossible de maintenir mon rythme. Elle m'attirait en elle, me tirant comme si nous nous tenions la main quand elle a sauté et que je n'avais pas d'autre choix que de la suivre. Alors, c'est ce que j'ai fait.

Je me suis enfoncé en elle, me déversant profondément à l'intérieur. Mon corps s'est vidé, tout tremblant des orteils jusqu'au bout des doigts. Les couleurs derrière mes paupières étaient comme un rêve, comme rien que je n'avais vu auparavant. Je voulais l'emmener dans un nouvel endroit, et elle m'y a emmené avec elle. Vers une béatitude dont j'ignorais l'existence.

Mes bras ont cédé, et je suis tombé sur elle. Je me suis appuyé sur mes coudes pour lui éviter une partie de mon poids, mais elle s'est simplement accrochée. Nos cœurs battaient ensemble, le même pouls rapide traversant le reste de nos corps.

Nous sommes restés allongés jusqu'à ce que mon sexe ramollisse et commence à glisser hors d'elle. J'ai embrassé le côté de son visage et me suis redressé. Dans la salle de bain, j'ai noué le préservatif et l'ai enroulé dans du papier toilette. Je l'ai enfoui sous d'autres déchets en espérant que Matty et Joey ne fouilleraient pas pour le trouver.

Anna était toujours étendue sur le canapé quand je suis revenu dans le salon. J'ai souri et me suis dirigé vers elle, puis j'ai remarqué qu'elle se mordillait la lèvre inférieure.

—Ça va ?

Elle leva les yeux vers moi, son regard descendant le long de mon corps nu. Il s'arrêta sur mon sexe, qui tressaillit. Elle détourna rapidement le regard. Elle se redressa et chercha ses vêtements.

— Anna, qu'est-ce qui se passe ?

— Je dois m'habiller.

— D'accord, mais pourquoi ?

— Parce qu'il faut qu'on parle.

Trois ans de mariage suffisaient pour savoir que ces mots n'annonçaient jamais rien de bon. J'ai réprimé un gémissement et attrapé mes vêtements, les enfilant à contrecœur. Elle repoussa ses cheveux en arrière, tripota ses mains, puis s'assit sur le canapé.

Je me suis assis dans le fauteuil à l'autre bout de la pièce, ayant besoin d'espace si elle allait me dire que nous étions une erreur. Encore.

— Qu'est-ce qu'on fait, Hudson ?

— Je pensais que c'était assez évident.

Elle m'a lancé un regard noir. — Explique-moi clairement.

J'ai soupiré. — D'accord. Tu me plais. Beaucoup. Discuter sur l'appli m'a montré une facette différente de toi, mais j'aime aussi celle que je connaissais en personne. Tu me pousses et tu me fais réfléchir à mes actions. Tu me donnes envie d'être quelqu'un de meilleur.

Elle prit une inspiration et se mordilla la lèvre. — C'était une sacrée bonne réponse.

J'ai ri doucement. — Est-ce que ça veut dire que tu ne vas pas me dire que c'était une erreur, cette fois ?

— Tu penses que c'en était une ?

— Putain, non. Je pense que c'était parmi les meilleurs coups de ma vie. Je ne suis pas venu pour ça, mais je ne suis pas déçu qu'on en soit arrivés là. On n'a pas toujours été sur la même longueur d'onde, mais j'aime bien celle-ci.

Elle a ri. — Moi aussi.

—Bien, donc on va apprendre à se connaître, sortir ensemble et dire aux gens qu'on est ensemble.

—On va prendre tout ça lentement, dit-elle prudemment.

—Ça me va.

Elle tortilla ses mains et leva les yeux vers moi. Ses yeux

brillaient de larmes contenues et d'inquiétude. —Je ne suis pas très douée pour les relations. Nick...

—Était un putain d'idiot. Tout ce qu'il t'a dit était faux.

—On est restés ensemble longtemps.

—Et il t'a donné deux fils incroyables, pour lesquels il ne mérite aucun crédit, et une tonne de dettes. Il n'a pas le droit de te faire ressentir quoi que ce soit. Je fis une pause en réalisant quelque chose. —À moins que tu ne sois toujours amoureuse de lui.

Elle ricana. —Non. Je ne pense pas que j'étais amoureuse de lui, même quand je me le disais. On était des gamins quand on s'est mis ensemble. Il était dangereux et excitant et il énervait mes parents. Quand on a eu Joey, je pensais qu'il commencerait à se calmer, mais ça n'a pas été le cas. Et après Matty, eh bien, Nick a dit qu'il n'était pas intéressé par le bonheur domestique avec aucun d'entre nous. Il a dit qu'il n'avait jamais voulu être lié à moi.

—Encore une fois, c'est un putain d'idiot.

Elle sourit. —Merci.

—La dernière relation que j'ai eue était avec ma femme. C'était bien. Je l'aimais. Et depuis qu'elle est morte, je n'ai été impliqué avec personne. Je ne dis pas que j'ai été célibataire, mais je n'ai appris à connaître personne.

—Donc, tu dis qu'on se lance tous les deux là-dedans avec beaucoup de bagages et très peu d'expérience.

J'ai ri. —Ouais, je suppose que c'est ça. On va devoir trouver la solution ensemble. Ça te va ?

—Ouais, je suppose que oui.

—Bien. Maintenant, est-ce que je peux t'embrasser à nouveau ?

—Tu n'avais qu'un seul préservatif.

—C'est vrai, mais je peux être très créatif sans préservatif.

Sa bouche s'entrouvrit en un O, et ses yeux s'écarquillèrent. Elle se lécha les lèvres, un geste que j'avais remarqué qu'elle faisait quand elle était excitée et quand elle ne savait pas quoi dire.

—Il nous reste encore une heure avant le couvre-feu de Joey. Est-ce qu'il rentre habituellement plus tôt ?

—Non. Mais je ne pense pas que ce soit une bonne idée qu'il te trouve ici.

—Je comprends. Tu n'as jamais répondu à ma question.

—Quelle question ?

—Est-ce que je peux t'embrasser encore ?

Elle sourit. —Je crois que c'est soit ça, soit on recommence à se disputer.

J'ai ri et je me suis levé. J'ai bougé lentement, savourant la façon dont son regard parcourait mon corps tandis que je m'approchais d'elle. —On est plutôt doués pour se réconcilier après une dispute.

—On est aussi plutôt doués pour passer directement à la réconciliation.

J'ai acquiescé et me suis assis à côté d'elle sur le canapé. Je l'ai soulevée sur mes genoux, mes mains reposant sur ses hanches. —Putain, oui, nous le sommes.

Elle s'est penchée en avant et a pressé son corps contre le mien. Nous étions nez contre nez, hanches contre hanches. J'ai inspiré son parfum, sentant encore notre odeur dans l'air. —Ne me fais pas de mal, d'accord ?

J'ai hoché la tête et l'ai embrassée doucement. —Je te le promets.

Elle a souri, un peu vacillante, mais elle a souri. Puis elle a comblé la distance entre nous et m'a embrassé comme si nous avions tout le temps du monde.

Avec un peu de chance, c'était le cas.

16

Anna et moi avons passé autant de temps ensemble que possible durant les jours suivants... ce qui n'était pas beaucoup du tout. Avec Joey et Matty à la maison pour les vacances scolaires, elle travaillait moins d'heures et était constamment avec eux. J'ai tout fait pour l'assurer que cela ne me dérangeait pas du tout. Ses fils devaient passer en premier. Toujours.

Je lui ai demandé si elle avait des projets pour le réveillon du Nouvel An. Joey n'était pas prévu au planning et n'avait rien dit à ce sujet. Mais Anna m'a expliqué que c'était une soirée familiale pour eux. Une soirée qu'ils passaient toujours ensemble, à célébrer l'année qui se terminait et à se réjouir de celle à venir.

Peut-être que l'année prochaine je pourrais célébrer avec eux.

La rapidité et la facilité avec lesquelles je me voyais faire partie de leur famille m'effrayaient un peu. Je n'avais pas imaginé avoir une famille depuis la mort d'Hillary, mais être avec Anna, Joey et Matty me semblait naturel. J'avais l'impression que la partie de moi-même qui me manquait depuis des années avait enfin retrouvé sa place.

—Est-ce qu'on a plus de vodka à l'arrière ? a demandé Jonathan, me surprenant en pleine rêverie alors que j'étais censé travailler.

J'ai hoché la tête. —Oui. On devrait avoir deux caisses là-bas.

—Ça va aller ici pendant que je vais vérifier ? a-t-il demandé avec un sourire en coin, comme s'il devinait que mes pensées s'étaient égarées vers ma relation secrète avec Anna.

Oui, c'était un secret. Elle m'avait demandé si nous pouvions garder cela entre nous pour le moment. Jusqu'à ce qu'elle ait l'occasion d'en parler à Joey et Matty. J'avais accepté, même si j'avais envie de dire à tout le monde que nous étions ensemble.

—Patron ? insista Jonathan.

Je l'ai congédié d'un geste. —Ouais, ça va. Vas-y.

Jonathan a ricané et m'a donné une tape dans le dos en passant.

J'ai repris le service des clients tout en surveillant les personnes qui avaient bu quelques verres de trop. De toutes les soirées, le réveillon du Nouvel An était celle qui m'inquiétait le plus. C'était une nuit qui donnait aux gens l'impression d'être invincibles et à l'épreuve des balles. Et stupides. Terriblement stupides.

Jonathan est revenu avec deux bouteilles et s'est immédiatement remis à servir avec moi. On ne chômait pas. Une heure plus tard, nous étions de nouveau à court de vodka, et une heure après, nous n'avions plus de rhum au comptoir. Heureusement, j'avais commandé suffisamment de stock supplémentaire des deux pour tenir jusqu'à la fin de la soirée, ayant appris au fil des ans combien les gens buvaient lors du passage à la nouvelle année.

On a finalement eu un moment de répit en soirée, et Jonathan a pris sa pause. Personne n'essayait d'attirer mon attention, alors j'ai sorti mon téléphone et envoyé un rapide texto à Anna.

> Soirée chargée ici. Ton sourire me manque. J'espère que tu t'amuses bien avec les garçons.

Elle a répondu presque immédiatement.

> On fait les idiots et on parle d'avenir. Ça fait longtemps que je n'avais pas eu l'impression qu'on pouvait le faire. Je sais que tu es en grande partie responsable du fait que mes garçons puissent envisager un bel avenir.

> Tout le mérite te revient pour ce que tu as accompli. Je n'ai rien fait.

> Tu as embauché Joey, même si je t'ai crié dessus. Tu lui as donné une direction qu'il n'avait pas. Et tu l'as encouragé à rêver plus grand que je ne voulais le lui permettre. Pareil pour Matty. Merci.

> Il est arrivé ici déjà l'homme qu'il est. Et tout ça, c'est grâce à toi. Tu avais peut-être peur de le laisser rêver, mais tu ne l'as pas empêché de le faire. Tu es extraordinaire.

> Merci.

Quelqu'un au bout du bar a demandé à être resservi, alors j'ai rangé mon téléphone et je suis retourné au travail.

Jonathan est revenu juste au moment où ça commençait à s'animer à nouveau. C'est resté comme ça jusqu'à presque onze heures. Je savais que le reste de la soirée allait être chargé et j'ai pris une décision rapide.

—Tu t'en sors pour quelques minutes ? Je dois sortir. Je ne serai pas long.

Jonathan a hoché la tête. —Pas de problème. Va voir celle qui te fait sourire comme ça cette semaine."

J'ai souri en coin et acquiescé, sans prendre la peine de lui donner la satisfaction de savoir qu'il avait raison, même s'il était évident qu'il le savait.

J'ai couru jusqu'à mon pick-up et je l'ai démarré. Les rues étaient calmes même si les maisons étaient toutes éclairées. Je me suis garé près de l'immeuble d'Anna et j'ai commencé à sortir du véhicule avant de réaliser que je ne pouvais pas simplement monter et frapper à sa porte.

Elle ne voulait pas encore parler de nous à Joey et Matty, ce qui signifiait que se montrer le soir du Nouvel An n'était pas une bonne idée. Mais j'avais vraiment envie de la voir.

J'ai attrapé mon téléphone et lui ai envoyé un message rapide, lui demandant si elle pouvait sortir une minute. J'ai tambouriné des doigts sur le volant, les yeux rivés sur mon téléphone jusqu'à ce que j'entende une porte claquer. J'ai levé les yeux, et elle était là.

Le médiocre éclairage projetait une lueur jaunâtre autour d'elle, mettant en valeur les mèches ambrées de ses cheveux. Elle avait un épais pull enroulé autour de ses épaules et des bottes délacées aux pieds. Son pantalon ample flottait autour de ses jambes tandis que ses cheveux se soulevaient dans la douce brise nocturne. Son regard balayait le parking, cherchant mon camion.

J'ai ouvert la portière, et elle a immédiatement souri.

Nous nous sommes retrouvés au bord du trottoir, assez loin du bâtiment pour ne pas bloquer la porte, mais suffisamment proche pour qu'elle ne soit pas trop exposée au froid.

—Salut, a-t-elle dit. Elle a frissonné et a resserré son pull autour de ses épaules.

—Salut, ai-je dit, en passant mes mains le long de ses flancs pour essayer de la réchauffer.

—Je croyais que tu travaillais.

J'ai hoché la tête. —C'est le cas. Je voulais juste te voir. Te souhaiter une bonne année.

Ses lèvres se sont relevées en un sourire éclatant qu'elle a tenté de cacher en mordillant sa lèvre inférieure. —J'étais déçue de ne pas te voir ce soir.

Je l'ai attirée plus près, enveloppant son corps du mien. Elle a frissonné à nouveau, mais c'était un frisson différent. Le même genre que je ressentais jusqu'au plus profond de moi chaque fois qu'elle était proche. —Tu sens bon.

Elle a ri. —On a fait des biscuits. C'est une tradition qu'on a. On prépare une fournée de biscuits et on doit tous les manger avant minuit. Puis on en fait d'autres pour demain.

—J'aime ce genre de traditions. Quelles autres avez-vous ? ai-je demandé en me blottissant contre son cou et en embrassant sa mâchoire.

—On regarde des films, on parle de l'école et du travail, on rit et on oublie qu'on vit dans un endroit aussi pourri.

J'ai murmuré contre sa gorge, adorant la façon dont elle fondait contre moi. —Ça a l'air d'être une soirée incroyable.

—Tu ne m'écoutes même pas, dit-elle en riant.

—Bien sûr que si. J'ai entendu tout ce que tu as dit. C'est toujours bon d'oublier ce qui nous entoure quand ça ne nous inspire pas à rêver plus grand. Et parler, rire et passer du temps ensemble est la meilleure façon de passer une soirée. J'aimerais pouvoir être là avec toi.

Elle serra ma taille. —Je suis désolée d'avoir demandé qu'on prenne notre temps.

Je me suis reculé. —Non. Ne t'excuse pas. Ça doit fonctionner pour nous deux, et tu as beaucoup plus de considérations que moi. Joey et Matty sont ton monde, et tu sais quelle est la meilleure façon de leur annoncer. Tu n'as pas à t'excuser. Ni à te sentir coupable.

Elle a hoché la tête après un moment. —Tu n'es pas du tout comme je me disais que tu étais.

—Et comment te disais-tu que j'étais ? J'ai repris mes baisers dans son cou.

—Je pensais que tu étais grossier, égoïste et désagréable. Que tu étais la pire chose qui soit arrivée à Joey.

—Et maintenant ?

Elle a gémi doucement quand j'ai léché sa gorge. —Et maintenant j'aimerais que tu puisses continuer à faire ça toute la nuit.

J'ai sucé plus fort et mordillé sa clavicule. Elle a rejeté sa tête en arrière pour me donner plus d'accès, et j'en ai profité. Je l'ai tenue serrée et l'ai rendue folle avec une main sur son sein et l'autre la soutenant, ma langue et mes dents glissant de haut en bas sur son cou.

—J'ai envie de toi, a-t-elle murmuré.

—Tu devras te toucher plus tard en pensant à moi. Dieu sait que c'est ce que je ferai.

—Je suis désolée, a-t-elle dit.

—Pas d'excuses. Ça rend le temps que nous passons ensemble d'autant plus précieux, Anna. Je ne regrette rien. Absolument rien.

Elle a hoché la tête et m'a serré contre elle. Je l'ai tenue, embrassant le dessus de sa tête pendant que mon sexe acceptait le fait qu'il n'entrerait pas en elle ce soir.

—Je te promets que je leur dirai.

—Et je te promets, je ne suis pas fâché. Tu sauras quand ce sera le bon moment. Là, je veux juste qu'on s'embrasse comme des adolescents pendant un moment. C'est comme si tu avais un couvre-feu et qu'on était sur le point de le dépasser.

Elle sourit et releva le menton. Je pris mon temps pour

me pencher et la rejoindre à mi-chemin, savourant chaque seconde d'anticipation jusqu'à ce que nos lèvres se rencontrent. Sa peau froide s'entrouvrit pour laisser place à des langues chaudes, et je gémis. Mes mains descendirent pour saisir ses fesses et attirer son corps encore plus près du mien. Je me laissai perdre en elle, prenant autant que je donnais et souhaitant pouvoir avancer dans le temps jusqu'au moment où elle serait mienne et où tout le monde le saurait, pour que nous n'ayons plus à nous cacher.

Une portière de voiture claqua à quelques immeubles de là, et nous nous séparâmes. Ses joues étaient rouges et ses lèvres humides. Elle était magnifique.

—Je devrais rentrer.

J'acquiesçai parce que je savais que si j'ouvrais la bouche, je discuterais avec elle et lui demanderais de rester.

—Je n'en ai pas envie.

Je laissai échapper un petit rire. —Moi non plus, je n'en ai pas envie.

Sans attendre que l'un de nous dise autre chose, je fis un pas vers elle et l'attirai contre moi, la faisant se cambrer pour l'embrasser comme si je ne pouvais pas m'en rassasier. Parce que c'était le cas. Elle eut un hoquet de surprise, gémit et passa sa cuisse sur ma hanche, se frottant contre moi.

Je durcis davantage, me demandant si j'avais le temps de la baiser à l'arrière de mon camion tout en sachant que je ne ferais jamais ça. Nous avions la quarantaine, pas vingt ans. Elle méritait mieux que ça.

Quand nous nous séparâmes enfin, nos respirations sortaient en halètements qui se mêlaient dans l'air avant de s'évanouir.

—Il faut que je rentre.

—Je sais. Pense à moi.

Elle se mordit la lèvre. —Je le ferai. Cette petite confession murmurée me donna presque envie de la supplier de m'appeler plus tard.

—Je vais t'emmener à un vrai rendez-vous un de ces jours, Anna.

Elle sourit. —Je n'ai pas besoin de choses sophistiquées.

—C'est une bonne chose parce que je ne fais pas dans le chic. Mais tu mérites d'être un peu gâtée. Quand tu seras prête, on sortira.

Elle a hoché la tête.

—Passe une bonne soirée. Bonne année.

—Bonne année.

Elle a souri, m'a fait un signe de la main et s'est dépêchée de retourner à son immeuble. J'ai attendu qu'elle soit à l'intérieur, puis je me suis retourné et suis retourné à mon camion.

En souriant.

—JE VOUS AI VU, m'a dit Joey deux jours plus tard. —Le soir du Nouvel An. En train d'embrasser ma mère.

Oh, merde. C'était comme cette vieille chanson sur maman et le Père Noël, mais différente. Pire. Pas drôle du tout parce que Joey n'était pas seulement un adolescent qui comprenait la différence, mais aussi mon employé.

—Joey, écoute—

—Mon père était un connard. Il l'est toujours, je suppose, mais je n'en sais rien. Elle a déjà assez souffert. Vous ne pouvez pas lui faire de mal. Ses poings étaient serrés, mais ses yeux disaient qu'il était sur le point de pleurer.

—Ce n'est pas mon intention.

—Alors pourquoi vous cache-t-elle ? a-t-il hurlé.

—C'est une question que tu devras lui poser.

Il a secoué la tête. —Je vous le demande à vous. Parce

qu'elle va juste tout nier. C'est ce qu'elle fait toujours. Elle pense que je suis encore un gamin et ne veut pas me dire les choses. Je ne suis pas un gamin. Je suis un homme. Je suis l'homme de notre famille. Je m'occupe de tout. C'est ce que je fais.

J'ai doucement dirigé Joey vers le couloir et dans mon bureau. Il était sur le point de craquer, et je ne pensais pas qu'il voudrait le faire devant tous ses collègues.

Il s'affala sur le canapé et fixa droit devant lui. J'ai hésité à appeler Anna, mais elle travaillait. Je savais qu'elle viendrait, mais s'il pensait qu'elle n'allait pas lui expliquer ce qui se passait, alors l'appeler ne servirait à rien.

C'était à moi de gérer.

—Ta mère et moi nous voyons. Pas depuis longtemps. Quelques semaines. Nous discutions depuis plus longtemps, mais nous ne savions pas que nous parlions l'un à l'autre.

—C'est ce truc d'application ?

J'ai hoché la tête. —Nous avons décidé de nous rencontrer et quand nous avons réalisé qui était l'autre, nous avons décidé de donner une chance à notre relation. Mais elle ne veut pas te mettre, toi et Matty, au milieu. Je vous connais déjà tous les deux, et je pense qu'elle savait que ça pourrait vite devenir compliqué. Elle doit prendre sa propre décision concernant notre relation. Toi et ton frère pourriez ne pas lui faciliter la tâche.

—Pourquoi ? On t'aime bien. Tu n'es pas comme notre loser de père ou les autres loosers qu'elle a fréquentés.

—C'est exactement ce dont je parle. Tu me vois comme une bonne option, mais elle peut-être pas. C'est à elle de décider.

—Alors, qu'est-ce que je suis censé faire ? Il avait l'air beaucoup plus jeune qu'il ne l'était. Et nous avions une conversation bien au-delà de son âge.

—Tu la laisses faire son propre choix.

—Je garde le silence. Je ne lui dis pas que je vous ai vus ensemble. Je fais semblant de ne rien savoir ?

J'ai passé une main sur ma tête. C'était beaucoup lui demander. Et mentir à sa mère. Ça semblait être la bonne réponse, mais je n'étais pas sûr. Elle avait des raisons de ne pas vouloir qu'il soit au courant de notre relation. Je supposais que c'était pour qu'elle puisse prendre sa propre décision à notre sujet, mais et si ce n'était pas ça ? Et si je foutais tout en l'air en ne lui disant pas d'en parler avec elle ?

—Ouais, ai-je dit, prenant une décision. —C'est ce que tu dois faire. Ta mère doit décider quand elle veut que tu saches. Elle doit décider si elle veut que tu saches. Si tu la pousses, elle se sentira sous pression.

—Je ne sais pas bien lui mentir.

—C'est une bonne chose. Ça rendait juste tout plus compliqué. —Penses-tu que tu devrais lui dire ?

—Je ne sais pas. Je pense que la façon dont tu l'embrassais signifie que tu dois être averti de ne pas lui faire de mal.

Un sourire narquois commença à se dessiner sur mes lèvres, mais je l'ai réprimé. C'était un bon gamin, et protéger sa mère était la bonne chose à faire. —Je comprends. Et je n'ai aucune intention de faire du mal à ta mère.

—Vous ne vous êtes pas toujours très bien entendus.

J'ai ri doucement. C'était un euphémisme. —C'est vrai, mais nous essayons maintenant. J'apprécie vraiment ta mère. Elle me met au défi. Elle est intelligente, drôle et elle a deux enfants formidables.

—Elle a beaucoup souffert. Principalement à cause de mon père et de ses parents.

—Je sais. Ce qu'elle a traversé n'est pas juste. J'aimerais pouvoir lui enlever toute cette douleur. Mais je pense qu'elle est prête à aller de l'avant.

Joey a hoché la tête. —Elle a été plus heureuse ces deux derniers mois.

Je n'ai pas pu m'empêcher de sourire. —Tant mieux.

—C'est grâce à vous. Ce n'était pas une question.

—Je l'espère.

—Alors il semble que vous pourriez être bon pour elle.

—Je l'espère.

Joey m'a fixé d'un regard sévère pendant un long moment. Je n'ai pas cédé, le laissant simplement s'exprimer. S'il allait continuer à travailler pour moi, il devait me faire confiance, et la seule façon d'y parvenir était qu'il sache qu'il pouvait être honnête avec moi.

—J'aurais aimé qu'elle me le dise.

Je comprenais cela, mais ce n'était pas à moi de pousser dans ce sens.

—Je ne lui dirai pas que je suis au courant. Et je ne le dirai pas à mon frère. Mais si vous lui faites du mal, vous aurez affaire à moi.

—Et Mme Finley et M. Trent, je suppose, lui dis-je.

—Ouais, eux aussi.

—Compris.

Joey se retourna pour quitter mon bureau.

—Hé, Joey ?

—Oui ?

—Merci de ne pas m'avoir dit que je ne peux pas la voir.

Il sourit. —Je vous en prie.

Ça s'était passé aussi bien que possible. Maintenant, tout ce que j'avais à faire, c'était convaincre Anna de le lui dire pour qu'il n'y ait pas de secrets.

Deux jours plus tard, Anna et Goldie sont venues déjeuner. Tous les enfants étaient retournés à l'école et c'était un vendredi. Le premier de la nouvelle année.

—Salut, dit Anna quand je me suis approché pour prendre leur commande.

—Salut. Qu'est-ce que je peux vous servir à toutes les deux ?

Le regard d'Anna se fixa sur moi et parcourut mon corps de haut en bas.

Eh bien, bon sang. J'étais définitivement partant pour ça.

Goldie s'éclaircit la gorge. —Je vais prendre un sandwich au poulet et un très grand verre d'eau glacée après ce regard.

Mes joues se réchauffèrent, et j'étais reconnaissant que ma barbe cache toute rougeur. Anna n'avait pas cette chance et semblait avoir oublié sa crème solaire.

—Goldie, siffla-t-elle.

Je ricanai.

—Des frites ?

—Patate douce, dit Goldie. —N'oublie pas l'eau glacée.

Je lui ai souri. —Compris. Anna ?

—Je prendrai ce qu'il y a sous la table parce que je vais me cacher maintenant.

Goldie et moi avons ri tous les deux. —Elle prendra la même chose que moi puisque te voir lui a fait perdre tous ses moyens.

—Goldie, siffla Anna à nouveau.

—Quoi ? Ce n'est pas comme si on ne savait pas tous que vous vous faufilez comme des ados pour vous envoyer en l'air dès que vous le pouvez. Ce qui n'est pas assez souvent si tu le regardes comme si tu voulais en faire ton déjeuner.

—Oh mon Dieu. Achevez-moi tout de suite, dit Anna. —Pourquoi ai-je accepté de venir déjeuner ici ?

—Parce que la nourriture est aussi bonne que le paysage, répondit Goldie du tac au tac.

J'ai ri et secoué la tête. —Je vais passer vos commandes. Je reviens dans un instant avec ces eaux glacées.

—Verse la mienne sur ma tête, s'il te plaît, dit Anna.

J'ai secoué la tête en riant.

Je leur ai rapporté leurs eaux et j'ai entendu Goldie parler de son assistant qui flirtait avec elle.

—Tu peux le licencier pour ça, lui ai-je dit.

Elle a secoué la tête. —C'est juste un gars qui aime flirter. Je pense qu'il aime me faire réagir. Mais il est inoffensif. Son frère est pareil. Les voir ensemble est vraiment drôle.

—S'il dépasse les bornes, assure-toi de faire quelque chose. Ça peut devenir dangereux.

—Merci. Je ferai attention. Il n'a jamais rien fait. Il me dit juste que je suis belle et que je ne devrais pas sortir avec des losers, des choses comme ça.

—Je suis bien d'accord avec lui sur ce point.

Elle m'a gratifié d'un sourire radieux. —Merci. Tu es trop gentil.

—C'est ce que je n'arrête pas de dire à celle-ci. Je ne suis pas sûr qu'elle me croie encore.

Anna a ri et a secoué la tête. —Tu as tes moments.

—Deux sandwichs au poulet, a dit Charlie, apportant lui-même les assiettes. —Tu as passé cette commande ?

J'ai secoué la tête. —Tu as besoin de quelque chose ?

—Plus de pains à hamburger. On commence à être à court.

J'ai hoché la tête. —Je vais l'ajouter sur la liste. Merci.

Il m'a donné une tape dans le dos et a fait un signe de la main à Anna et Goldie.

—Vous connaissez quelqu'un qui cherche du travail ? leur ai-je demandé, taquin.

—Pourquoi ? Tu cherches à embaucher quelqu'un ? a demandé Goldie.

J'ai passé une main sur ma tête et j'ai acquiescé. —Ouais. J'ai besoin d'un responsable commercial.

—Je pourrais avoir quelqu'un en tête. Ça te va si je lance quelques pistes ?

—Vraiment ? Oui. Ce serait super. J'ai demandé à tout le monde ici, et personne n'en veut. Finley m'a dit de t'en parler, mais avec les fêtes, j'ai complètement oublié.

—J'ai déjà quelques personnes en tête. Je vais les contacter et leur donner tes coordonnées. Ça te va ?

—Oui, putain oui. Merci.

Elle sourit. —Tu fais sourire mon amie. C'est le moins que je puisse faire.

—Elle me fait sourire aussi, dis-je en regardant Anna qui rougissait.

—Beurk, dit Goldie. —Bon, ça suffit. Je n'ai pas besoin d'assister aux premiers rangs à vos ébats amoureux.

J'ai pouffé et secoué la tête. —Estime-toi heureuse qu'elle ne l'ait pas encore dit à tout le monde, sinon je la plierais sur cette chaise pour l'embrasser à perdre haleine.

Anna a laissé échapper un petit cri, les lèvres entrouvertes.

Goldie a souri. —Il me faut un homme comme ça.

—Celui-là est à moi, a grogné Anna.

—Putain ouais, je suis à toi, ai-je dit. Je lui ai fait un clin d'œil, puis je me suis éloigné avant de faire quelque chose de stupide, comme la jeter sur mon épaule, l'emmener dans mon bureau et la revendiquer comme mienne devant tout le bar.

Putain, j'avais vraiment envie de faire exactement ça.

ANNA

J'ai regardé Hudson s'éloigner. Mon cœur battait la chamade, à la fois parce que j'avais été proche de lui et parce que je désirais ardemment tenir chaque promesse que je lisais dans ses yeux noisette.

—Mince alors. Je veux dire, quand tu m'as dit que vous étiez ensemble, je ne m'attendais pas à me brûler juste en étant si près de vous. Wow, a dit Goldie, son regard passant de moi à Hudson, puis revenant vers moi.

—Je crois que ça fait trop longtemps que je n'ai pas fait l'amour. J'ai l'impression de ne plus pouvoir me contrôler quand je suis près de lui.

Goldie a secoué la tête et a repris son sandwich. —Ce n'est pas ça du tout. Il dégage des ondes de « baise-moi ». Je sais qu'il y a une règle qui dit qu'on ne sort pas avec l'ex d'une amie, mais si tu le laisses partir, je ne suis pas sûre de pouvoir résister à la tentation.

J'ai ri, mais mon ventre me brûlait à cette pensée. Si les choses se terminaient avec Hudson, et je détestais déjà m'y attendre, ce serait douloureux de le voir avec quelqu'un d'autre. Je ne dirais jamais à une amie qu'elle ne peut pas sortir avec lui, mais si lui et Goldie se mettaient ensemble, j'aurais vraiment du mal à le supporter.

—Je plaisante, tu sais, a dit doucement Goldie en posant sa main sur mon bras.

J'ai forcé un sourire. —Je sais.

—Je le pense vraiment, Anna. Je veux dire, la façon dont il te regarde suffit à me faire fondre, mais il ne me fait pas d'effet. Même si c'était le cas, je ne courrais jamais après l'ex d'une amie. Et je déteste l'admettre, mais j'aime les types bien propres sur eux.

—Je peux comprendre ça chez toi. Tu es un peu raffinée, surtout comparée à moi.

Goldie a secoué la tête, ses cheveux blonds parfaitement attachés ne bougeant pas d'un millimètre. Elle tenait un morceau parfaitement coupé de son sandwich au poulet qui ne risquait pas de dégouliner sur son bras comme le faisait mon sandwich entier. —Je ne suis pas raffinée. C'est juste que je dois avoir l'air convenable au travail.

—J'ai dîné chez toi la semaine dernière. Tu es raffinée. Et je ne dis pas que c'est mal. Je comprends juste qu'on puisse vouloir un gars comme ça. Je crois que j'ai toujours eu un faible pour les mecs qui penchent du côté un peu sauvage.

—Hudson ne me semble pas dur. Il est plutôt comme un ours en peluche grincheux.

J'ai pouffé. —D'accord, oui, ça lui correspond parfaitement.

Goldie a ri avec moi.

Nous avons mangé notre déjeuner en discutant des garçons et de la rentrée scolaire. Nous avons convenu que pour notre prochain dîner ensemble, nous amènerions les garçons pour qu'ils fassent connaissance.

—Quand vas-tu parler de toi et Hudson à Joey et Matty ? a demandé Goldie pendant que nous attendions l'addition.

—Je ne sais pas. J'ai peur, ai-je avoué.

—Tu penses qu'ils ne l'accepteront pas ?

J'ai secoué la tête. —Je n'ai pas beaucoup fréquenté d'hommes. Jusqu'à il y a moins d'un an, j'étais mariée à leur père. Même s'il n'était pas souvent là, je ne voulais pas m'impliquer avec quelqu'un au cas où il essaierait de dire que j'avais une liaison et qu'il devrait être dédommagé. Et je ne voulais pas vraiment m'impliquer avec qui que ce soit.

—Ce sera un ajustement pour eux, mais ils aiment bien Hudson.

—C'est une partie du problème. Si les choses ne marchent pas, ça les détruira.

—Mais et si ça marchait ?

J'ai levé les yeux et j'ai vu Hudson qui s'approchait de nous. La question de Goldie résonnait dans mon esprit.

L'idée que ça puisse marcher avec Hudson était une question que je ne m'étais pas permis de poser. La dernière fois que j'ai eu une relation sérieuse avec quelqu'un, je l'ai épousé, j'ai eu deux enfants, et il est parti en me laissant une montagne de dettes.

Je n'imaginais pas Hudson faire la même chose, mais tout le monde a des défauts. Quels étaient les siens ? Quand se révéleraient-ils ? Serais-je capable de les gérer ?

—Je peux vous apporter autre chose à tous les deux ? demanda Hudson quelques secondes plus tard. Sa main reposait sur le dossier de ma chaise, son pouce caressant mon dos. C'était le seul contact que nous pouvions risquer en public. Et ce n'était pas suffisant.

Je levai les yeux vers lui et essayai d'imaginer un avenir. Nous tous vivant ensemble, mes garçons l'appelant papa. Une clôture blanche, une alliance à mon doigt. Me réveiller à ses côtés chaque matin et m'endormir avec lui chaque soir.

C'était une sorte de bonheur domestique que je n'avais jamais connu. C'était à l'opposé de tout ce que j'avais vécu auparavant. Et mon cerveau l'a immédiatement rejeté.

Je me penchai en avant, me séparant de son pouce sur mon dos. Je saisis mon verre d'eau et laissai Goldie répondre pour nous. Ils me regardèrent tous les deux, essayant de comprendre ce qui n'allait pas, mais aucun ne me pressa pour une réponse.

—Peux-tu nous apporter l'addition ? demanda Goldie.

—C'est déjà réglé, dit Hudson.

—Tu as payé nos déjeuners ? demanda-t-elle.

—Tu vas m'aider à trouver un gestionnaire d'affaires, et Joey ne mange jamais la nourriture gratuite à laquelle il a droit en travaillant ici. Je vous dois au moins quelques repas à tous les deux.

—Je peux payer, protestai-je.

—Je sais que tu le peux, argumenta Hudson. —Je n'ai jamais dit le contraire. J'essaie juste d'être gentil.

—Elle veut dire merci, dit Goldie à ma place. —On apprécie vraiment tous les deux, Hudson. À bientôt.

Goldie me pressa de me lever et de sortir de mon siège, puis de quitter le restaurant, me laissant à peine le temps d'enfiler mon manteau avant que nous nous retrouvions sur le trottoir jonché de neige.

—Qu'est-ce que tu fais ? lui demandai-je.

—Je ne te laisserai pas tout gâcher. Pas encore.

—Je ne suis pas—

Elle haussa un sourcil dans ma direction, me mettant au défi d'être honnête.

Je soupirai. —D'accord, j'étais sur le point de tout gâcher. Parce que ça ne marchera pas. Lui, c'est la banlieue et les maisons de campagne. C'est la sécurité et la stabilité. C'est les déjeuners payés et les consoles de jeux vidéo. Je ne suis rien de tout ça. Je suis une mère célibataire criblée de dettes. Pourquoi diable voudrait-il s'encombrer de moi ?

—Tu as visiblement oublié la façon dont vous vous regardiez quand nous sommes arrivés. On n'a pas besoin d'une raison pour aimer quelqu'un.

—Aimer ? Non. Je ne l'aime pas. Du désir, peut-être. Pour nous deux. Il était marié, et sa femme est morte. Il n'a pas eu de rendez-vous amoureux depuis aussi longtemps que moi. Il ne m'aime pas, et je ne l'aime pas. On apprend juste à se connaître. Et ça va se terminer de toute façon, alors ne va pas par là. Je n'aurai jamais la petite maison avec la barrière blanche avec Hudson Grant. Ni avec personne d'ailleurs, mais surtout pas avec lui. Il est bien trop bien pour moi.

—Anna...

—Non, Goldie, ne commence pas. Je vais juste... profiter de ce qui se passe entre nous, mais je ne peux pas penser à long terme. C'est pour ça que je n'en parle pas aux garçons. Ils commenceraient à le voir différemment, et quand ça se terminera, ils seront blessés. Je ne peux pas leur faire subir ça. Je ne peux vraiment pas.

—Je pense que tu te trompes. Sur toute la ligne. Mais tu n'es pas prête à l'entendre pour l'instant, alors je vais laisser tomber. Mais un jour, tu comprendras que tu vas devoir prendre un risque si tu veux obtenir quelque chose de mieux que ce que tu as maintenant.

—Ce que j'ai est suffisamment bien. Je n'ai pas besoin de mieux. Je ne mérite pas mieux.

—Je ne suis pas d'accord, dit Goldie. —Mais nous pouvons convenir d'être en désaccord. Est-ce que tu vas venir au club de lecture dimanche ?

—Je ne suis pas sûre.

—Tu devrais. J'aimerais vraiment avoir une amie là-bas. Est-ce que Joey travaille dimanche ?

Je secouai la tête. —Pas cette semaine.

—Parfait, alors tu dois venir. Je passerai te chercher pour que tu ne te défiles pas.

J'ai ri. —Parfois je ne t'aime pas.

—Ça me va. J'y suis habituée.

J'ai serré Goldie dans mes bras en essayant de contenir toutes les émotions qui cherchaient à s'échapper. Elle m'a étreinte un peu plus fort, comme si elle savait que j'avais besoin de cette pression supplémentaire pour les refouler. Quand elle m'a relâchée, elle a souri.

—À dimanche. Pour l'instant, je dois retourner travailler.

—Dis bonjour à Patrick, l'ai-je taquinée.

Elle a levé les yeux au ciel. —S'il avait vingt ans de plus, je ne me sentirais peut-être pas aussi bizarre de le trouver mignon. Tant pis.

—Tu n'es pas bizarre. Et je pense que tu devrais tenter ta chance.

Elle a pouffé. —Je le ferai si tu le fais.

Je l'ai fusillée du regard. —Touché.

—À dimanche.

J'ai fait un signe de la main tandis qu'elle resserrait son manteau et se tournait vers sa voiture. Je n'attendais pas le club de lecture avec impatience.

—Pas possible ! Tu t'es mariée ? s'est exclamée Willow.

Goldie et moi venions juste d'entrer dans la librairie Petits ami du Livre Illimité. Nous ne savions pas à qui Willow parlait, mais Goldie m'a tirée en avant pour le découvrir.

—Oui, a dit Elise quand nous avons tourné au coin. —Nous nous sommes mariés en secret le soir du Nouvel An. Juste nous deux. C'était vraiment bien.

—Je savais, dit Finley, avec un sourire malicieux à tout le monde.

—Comment tu savais ? demanda Willow.

—Trent les a aidés à tout organiser, dit Finley.

—Merci de n'avoir rien dit à personne. Et d'avoir rendu tout cela si beau. Nous devons aussi remercier Trent. C'était vraiment incroyable de sa part de faire tout ce qu'il a fait, dit Elise.

—Racontez-nous tout. Je suis submergée par les couches et le lait en poudre, dit Blake. —J'ai besoin de vivre par procuration à travers des personnes qui ont l'énergie et le vagin pour avoir des relations sexuelles.

—Mon neveu te donnera un répit, éventuellement. Une fois que tu seras autorisée à t'amuser à nouveau, peut-être que Maddox pourrait passer la nuit chez George pour que les garçons puissent jouer ensemble, proposa Finley.

—Je crois que je ne laisserai plus jamais Ian me toucher. Pas si je dois être aussi épuisée chaque fois que nous avons un bébé.

—Ça devient plus facile, dis-je.

Elles se tournèrent toutes pour me regarder.

—Désolé. Je ne voulais pas interrompre.

Blake secoua la tête. —Je t'en prie, interromps-nous et dis-moi tout sur le moment où ça devient plus facile. En ce moment, j'ai l'impression de flotter parce que je survis avec si peu de sommeil.

—C'est comme ça. Quand ils commencent à faire leurs nuits, c'est plus facile. Puis à nouveau quand ils mangent des aliments solides et dorment encore plus longtemps. Et encore une fois quand ils peuvent se mettre au lit tout seuls et préparer leur propre petit-déjeuner. Non pas que ce soit facile avec des adolescents, mais c'est un type de défi diffé-rent. Plus épuisant mentalement que physiquement.

—Ouh, tu m'as presque convaincue, plaisanta Blake. —Bon, j'ai retrouvé l'espoir. Et Elise n'a rien pu nous raconter parce que je me plaignais. Elise, dis-nous tout. Comment était l'hôtel ?

—L'hôtel était magnifique, dit Elise. Son sourire était

rêveur et lointain, comme si elle revivait tout cela. —Trent nous a installés dans une suite incroyable. C'était beaucoup trop cher et luxueux, mais c'était fabuleux. Et il n'a voulu laisser rien payer.

—C'est un sacré avantage, dit Trinity.

—Très agréable. Et inattendu. Je pense que Colin a demandé à Trent parce qu'il pensait qu'il'aurait connaissance d'un bon endroit où séjourner, mais ni l'un ni l'autre ne s'attendait à ce qu'il paie tout. Il nous a même obtenu une réservation pour le dîner le soir de notre mariage et l'a payé. Nous avions le petit-déjeuner livré dans la chambre chaque matin, et c'était tout ce qu'un mariage en petit comité à destination devrait être. Elise sourit largement et tapa des mains. Elle portait une simple alliance avec une bague de fiançailles à diamant solitaire. Cela lui allait bien.

—Tu as l'air heureuse, dit Blake.

Elise hocha la tête. —Je le suis. Je n'ai jamais pensé que je'me marierais un jour. Bon sang, je ne pensais même pas avoir à nouveau une relation. Mais Colin est incroyable. Il n'a jamais essayé de me brusquer ou de me faire sentir ridicule parce que je voulais prendre les choses lentement. La plupart des hommes auraient été impatients, mais pas lui.

—Il est parfait pour toi, dit Willow.

Elise sourit. —Il l'est vraiment. Je sais que j'ai de la chance.

—Je suis heureuse pour toi, dit Finley. —Nous le sommes toutes. Tu mérites un homme qui t'illumine et te fait sentir que tu'vaux la peine d'attendre à tous les niveaux.

—Nous méritons toutes cela, dit Elise.

—Que Dieu t'entende, plaisanta Sofia.

—Des perspectives à l'horizon ? lui demanda Trinity.

Sofia secoua la tête. —Non. J'ai fait une pause dans les rencontres. Je ne sortais pas beaucoup de toute façon, et être constamment sur le qui-vive était épuisant.

—Je ressens tellement ça, dit Goldie. —Je dois être à fond

pour le travail, et quand je termine ma journée, tout ce que je veux faire c'est me détendre. Bien sûr, j'aimerais bien avoir un mec qui me fait fondre comme celui d'Anna, mais—

—Fait fondre ta culotte ? Quoi ? s'écria Finley. Elle nous regarda tour à tour, Goldie et moi, tandis que j'essayais de me cacher derrière ma main. De quoi parlez-vous ? De qui parlez-vous ?

—Je suis vraiment désolée, chuchota Goldie. C'est sorti tout seul.

—Commence à parler, exigea Finley. Ou Goldie le fera.

Je lançai à Goldie un regard écarquillé qui, je l'espérais, la dissuaderait de dire quoi que ce soit. Elle pinça les lèvres et secoua la tête.

—De qui parle-t-elle ? insista Finley.

J'avais un peu peur de ma patronne à ce moment-là. Elle me fusillait du regard, concentrée uniquement sur l'objectif de me faire répondre. Je n'étais pas prête à le dire à mes fils, mais l'annoncer à une pièce remplie d'amis de Hudson me semblait à peine moins intimidant. Quand les choses se termineraient, je perdrais des gens. Ou du moins, mes relations avec eux changeraient. Je n'attendais pas ce moment avec impatience.

—J'ai une idée, dit Elise.

—Qui est-ce ? exigea Finley.

—Je pensais qu'Anna et Hudson finiraient ensemble, dit Trinity. Je l'ai dit à Karissa il y a des mois.

—Tu es douée, dit Goldie avant que je puisse formuler une réponse.

—Hudson ? s'écria Finley. D'à côté ?

—J'aime bien. Il a besoin de quelqu'un comme toi. Quelqu'un qui ne se laissera pas faire mais qui sera tout ce qu'il a toujours désiré, dit Elise.

—C'est vrai, dit Finley. Il a toujours voulu des enfants. Il m'a dit que lui et Hillary en parlaient quand elle est décédée.

—Et il adore les enfants d'Anna. Vous l'avez vu avec eux ? demanda Willow.

—Les filles, elle est en train de craquer d'une manière très différente, dit Blake.

Elles se tournèrent toutes vers moi. La panique battait son plein. Hudson ne voulait de moi que parce que j'avais des enfants ?

—Quand James et moi nous sommes mis ensemble, on ne faisait que se disputer. Mais c'était excitant. Je ne voulais être avec lui que pour le sexe. Et toutes ces disputes entre Hudson et toi m'ont rappelé James et moi, expliqua Trinity comme si cela avait parfaitement du sens.

—Donc, il me déteste et il veut mes enfants ? couinai-je.

—Anna, il ne te déteste pas, dit Finley. —Il t'aime bien. Il me l'a dit. C'est un type bien. Et il ne serait jamais avec toi pour autre chose que parce qu'il t'apprécie.

—On peut revenir à cette histoire de culotte qui fond ? Parce que s'il te fait cet effet-là, pourquoi t'inquiètes-tu de quoi que ce soit ? demanda Elise.

—Parce qu'elle n'a pas eu de relation depuis son ex et qu'elle pense que les choses avec Hudson vont se terminer. Elle n'a pas dit à Joey et Matty qu'elle voyait Hudson, expliqua Goldie.

—Écoute, je comprends ça mieux que quiconque, dit Elise. —Vraiment. Quand j'ai rencontré Colin, je n'avais aucun intérêt pour une relation. Je voulais le fuir. Mais on n'arrêtait pas de se retrouver ensemble. Et comme je l'ai dit, il ne m'a jamais poussée. Il m'a laissée être à l'aise avec la progression de notre relation et avec tout ce qu'on faisait. Je sais que d'autres hommes avec qui j'ai essayé de sortir ou avec qui j'ai couché n'auraient jamais été aussi patients. Les choses avec Hudson pourraient se terminer—

—Elise ! siffla Finley.

—Elle a besoin de le savoir. C'est vrai. On ne peut pas

prédire l'avenir. Ça pourrait se terminer. Ils pourraient ne pas durer. Ce dont Anna a vraiment peur, c'est si ça dure. C'est ça la partie effrayante pour quelqu'un comme elle et moi. La fin d'une relation, c'est confortable. Elle ne voulait pas qu'on le sache parce qu'on est amies avec Hudson et si les choses se terminent, elle pense qu'on va choisir son camp. Pareil pour ses fils, je suppose. Tu as probablement pris plus que ta part de merdes de ton ex, de la dette dont tu as parlé à la responsabilité totale de tes enfants, mais aussi à expliquer son absence et à les convaincre qu'il n'est pas l'ordure sans valeur qu'il est. Tu as très peu parlé de lui, et je suppose que tu essaies fort de protéger son image pour le bien de tes enfants. Tu ferais la même chose avec Hudson. Il pourrait te tromper et tu dirais quand même que ça n'a simplement pas marché. Pas que Hudson le ferait, mais tu vois ce que je veux dire. Anna fait tout le travail difficile. Et avoir de l'espoir et abandonner une partie de ta protection à quelqu'un d'autre, c'est terrifiant.

Tout le monde fixait Elise pendant qu'elle parlait. Ses mots me touchaient jusqu'au plus profond de mon être. Tout ce qu'elle disait était l'absolue vérité. Ce n'était pas facile à admettre, mais c'était exactement ce que je pensais.

—Ce qu'elle a dit, murmurai-je.

Ils se tournèrent vers moi, et je vis la pitié sur leurs visages. C'était pire que l'incompréhension.

—Non, dit Elise. —Vous ne pouvez pas avoir pitié d'elle. La vie est dure pour nous tous. Nous avons tous nos combats. Nous les gérons tous différemment. Parfois, la vie te met des coups de pied au cul, et tu as plus de mal à te relever. Mais elle'est debout. Elle's sort avec quelqu'un. Elle essaie. C'est plus que ce que beaucoup de gens feraient.

—Mais... dit Finley.

—Anna, Hudson devrait se considérer chanceux d'avoir une chance avec toi. J'aime Hudson, et je ne dis pas ça à la légère, mais tu'es plus forte que tu ne le penses. Ne te sous-estime pas. Et parle à tes fils. Donne-leur la chance de te montrer à quel point ils sont forts, eux aussi, parce qu'avec une mère comme toi, je n'ai aucun doute qu'ils sont plus forts que vous ne le savez tous.

Ma gorge se serra face aux encouragements d'Elise'. Je hochai la tête, incapable de formuler des mots.

Finley tendit le bras et prit ma main. Blake me sourit. Trinity me fit un clin d'œil. Goldie articula silencieusement *désolée*. Tous les autres retournèrent à leur gâteau et à leur conversation, me laissant absorber tout ça.

—Je suis vraiment heureuse pour toi, dit Finley après un moment. —Et si les choses ne marchent pas, je vous aimerai toujours tous les deux. Je ne veux jamais que tu penses que je ne le ferais pas.

—Merci, murmurai-je.

Je laissai les émotions me traverser et pris une décision que j'aurais dû prendre il y a longtemps. J'allais parler de Hudson à mes garçons. Et j'allais essayer de le laisser entrer dans plus que simplement mon corps.

Si j'étais honnête avec moi-même, il faisait déjà son chemin dans mon cœur, mais je n'étais pas sûre que mon cœur soit assez fort. Mais avec ces femmes incroyables et courageuses autour de moi, peut-être qu'un jour je le serais.

18

Je suis sortie de Petits ami du Livre Illimité avec tout le monde. Comme j'étais venue avec Goldie, elle était mon chauffeur pour le retour, mais je n'étais pas tout à fait prête à partir.

— Ça va ? demanda Goldie.

Je me tenais sur le trottoir et regardais O'Kelley's. J'avais encore peur. Il y avait encore beaucoup d'inconnues. Mais je voulais être courageuse et nous donner une chance.

— Je crois que oui, dis-je après un moment.

— Tu veux que je t'attende ? Ça ne me dérange pas. Mais s'il te ramène chez toi, c'est bien aussi.

— Je ne sais même pas s'il est là.

— Il est toujours là. Et s'il n'y était pas, je pense qu'il viendrait si tu le lui demandais.

— Est-ce que je suis folle ? lui demandai-je. Je me sentais folle. Je me sentais comme je ne m'étais pas sentie depuis que j'avais la moitié de mon âge et que j'étais avec Nick. Quand j'étais jeune et libre et que je pensais avoir le monde entier devant moi. J'avais changé en vingt ans. J'avais deux enfants à considérer, et toute une vie de souffrance et de trahison à surmonter. Était-ce vraiment une bonne idée de m'impliquer avec quelqu'un ? Surtout quelqu'un qui était vraiment un homme bien et qui méritait tellement mieux que moi ?

— Je crois qu'à notre âge, on s'habitue à la stabilité. On n'aime pas bousculer les choses. Si rien ne change, rien ne change. Il n'y a rien de mal à ça, mais si tu n'es pas prête à sortir de ta zone de confort et à voir s'il y a quelque chose de mieux pour toi, tu ne sauras jamais si tu peux être plus heureuse.

— Est-ce vraiment si simple ? Et si ce qui se trouve en dehors de ma zone de confort me rendait moins heureuse ?

— C'est possible. Mais alors tu retournes dans ta zone de confort et tu n'essaies plus jusqu'à ce que tu penses qu'il y a une chance que ce soit mieux.

— J'ai peur.

— On a tous peur. Lui aussi.

J'ai pris une profonde inspiration d'air froid et l'ai expiré lentement, l'air glacé flottant devant moi avant de se dissiper et de disparaître. Je voulais mieux. C'était facile de le rechercher pour mes fils, mais pour moi-même, c'était un plus grand défi. Pour moi-même, j'ai passé des années à dire que je ne le méritais pas.

Et si j'avais raison ?

—J'entrerai avec toi. S'il est là, tu pourras lui parler. S'il n'est pas là, je te ramènerai à la maison.

—Ne me laisse pas, ai-je supplié en lui agrippant le bras.

—Je te le promets.

Je me suis accrochée à l'assurance de Goldie et l'ai laissée me guider à l'intérieur. Il faisait sombre et ce n'était pas très bondé. Un groupe de personnes jouait au billard en s'amusant beaucoup. D'autres étaient éparpillées autour des tables et quelques-unes étaient assises au bar.

Je les ai à peine remarquées car dès notre entrée, mon regard s'est posé sur Hudson. Il souriait à quelque chose qu'un homme venait de lui dire. Son sourire transformait son visage, adoucissant ses traits durs et le rendant plus abordable et amical.

Il a levé les yeux et m'a vue, un lent sourire se dessinant sur ses lèvres tandis que le désir s'installait dans son regard.

Goldie m'a poussée en avant, sa force solide à mes côtés.

Hudson ne m'a pas quittée des yeux une seule fois. Il a dit quelque chose à l'homme à qui il parlait, puis est venu me rejoindre au bout du bar. —Salut.

Je l'ai simplement fixé du regard. J'étais si sûre de moi il y a une heure, puis complètement terrifiée quelques minutes plus tard, et maintenant tout ce que je voulais, c'était qu'il me prenne dans ses bras et dise tous les mots à ma place.

—Anna voulait te parler. Pourriez-vous aller dans ton bureau ? a dit Goldie à ma place.

Hudson a hoché la tête. —Bien sûr.

Goldie s'est glissée sur un tabouret et a fait signe à l'autre barman. Hudson m'a tendu la main pour que je le précède dans le couloir menant à son bureau.

Il a fermé la porte derrière nous et s'est dirigé vers le fond de la pièce. Il a croisé les bras et s'est tenu là, attendant que je parle.

—Jeveuxdireaugarsquonnoussortonensemble, ai-je balbutié. Tous les mots se sont enchaînés, à peine intelligibles.

—Quoi ?

J'ai pris une respiration et j'ai réessayé. —Je veux dire aux gars qu'on est ensemble. Je veux qu'ils sachent qu'on sort ensemble.

—Sérieusement ? Il a laissé échapper un petit rire et a secoué la tête.

—Oui. Il est temps. Je n'aime pas leur mentir, ni à tous ceux que je connais, et je veux leur dire.

—Merde, je pensais que tu étais venue pour rompre.

—Pourquoi as-tu pensé ça ?

—Parce que tu avais l'air sur le point de vomir. Je me suis dit que tu ne voulais pas être celle qui annonce que c'est fini entre nous.

J'ai secoué la tête. —Ce n'est pas ce que je veux. Mais si toi, tu veux—

—Non, a-t-il lâché brusquement. Il a traversé la pièce vers moi. —Pas question. Il s'est arrêté juste avant de me toucher. Son corps était si proche que je pouvais sentir sa chaleur m'envelopper, m'entourant sans me toucher. —Je suis à fond dans cette relation, Anna. Je veux qu'on ait une vraie chance.

—Moi aussi.

Il a hoché la tête et s'est penché, s'arrêtant à nouveau avant qu'on se touche. —Est-ce que je peux t'embrasser maintenant ?

—Oui, s'il te plaît.

Il a souri et a franchi le dernier espace entre nous. C'était un baiser de soulagement, de désir et d'exigence. Un baiser qui réarrangeait des parties de moi et les remplissait avec des parties de lui. Lui avouer que je voulais nous donner une chance était effrayant, mais il ne s'est pas moqué de moi et ne m'a pas rejetée. Il voulait la même chose. Et c'était bon.

Ses mains sont restées dans des zones neutres, même si le baiser s'aventurait vers l'obscène. Si nous avions été n'importe où ailleurs, nous aurions été nus et aurions scellé notre accord d'une autre manière. Mais il travaillait, et je devais rentrer chez moi.

Il s'est reculé après un temps bien trop court. Il s'est léché les lèvres et a respiré profondément, son souffle chaud caressant mes joues alors qu'il se forçait à se calmer.

—Je suis vraiment heureux que tu continues à me voir. J'ai une requête.

—Laquelle ?

—Laisse-moi t'inviter à sortir. Un vrai rendez-vous. Avec un dîner et tout ce que tu veux d'autre. Danser, un film, du bowling, peu importe tant qu'on peut sortir et que je peux montrer à tout le monde que je suis le fils de pute chanceux qui peut te tenir, te toucher et t'embrasser.

Mes lèvres s'étiraient de plus en plus à mesure qu'il parlait, jusqu'à ce que j'aie l'impression que mes joues allaient se fendre. J'ai hoché la tête, et il m'a embrassée à nouveau, le genre de baiser qui m'a volé mon souffle, mon cerveau et un morceau de mon cœur pour les lui donner.

Quand il s'est écarté cette fois, il a simplement souri. — Merci.

—C'est moi qui devrais te remercier. C'est toi qui m'as invitée à sortir.

—Crois-moi, c'est moi le chanceux dans cette histoire.

J'ai simplement secoué la tête.

—Malheureusement, je dois retourner travailler maintenant. Jonathan doit partir tôt ce soir.

—Oh, je suis désolée.

—Tu n'as pas à être désolée. J'aimerais pouvoir passer plus de temps avec toi. Dis-moi quand tu veux qu'on sorte. N'importe quel soir. Je ferai en sorte que ça marche.

—J'ai besoin que Joey soit à la maison avec Matty.

—Je comprends.

—Les week-ends sont généralement difficiles pour moi.

—Peu importe quel soir.

—Je pense que jeudi ça marchera. Ça te va ?

—Absolument. Vérifie et confirme-moi. Je suis libre quand tu l'es. Je m'en assurerai.

—Tu as une entreprise à gérer. Tu ne peux pas simplement t'absenter quand bon te semble.

—Pour toi, je le ferai.

—Hudson.

—Mes employés sont formidables, et je suis toujours là. Ils peuvent gérer les choses pendant quelques heures. Ils le font tout le temps.

J'ai hoché la tête. —D'accord. Si tu en es sûr.

—Absolument. Vérifie ton emploi du temps et celui de Joey et tiens-moi au courant. Il m'embrassa rapidement encore une fois, puis se recula et se dirigea vers la porte.

Je l'ai suivi dans le bar. Il ne m'a pas touchée ni rien quand nous étions à la vue des autres, mais j'ai senti son regard sur moi comme une caresse. Goldie était assise au bout du bar avec une boisson rose qui semblait délicieuse. J'ai pris son verre et j'ai bu une gorgée.

—C'est du soda, ai-je dit en faisant la grimace.

—Euh, oui. Je conduis. Jonathan a ajouté un peu de grenadine pour que ce soit joli.

J'ai ri doucement. —Tant que c'est joli.

Goldie m'a fait un clin d'œil. —Tout est réglé ?

J'ai acquiescé. —On va avoir un rendez-vous jeudi soir.

—Tant mieux pour toi.

—Tant que mes garçons sont d'accord avec tout ça, alors oui.

—Ils le seront. J'en suis sûre.

—Je l'espère.

LES DEUX GARÇONS étaient sur le canapé en train de regarder un film quand je suis rentrée. Ils ont à peine levé les yeux vers moi quand je suis entrée. J'ai posé mon sac à main et rangé mes bottes dans le placard, puis je me suis assise dans le fauteuil où Hudson avait dormi plus de deux mois auparavant.

J'étais tellement gênée ce jour-là, en me réveillant et en réalisant qu'il était là. Je me suis emportée contre lui, mais il a continué à revenir. Il revenait toujours. Quelque chose que Nick n'a jamais fait.

—Ça va, maman ? a demandé Joey quand une publicité est apparue.

—Oui. Je voulais vous parler de quelque chose, les garçons.

Joey et Matty ont échangé un regard et ont bougé sur leurs sièges. La publicité passait en arrière-plan, embrouillant mes pensées.

—Je sors avec quelqu'un. On se voit depuis quelques semaines, mais on a commencé à se parler avant ça. Il est vraiment gentil, intelligent et drôle. J'aime passer du temps avec lui.

—Est-ce qu'on va le rencontrer ? a demandé Matty.

J'ai hoché la tête. C'était la partie difficile. Admettre de qui il s'agissait. —Vous le connaissez déjà, en fait. Je sors avec Hudson.

—Oh, cool. Hudson est génial, a dit Matty.

J'ai jeté un coup d'œil à Joey. Il n'avait rien dit. Il n'avait pas l'air content, mais il n'avait pas l'air en colère non plus. Je n'étais pas sûre de ce qu'il pensait.

—On prend les choses très lentement pour l'instant. Rien ne va changer ici. Mais je voulais que vous soyez au courant.

—J'aime bien Hudson, a dit Matty. —Est-ce que tu vas l'embrasser ?

—Elle l'a déjà fait, a dit Joey.

—Oui, c'est vrai, mais comment le sais-tu ?

—Je vous ai vus tous les deux le soir du Nouvel An, a avoué Joey. —Quand tu es sortie, je suis allé voir ce qui te prenait tant de temps et je vous ai vus tous les deux. Je lui ai posé des questions à ce sujet—

— Tu as demandé à Hudson ? Pourquoi ne m'a-t-il rien dit ?

— Ouais. D'homme à homme. Il devait m'expliquer quelles étaient ses intentions envers toi.

Mon cœur a fondu pour mon petit garçon. Il voulait me

protéger. S'assurer que j'allais bien. Au lieu de me parler, il est allé voir l'homme qui m'avait embrassée.

— Qu'est-ce qu'Hudson a dit ?

— Il a dit qu'il t'aime beaucoup et qu'il ne te fera pas de mal.

J'ai laissé échapper un petit rire, ne voulant pas m'avouer à quel point cela me soulageait.

— Ça ne te dérange pas que je sorte avec lui ? ai-je demandé directement à Joey. Il avait plus de contact avec Hudson que Matty et le connaissait différemment. Je ne voulais pas que ce soit gênant pour Joey au travail.

Joey y a réfléchi pendant une minute, puis a hoché la tête. — Je n'étais pas sûr au début. Je pensais qu'il serait peut-être bizarre avec moi. Il a été le même jusqu'à présent. Si quelqu'un au travail dit quelque chose, je ne pense pas qu'il laissera passer.

— Qu'est-ce que tu veux dire ?

— Je ne sais pas. Si un autre débarrasseur dit que j'obtiens des heures supplémentaires parce qu'Hudson sort avec toi ou si un serveur dit que j'ai plus de pourboires ou quelque chose comme ça.

— As-tu eu des problèmes avec quelqu'un qui aurait dit quelque chose ?

— Non, maman, je suis juste... Je sais comment fonctionne cette ville, d'accord ? Je sais ce que les gens disent. Ce n'est pas toujours facile d'être le fils du type qui a quitté la ville ou le petit-fils des gens qui ont pris ton argent et se sont enfuis. Les gens ont parlé de nous toute ma vie. Ça commence à se calmer, mais si tu sors avec le propriétaire du bar local, ces connards vont recommencer à parler.

— Langage, ai-je grogné.

Joey a soupiré. — Désolé.

J'ai pris une respiration et regardé mon fils. Il me rappelait tellement son père parfois que ça me faisait mal, mais

Nick n'avait jamais eu la compassion ou l'attention envers les autres que Joey possède. Joey a hérité de toutes les bonnes parties de nous deux, et il les a transformées en un garçon qui devenait un homme avec un bon esprit et une force solide. Il était quelqu'un dont j'étais fière de dire qu'il est mon fils.

—Je ne savais pas que tu avais entendu toutes ces choses que les gens disaient, ai-je admis. —Grandir ici n'a jamais été facile pour moi. Les gens n'attendaient pas grand-chose de moi, et j'ai été à la hauteur de leurs attentes. Mes parents n'avaient pas d'argent pour m'envoyer à l'université, alors ils m'ont dit que j'étais trop stupide pour même y penser. Quand j'ai commencé à travailler, ils se sont moqués de moi parce que je voulais plus que des emplois au salaire minimum. Je leur donnais de l'argent parce que je pensais qu'ils verraient que je travaillais dur et que je voulais les aider. Ils pouvaient à peine se permettre de rester ici parce qu'ils buvaient, fumaient et gaspillaient leur argent en choses stupides. Je voulais qu'ils soient fiers de moi et de tout l'argent que je gagnais, mais c'étaient juste des personnes horribles qui détestaient tout le monde et tout. Ils ont pris l'argent que je leur ai donné, et l'argent que je ne leur avais pas encore donné, et ils ont quitté la ville pendant que j'étais au travail un jour. Ils ont simplement disparu. Je ne pouvais pas me permettre de payer cet endroit tout seul, alors j'ai emménagé chez ton père.

—On sait tous quelle perle c'était, a dit Joey avec sarcasme.

—Je sais. Mais c'est ton père, et malgré tous ses défauts—

—Il n'a que des défauts, a dit Joey.

—C'est quand même ton père, Joey. Il n'a pas été bon avec moi, mais il n'a jamais été violent. Il n'était simplement pas intéressé à être un père. Mais c'est lui qui a raté l'occasion de faire partie de vos vies. Et toutes ces personnes là-bas qui aiment parler comme si elles savaient quelque chose, elles n'ont aucune idée de ce qui s'est réellement passé dans l'une ou l'autre situation.

—Pourquoi ne pas leur dire ? a demandé Matty.

J'ai secoué la tête. —Ça n'en vaut pas la peine. Ils n'en valent pas la peine. Tu connais le père de Jeremy ?

Matty a hoché la tête à la mention de son meilleur ami.

—Sais-tu ce qu'il fait dans la vie ?

Matty a fait non de la tête.

—Parce que ça n'a pas d'importance. S'il est un bon père pour Jeremy, son métier n'a aucune importance. Parce que tu sais qu'une personne est bien plus que l'argent qu'elle gagne.

—Tout le monde ne pense pas comme ça, a dit Joey.

—Je sais. Et tu vas toujours rencontrer des gens qui te jugeront parce que tu as grandi ici. Je voulais partir d'ici quand j'étais adolescente, et si j'avais économisé l'argent que je gagnais au lieu de le donner à mes parents, je l'aurais fait. La seule façon dont j'ai pu partir, c'est en emménageant avec ton père. Quand il est parti, je ne pouvais plus me permettre de rester où nous étions et j'ai dû revenir ici. Je n'ai jamais cru en moi, et je suis si heureuse que tu aies surmonté mes peurs, que tu aies cru en toi et que tu veuilles aller à l'université. Ça me fait peur, mais je veux que tu aies tout ce que tu désires dans la vie. Et si cela signifie t'éloigner d'ici et trouver ta propre voie, je veux que tu le fasses. Mais fais-le pour toi, pas à cause d'eux. J'ai passé beaucoup d'années à essayer de fuir mon passé et à essayer d'être à la hauteur ou de faire oublier ce que les autres disaient de moi. Ce n'est pas une bonne vie.

—C'est pour ça que tu aimes bien Hudson ? Parce qu'il ne traite pas les gens de cette façon ? demanda Joey.

J'y ai réfléchi un instant et j'ai hoché la tête. —Je suppose que c'est en partie ça. J'ai fait des suppositions à son sujet quand tu as commencé à travailler là-bas, et je l'ai mal traité à cause de qui je pensais qu'il était, mais j'ai appris à le connaître et je sais que c'est un homme bien.

—Il m'a acheté des jeux vidéo, dit Matty.

Joey et moi avons ri de l'admiration dans la voix de Matty.

—Oui, c'est vrai. Il est gentil et généreux, et il traite les gens avec compassion. J'aime toutes ces qualités.

—Tu mérites quelqu'un comme lui, maman. Peu importe ce que tes parents pourris ou notre père pourri ont pu te dire ou te faire, insista Joey.

—Merci. À vous deux. Je suis désolée que la vie n'ait pas été facile pour vous, les garçons, mais je pense que ça s'améliore. Je crois que cette année va être bonne pour nous.

—Certainement, dit Joey.

—Ouais, c'est vrai. Peut-être que Hudson m'achètera un autre jeu vidéo si vous continuez à sortir ensemble, dit Matty.

—Matty ! Je ne vais pas sortir avec lui pour que tu puisses avoir des cadeaux, dis-je.

Il haussa les épaules. —Ça valait le coup d'essayer.

Joey et moi avons ri.

—Tu es incorrigible, petit, dis-je à mon plus jeune fils.

— Non. Je pense que je suis juste comme il faut. Matty sourit d'un air satisfait.

Il avait raison. Nous étions tous juste comme il faut.

19

HUDSON

*N*euf candidats. Bon sang. Je devais quelques verres à Goldie. Je ne savais pas par où commencer, et en quelques semaines elle m'avait fourni plus qu'assez d'options, toutes qualifiées.

J'ai passé quelques jours à les contacter tous et à organiser des entretiens pour la semaine suivante. Je savais que je repousserais cette tâche si je ne m'en occupais pas tout de suite, et je savais que l'entreprise se porterait bien mieux si quelqu'un d'autre était responsable des choses qui impliquaient des chiffres.

De plus, je savais que je devais mettre toutes les distractions de côté pour pouvoir profiter de mon rendez-vous avec Anna ce soir-là.

Nous avions parlé plusieurs fois pendant la semaine. Elle m'a dit que les choses s'étaient bien passées avec ses garçons et que Joey avait avoué nous avoir vus nous embrasser et m'avait questionné à ce sujet. Elle m'a demandé de venir la voir à l'avenir pour tout ce qui concernait ses fils, et je lui ai assuré que je le ferais. Je devais apprendre où étaient les limites, et je le ferais.

J'ai pris mon après-midi pour pouvoir me doucher, me changer et être présentable quand j'irais chercher Anna pour notre rendez-vous. Elle m'avait dit qu'elle était partante pour une surprise, alors j'avais planifié toute une soirée. Je ne savais pas ce qu'elle aimait faire, mais j'espérais qu'elle apprécierait la soirée que j'avais en tête.

Je savais que si je ne me présentais pas à la soirée entre mecs, je me ferais chambrer, alors une fois prêt pour mon rendez-vous, je me suis rendu à O'Kelley's pour voir mes amis et accepter toutes les conneries qu'ils allaient me sortir.

James a sifflé. —Regarde-toi. Je ne savais même pas que tu avais une tête sous cette casquette. Bien que je ne sois pas surpris qu'elle soit brillante.

Je lui ai fait un doigt d'honneur.

—Jolie chemise, a dit Ian. —Tu as l'air particulièrement élégant ce soir.

—Quelle est l'occasion ? a demandé Sebastian.

—Il a un rendez-vous, a révélé Knox.

—Tu peux t'asseoir avec James, lui ai-je dit.

Knox a ri. —Tu sais, les vieux qui viennent dans ma quincaillerie n'ont rien d'autre à faire que de parler de tout le monde. Je te jure qu'ils en savent plus sur cette ville que nous tous réunis.

— Sauf toi, je suppose, dit Rowan. — Avec qui sors-tu ?

— Anna Charlotte, lui répondis-je.

— Vraiment ? demanda Rowan.

J'ai hoché la tête. — Ça te va, l'Agent ?

Rowan m'a lancé un sourire narquois. — Bien sûr. J'aime bien Anna. Elle a eu une vie difficile, mais elle est toujours souriante et amicale. Elle ne recule devant rien.

— Tu es sûr que tu peux la gérer ? demanda Sebastian.

— J'en suis sûr, lui répondis-je.

— Tu as intérêt à bien la traiter, dit James, toute trace d'humour ayant disparu.

J'ai soutenu son regard et hoché la tête. — J'en ai l'intention. Je ne joue pas avec elle. On discute depuis des mois et on sort ensemble depuis quelques semaines. Ce n'est pas une aventure passagère.

James a continué à me fixer. Quand il m'a tendu la main, j'ai compris que c'était comme s'il me donnait sa bénédiction. James et Trinity étaient amis avec Anna et passaient du temps avec elle ces dernières années. Anna et James avaient grandi dans le même quartier. Il avait fait ce qu'il pouvait pour veiller sur elle. Mais c'était maintenant mon rôle.

Ça me faisait du bien de laisser cette pensée tourner dans ma tête. Je voulais être responsable d'Anna, Joey et Matty. Je tenais à eux tous. Je n'aimais pas l'idée qu'un autre homme soit dans leurs vies, même s'il n'était qu'un ami. Je voulais être celui vers qui ils se tournaient quand ils avaient besoin de quelque chose. Celui qu'ils appelaient à l'aide.

Je le serais.

— Qui veut un verre ? leur ai-je demandé.

— Moi. Tu en as un pour moi ? demanda Brantley Pierce.

— Toujours. Comment ça va ? Brantley et moi avions joué au baseball ensemble au lycée. Il avait deux ans de plus que moi, et j'avais beaucoup appris de lui. Il voulait être professeur même à l'époque, et le lycée avait de la chance de l'avoir comme entraîneur de baseball et aussi d'athlétisme.

— Bien. Mais je m'ennuie à mourir. Je ne savais pas que je manquais la fête du jeudi soir. Brantley a regardé vers les autres et a levé sa bière en signe de salut. La vie dans une petite ville signifiait que même s'ils ne se connaissaient pas vraiment, ils se connaissaient quand même.

—Tu n'as pas quelque chose comme douze boulots ? Comment peux-tu t'ennuyer ? demanda Knox.

Brantley haussa les épaules. —Je suis célibataire dans une ville où j'ai soit déjà fréquenté la plupart des femmes célibataires, soit j'enseigne à leurs enfants. Je fais du coaching pour ne pas rester chez moi à casser des trucs juste pour m'occuper.

—Tu as certainement cassé assez de choses quand tu l'as achetée, taquina Knox.

Brantley rit doucement. —C'est ce qui arrive quand tu achètes une maison à rénover sans aucune compétence. D'ailleurs, ses consommations sont sur ma note. Je crois que je te dois encore quelques dizaines de verres pour toute ton aide.

—J'accepte avec plaisir, dit Knox.

—Quand est-ce que l'entraînement de baseball commence ? demandai-je à Brantley.

—Pas avant mars. Je vais peut-être devenir fou d'ici là.

—Tu as de bons espoirs cette année ? demandai-je.

Brantley hocha la tête. —Quelques très bons. Certains obtiendront probablement des bourses s'ils décident d'aller à l'université pour le baseball. Hé, tu devrais venir nous aider. Un grand athlète comme toi.

Je secouai la tête. —Ça fait longtemps que je n'ai pas mis les pieds sur un terrain.

—Alors il est grand temps. Tu étais troisième base, non ?

—Dans une autre vie.

—Peu importe. Tu as fait quelque chose dont certains de ces gamins rêvent. Ce sera bon pour eux de voir que c'est possible.

—Ouais, mais je me suis blessé. Je me suis flingué le genou et j'ai dû abandonner.

Brantley secoua la tête. —Peu importe. Ça arrive. Certains de ces gamins ont besoin de le voir pour y croire, et d'autres ont besoin de voir qu'il y a une vie après le baseball. Dans tous les cas, ce serait bien de te remettre sur un terrain.

J'acquiesçai. —J'y réfléchirai.

— Il a un rendez-vous, lui dit Knox.

— Ah bon ? Quelqu'un que je connais ?

— Tu connais Joey Charlotte ? demanda James.

— Bien sûr. Il a joué pour moi l'année dernière. Beaucoup de talent mais pas beaucoup de confiance en lui. J'espère que ça va changer cette année puisqu'il est en première et qu'il a une année d'équipe varsity derrière lui.

— Hud sort avec sa mère, annonça Ian à Brantley.

Les sourcils de Brantley se relevèrent. — Sans déconner. Anna est toujours prête à faire tout ce qu'elle peut pour aider tout le monde. Je l'aime bien.

— Hudson aussi, dit Knox.

— Vous êtes tous des gamins. Je m'en vais. Je vais passer du temps avec ma femme, dis-je en jetant le torchon du bar dans le bac.

Ils gloussèrent comme les adolescents qu'ils se comportaient.

— Sa femme. Attends qu'Anna entende ça.

— Il est complètement sous son charme.

— Ce fils de pute a de la chance.

Je fis un signe d'au revoir à cette dernière remarque. Je hochai la tête vers Jonathan et me dirigeai vers l'arrière pour pouvoir rejoindre mon pick-up sur la place sans être interrompu.

J'arrivai devant l'immeuble d'Anna avec deux minutes d'avance. Je sortis du pick-up et me dirigeai vers sa porte, ne voulant pas être en retard. Dès qu'elle s'ouvrit, plus rien d'autre n'importait.

Anna portait un jean qui épousait ses courbes généreuses et mettait en valeur ses cuisses épaisses et son cul rond. Elle avait des bottes qui montaient jusqu'aux genoux et un pull qui couvrait la moitié de ses fesses. Un manteau était posé sur son bras et un sac à main était suspendu en bandoulière. Ses cheveux tombaient en vagues douces au lieu de la queue de cheval qu'elle portait habituellement. Et ses yeux étaient soulignés de quelque chose de sombre qui la rendait mystérieuse et sexy, et tout ce que je voulais faire, c'était tomber à genoux et remercier Dieu que cette femme me trouve assez bien pour sortir avec elle le temps d'une soirée.

— Putain, soufflai-je.

Elle laissa échapper un petit rire et sourit. — Je pensais la même chose.

J'ai mis un jean aussi, et une chemise toute neuve que Finley m'avait forcé à acheter il y a un an. Je ne l'avais jamais portée parce que je n'avais nulle part où porter une chemise à boutons, mais le regard dans les yeux d'Anna me disait que Finley avait raison, et que c'était une belle chemise.

— Tu es prête à partir ? ai-je demandé à Anna.

Elle a hoché la tête et a tendu la main vers la porte. — Je m'en vais, a-t-elle crié dans l'appartement.

Des bruits de pas ont résonné dans sa direction, et les deux garçons l'ont attrapée de chaque côté. Ils l'ont serrée fort comme si elle était la chose la plus précieuse au monde et qu'ils ne voulaient pas qu'elle parte.

Je comprenais ce sentiment.

Joey a levé les yeux vers moi et a fait un bref signe de tête. Matty a levé les yeux vers moi et m'a lancé un regard noir. — Tu as intérêt à être gentil avec elle.

J'ai acquiescé solennellement. — Je te le promets.

Matty a pointé deux doigts vers lui, puis deux vers moi. — Je te surveille, a-t-il dit d'une voix menaçante.

J'ai hoché la tête à nouveau, essayant de ne pas rire. C'était touchant de voir à quel point ils adoraient leur mère, et je n'allais pas me moquer de ça.

— D'accord, a dit Anna. — Nous serons de retour dans quelques heures. Soyez sages. Et couchez-vous à l'heure.

— Oui, maman, ont-ils répondu ensemble. C'était manifestement quelque chose qu'ils avaient entendu plus qu'à leur tour.

Anna s'est tournée et m'a adressé un sourire anxieux, puis

m'a poussé dehors. Elle a fermé la porte à clé, puis m'a suivi hors de l'immeuble jusqu'à mon pick-up.

— Est-ce que je peux t'embrasser maintenant ? ai-je demandé en lui ouvrant la portière.

Elle a expiré comme si elle avait retenu son souffle depuis mon arrivée. — Désolée. Oui. Je n'étais pas sûre de comment ça allait se passer.

Je détestais qu'elle pense que ça ne se passerait pas bien, mais je n'en étais pas certain moi-même, alors je ne lui en voulais pas. Je me suis penché et l'ai embrassée doucement, sans langue, en ajustant ma position jusqu'à ce qu'elle soupire et se laisse aller contre moi.

— Je crois que j'en avais besoin.

J'ai souri et repoussé ses cheveux en arrière. —Moi aussi. Tu es prête pour le dîner ?

Elle a hoché la tête. —Je meurs de faim.

—Parfait. Moi aussi.

J'ai couru de l'autre côté du pick-up et j'ai démarré. Nous sommes restés assis pendant une minute pour laisser chauffer le moteur, puis nous nous sommes dirigés vers notre première destination de la soirée.

—Tu vas me dire où nous'allons ? a demandé Anna une fois que nous'étions engagés sur la Saint Lawrence Parkway en direction du nord.

—Je croyais que tu aimais les surprises.

—C'est vrai, mais je'suis aussi curieuse. Surtout que nous'n'allons pas en ville.

J'ai tendu la main et j'ai saisi la sienne. —Je me suis dit que si nous allions en ville, tout le monde nous observerait et tu pourrais te sentir mal à l'aise. J'ai décidé d'aller quelque part d'un peu différent. Si ça te convient.

—Oh. Euh, oui. Bien sûr.

Ça n'avait pas l'air très convaincu. Je lui ai jeté un coup d'œil, mais elle regardait par la fenêtre dans l'obscurité.

J'ai continué à bavarder. —Quand Finley était enceinte, je l'amenais ici pour ses rendez-vous. Je ne me sentais pas à ma place la plupart du temps, alors je la déposais simplement et je faisais un tour en voiture. J'ai découvert ce petit endroit lors d'une de mes visites et j'y viens depuis. C'est petit et pas très impressionnant à voir, mais la nourriture est incroyable et les gens sont encore meilleurs.

—Vraiment ? a-t-elle demandé.

J'ai hoché la tête. —J'aurais dû te demander où tu voulais aller, mais je pensais que ce serait bien de mettre un peu de distance entre nous et les curieux de la ville.

—Tu n'essayais pas de me cacher à tes amis ? a demandé Anna, d'une voix faible et effrayée.

J'ai éclaté de rire. —Te cacher ? Jamais. Désolé. Je n'aurais pas dû rire de ça, mais je te promets que non. J'étais chez O'Kelley's ce soir, habillé comme ça. Ils savent tous que nous sortions ensemble.

—Tous ? a-t-elle couiné.

— Est-ce un problème ? ai-je demandé en me garant devant le Thai Café.

Elle a expiré bruyamment. —Non. Ce n'est pas un problème. C'est juste que je suis... Tout ça est nouveau pour moi.

J'ai serré sa main. —Pour moi aussi.

Elle a souri et soupiré. —Je n'avais pas pensé à ça.

— Tu es prête pour le dîner ?

Elle a hoché la tête et a regardé où nous étions. —Oh, j'adore la cuisine thaï. Les garçons détestent ça, alors je n'en mange jamais.

— Parfait. C'était un risque, mais j'espérais que ce serait un bon choix. Allons-y. Tu vas adorer cet endroit.

Elle est sortie et s'est précipitée vers la porte. Quand elle est entrée, elle a poussé un petit cri de surprise et a regardé autour d'elle. C'était un restaurant sombre avec des bougies sur chaque table. Des appliques murales bordaient les murs, diffusant une douce lumière partout. Le sol était carrelé à l'entrée, mais recouvert de moquette là où se trouvaient les tables. L'endroit avait une ambiance chaleureuse sans être trop étouffant.

— Hudson, a dit Mme Woo, l'une des propriétaires. — Comment allez-vous ?

— Je vais bien, Mme Woo. Je l'ai enlacée quand elle s'est approchée. —On dirait que c'est une bonne soirée.

— En effet. Vous avez choisi un bon moment pour venir. Ça commence à se calmer. Nous avons votre table prête. Qui est cette jeune femme ?

— C'est Anna.

— Enchantée de vous rencontrer, Anna.

— Moi de même.

— Comment une femme aussi charmante que vous a-t-elle pu finir avec un type comme lui ?

Anna a ri et a laissé Mme Woo la conduire vers la table.

— Il m'a prise au dépourvu et m'a conquise.

—Ah, c'est logique. Les bonnes personnes ont tendance à vous surprendre. Mme Woo se tenait à côté de la table la plus proche de la cuisine. —Nous avons un menu spécial pour vous ce soir.

—Vous n'auriez pas dû vous donner cette peine,

—Oh, je vous en prie. Ce n'est pas tous les jours que tu fais une réservation. Nous savions qu'Anna devait être quelqu'un de spécial pour que tu l'emmènes jusqu'ici.

—Tu parles comme si on venait d'une autre planète.

—Peut-être que tu me manques simplement et que j'aimerais que tu reviennes bientôt. Si je te gâte, tu viendras plus souvent.

Je l'ai embrassée sur la joue. —C'est promis. Je n'ai pas été très attentif à beaucoup de choses ces derniers temps. Mais j'espère embaucher quelqu'un bientôt et je vais prendre des congés.

—Il vaudrait mieux, a dit Mme Woo. Elle s'est tournée vers Anna. —Celui-ci s'est endormi un jour. En plein milieu de son déjeuner. Il donne à tout le monde et ne garde rien pour lui-même. Assurez-vous qu'il prenne un jour de congé de temps en temps, d'accord ?

—Je ferai de mon mieux, bien que je doive admettre que je ne suis pas toujours douée pour ça non plus.

Mme Woo a gémi. —Ah, vous deux ! Vous devez faire mieux. Prenez soin de vous. Sinon, vous ne pourrez pas profiter de votre retraite.

—Comme vous le faites ? l'ai-je taquinée.

—Tu sais bien que nous adorons être ici. Et nous sommes fermés la moitié de la semaine, alors voilà.

Je lui ai souri. Elle avait raison. Mais ce n'était pas facile à mettre en pratique.

—Bien, asseyez-vous. Je vais apporter le premier plat. Anna, à quel point aimez-vous la nourriture épicée ?

—Un peu épicé, c'est bon.

—Moi aussi. Je vais demander à M. Woo de s'assurer que tout soit parfait. Comme ça, vous pourrez tous les deux revenir nous voir.

Anna a souri et hoché la tête. —J'aimerais beaucoup.

—Parfait. Mme Woo a disparu dans la cuisine, mais nous pouvions encore l'entendre crier à travers la porte.

—Elle est merveilleuse, dit Anna.

—Je suis d'accord. La première fois que je suis venu ici, elle m'a regardé une seule fois et m'a dit qu'elle demanderait au chef de préparer quelque chose qui me redonnerait du tonus. Je ne savais pas à l'époque que le chef était M. Woo. Je ne suis toujours pas sûr de ce qu'il m'a préparé ce jour-là, mais ça a fait l'affaire. Je viens ici depuis.

—C'est sympa. Très chaleureux.

—Surtout si ton domicile comprend une Thaïlandaise curieuse et sarcastique.

Anna rit.

—Merci d'avoir accepté ce rendez-vous.

—Merci de me l'avoir proposé.

Nous avons échangé un sourire. J'ai tendu la main à travers la table pour prendre la sienne et j'ai caressé son poignet avec mon pouce. —Ça va être difficile de garder mes mains loin de toi toute la soirée.

—Qui a dit que tu devais te retenir ?

—Eh bien, je n'ai pas prévu de moment d'intimité, donc je pense qu'il vaut mieux que je me contrôle.

Anna secoua la tête. —Je ne sais pas à quoi tu pensais.

J'ai ri. —Je pensais que je voulais te montrer que je ne suis pas là uniquement pour le sexe incroyable, bien que ce soit un avantage vraiment agréable. Je veux aussi apprendre à te connaître.

Elle sourit et baissa le menton. —Je veux ça aussi.

—Bien.

—Alors, qu'ont dit tes amis quand tu leur as annoncé qu'on sortait ensemble ?

—Je crois que James allait me botter les fesses. Je l'ai assuré que mes intentions étaient bonnes. Les autres étaient plutôt surpris que je sorte avec quelqu'un. Sauf Knox. Il était déjà au courant, apparemment.

—Je ne crois pas connaître Knox.

—Il est propriétaire de la quincaillerie d'Al.

— Ah, d'accord. Je ne le connais pas, mais je vois de qui tu parles. Comment a-t-il su qu'on allait sortir ensemble ?

J'ai secoué la tête. — Les commérages de la ville passent directement par sa boutique. Je crois que les vieux du coin parlent plus que les femmes.

Anna a pouffé. — Je te crois. Dans mon quartier, il y a des hommes qui s'installent sur les marches les uns des autres et parlent de tout le monde. Les femmes sont trop occupées à travailler et à faire d'autres choses. Les hommes, eux, restent assis à bavasser.

— Tu parles comme Knox.

— Il a raison.

— Bon, on ne va pas s'inquiéter pour eux. On est là pour apprendre à se connaître et passer un bon premier rendez-vous.

— Est-ce qu'on peut vraiment appeler ça un premier rendez-vous si on a déjà couché ensemble ?

— Moi, je le compte comme tel. J'ai l'intention de t'emmener à beaucoup d'autres rendez-vous, peu importe combien de fois on aura couché ensemble.

Ses joues ont viré au rose suite à ma déclaration. Elle a mordillé sa lèvre inférieure et m'a regardé à travers ses cils noirs. Cette expression dans ses yeux est allée droit à ma queue.

— Anna, ai-je gémi.

— Tu es sûr qu'on ne peut pas réorganiser un peu notre soirée ?

— Je pense qu'on va devoir le faire si tu continues à me regarder comme ça.

— Alors je vais continuer à le faire.

J'ai gémi et me suis penché, prenant l'arrière de sa tête dans ma main pour l'attirer vers moi. J'ai pulsé ma langue entre ses lèvres, savourant les petits halètements qu'elle faisait. Elle a tendu la main et a agrippé ma chemise.

Quelqu'un s'est raclé la gorge, et une assiette a été posée bruyamment sur la table. — C'est un endroit familial ici, nous a réprimandés Mme Woo. — Gardez ça pour le dessert.

Nous avons souri et acquiescé. — Oui, madame.

20

Mme Woo a tenu parole et nous a apporté un incroyable repas de quatre services. Mais malgré toute cette nourriture et sa délicieuse saveur, Anna restait ma partie préférée.

Je ne pouvais pas m'empêcher de la toucher pendant que nous mangions. J'adorais la façon dont elle savourait sa nourriture. Quand elle essayait quelque chose de nouveau, elle fermait les yeux et se concentrait uniquement sur l'aliment. Elle souriait, penchait la tête et respirait profondément, comme si chaque bouchée était spéciale et méritait d'être savourée.

J'étais plus que prêt pour le dessert.

—C'était incroyable, s'extasia Anna auprès de Mme Woo lorsqu'elle nous apporta l'addition. Je ne pense pas avoir jamais autant apprécié un dîner.

Mme Woo sourit largement. —Vous êtes trop gentille. Je le dirai à M. Woo. C'est le maître derrière tout cela. Il adore cuisiner et partager son don avec les gens. Moi, j'aime simplement parler.

—Eh bien, vous formez le couple parfait. Vous aidez les

gens à se sentir à l'aise et bienvenus, et lui les nourrit jusqu'à ce qu'ils ne puissent plus bouger.

Mme Woo rit bruyamment. —C'est une bonne combinaison.

Anna rit avec elle. —La meilleure.

—J'espère que vous reviendrez tous les deux.

—Nous reviendrons certainement, dit Anna, en croisant mon regard souriant.

Mme Woo croisa mon regard et hocha la tête. Je souris. Elle l'approuvait. C'était bon à savoir. Pas que cela aurait changé mon opinion sur Anna, mais Mme Woo était importante pour moi. Et elle était une bonne juge de caractère.

Anna gémit quand il fut temps de se lever et se frotta le ventre. —Oh, mon Dieu, je crois que j'ai trop mangé. Je n'arrivais pas à m'arrêter.

—Je me sens comme ça chaque fois que je viens ici. Tout est tellement bon.

—C'était incroyable. Merci de m'avoir amenée ici.

Je lui souris. —De rien.

Nous avons traversé le parking glacé en nous frottant les mains. Elle a soufflé son haleine chaude dans ses paumes. J'ai mis le chauffage à fond, qui n'était pas encore chaud, et j'ai pris ses mains dans les miennes, les frottant ensemble tout en soufflant dessus.

Son regard a croisé le mien. Elle a retenu brusquement son souffle. Il ne faisait plus froid à l'intérieur du camion.

Nous nous sommes penchés l'un vers l'autre au même moment, nous étirant par-dessus la console qui nous séparait. Ma main s'est plongée dans ses cheveux, inclinant sa tête pour me donner accès à sa bouche avide. Elle a attrapé ma veste et m'a tiré plus près. Ma hanche a heurté la console, le plastique dur s'enfonçant jusqu'à me faire mal, mais je m'en fichais. J'avais mes mains sur Anna, et après la torture de l'avoir regardée savourer son repas, je n'étais pas sûr d'avoir la force de m'arrêter avant d'avoir pu la savourer à mon tour.

Nous nous sommes embrassés comme des adolescents, les mains se baladant par-dessus les vêtements, la chaleur nous enveloppant. J'ai pris sa hanche dans ma main et j'ai sincèrement envisagé de sauter notre deuxième arrêt de la soirée, ou simplement de vénérer Anna à l'arrière de mon camion. Mais je lui avais promis un rendez-vous, et je n'allais pas laisser ma queue prendre le dessus et tout gâcher. Ni pour elle, ni pour moi.

Je me suis reculé, haletant et me détestant de ne pas continuer. Elle respirait tout aussi fort et se mordillait la lèvre. Nous ne nous sommes pas lâchés, nos mains maintenant nos visages proches l'un de l'autre.

—Nous avons un autre arrêt, ai-je réussi à dire malgré mon souffle saccadé.

—Dis-moi que c'est chez toi.

J'ai ri à sa voix suppliante et j'ai secoué la tête.—Pas encore.

—Tu me tortures.

—Crois-moi, tu n'es pas la seule à te sentir torturée.

—Tant mieux, a-t-elle dit.

J'ai ri doucement et me suis détaché d'elle. Les vitres étaient embuées et toute la cabine était vaporeuse après notre séance de baisers. J'ai mis le dégivrage en marche et essuyé la vitre devant nous, puis j'ai pris la direction de notre deuxième arrêt.

Anna m'a regardé de côté quand je me suis garé devant une église.—Tu penses que j'ai besoin de religion dans ma vie ?

J'ai ri.—On n'est pas là pour l'église.

Elle a vu les gens se diriger vers la porte arrière et a haussé un sourcil dans ma direction. Nous étions plus jeunes qu'eux tous d'au moins deux décennies.—Qu'est-ce que c'est ?

J'ai souri.—Tu verras.

Elle a été bonne joueuse et est descendue du camion avec moi. J'ai tendu la main vers la sienne, et elle l'a saisie volontiers. Nous avons suivi les autres par la porte à l'arrière de l'église et descendu les escaliers jusqu'au sous-sol.

— Bingo ? s'est-elle exclamée.

J'ai hoché la tête. — Ne te laisse pas berner par l'apparence aimable de ces gens. Ils te tamponneront à mort si tu fous en l'air leur partie de bingo.

Elle a pouffé de rire et a essayé de le cacher avec sa main.

— Vous jouez ou vous regardez ? a demandé une femme derrière nous.

Nous nous sommes écartés pour laisser passer la femme avec son déambulateur et son sac de tampons de bingo. Elle avait toutes les couleurs de l'arc-en-ciel là-dedans, et probablement quelques-unes de plus.

— C'est complètement dingue.

— C'est amusant. Allez, viens. Je l'ai tirée vers la table d'entrée et j'ai payé nos places. C'était vingt-cinq centimes par grille. Ils te laissaient jouer autant que tu voulais, mais une fois que tu avais joué une grille, c'était fini. J'ai tendu un billet de vingt dollars et j'ai pris la pile qu'ils nous ont donnée. C'était un dollar de plus pour chaque tampon de bingo. On en a pris deux chacun.

Anna observait la scène avec de grands yeux et un sourire.

Nous avons trouvé deux places libres à une table au milieu. La plupart des tables à l'avant étaient pleines. Nous nous sommes joints à trois hommes et une femme, qui nous ont tous fait un signe de tête, puis sont retournés à leur jeu sans nous adresser un mot.

— C'est intense, a chuchoté Anna.

— Ils sont impitoyables ici. Fais attention et ne parle pas pendant une partie.

La femme en face de nous nous a lancé un regard noir.

Un autre numéro a été appelé, et elle s'est concentrée pour marquer les dix grilles qu'elle avait devant elle.

Anna s'est tournée vers moi avec de grands yeux et un sourire. J'ai essayé de ne pas rire.

Nous avons rejoint la partie quand ils ont commencé un nouveau jeu, chacun de nous utilisant seulement une grille pour notre premier tour. On a pris le coup de main et ajouté une deuxième grille pour la partie suivante. Anna a failli avoir un bingo à la troisième partie, mais l'un des hommes à notre table a gagné avant elle.

Ils ont fait une pause après six parties. Les gens se sont levés et ont parlé à ceux qu'ils connaissaient. Du café a été servi et des biscuits sont apparus comme par magie.

— Tu veux quelque chose ? lui ai-je demandé.

Anna secoua la tête. —Je suis encore pleine depuis le dîner.

—Moi aussi.

—C'est amusant, admit-elle.

—Tant mieux. J'espérais que tu n'y serais pas opposée.

Elle hocha la tête. —Je peux te poser une question ?

—Bien sûr.

—Tu as dit que tu n'es pas doué avec les chiffres, c'est ça ?

J'inspirai profondément et acquiesçai. —Ouais.

—Tu ne sembles pas avoir de problème avec ça.

Je secouai la tête, me sentant mal à l'aise. Je n'aimais pas parler de mon handicap. Pas parce que j'en avais honte, mais parce que la plupart des gens ne le comprenaient pas vraiment. Ils pensaient que je devrais faire plus d'efforts ou me concentrer davantage, au lieu de comprendre que rien ne marchait pour que les choses aient du sens dans mon esprit. Quand j'étais fatigué, c'était sans espoir. Et plus il y avait de chiffres, pire c'était toujours.

—Quelque chose comme ça, c'est plus des motifs qu'autre

chose. Je peux regarder ce qui est annoncé et le faire correspondre à ce qui est sur ma grille. Mon cerveau ne les voit pas comme des chiffres, même s'ils en sont. Ce sont plutôt comme des images.

—C'est intéressant. Est-ce que ça t'aide avec les chiffres ?

—Non. C'est juste différent.

—Oh.

Je n'ai pas demandé pourquoi elle posait ces questions. Je n'étais pas sûr si elle essayait de trouver comment me rendre plus intelligent ou quoi. Je n'allais pas changer, et si elle essayait de trouver comment me changer, peut-être que nous n'étions pas aussi compatibles que je le pensais.

—Savais-tu que Joey est dyslexique aussi ?

—Il l'est ?

Elle hocha la tête. —Je n'étais pas sûre si tu le savais. Je pensais que c'était pour ça que tu me disais que tu l'étais. Ses professeurs ont mis longtemps à s'en rendre compte. Pendant des années, ils m'ont dit qu'il n'était pas très intelligent, mais je savais qu'il l'était. Il ne pouvait simplement pas comprendre les chiffres et certaines lettres."

—La même chose m'est arrivée. J'ai redoublé à l'école primaire parce qu'ils pensaient que je n'étais pas assez intelligent pour passer. J'ai eu une très bonne enseignante une année qui l'a découvert et a pu m'apprendre des méthodes pour mieux comprendre. Ils en savent beaucoup plus maintenant et ont des outils qui facilitent les choses, mais ce n'est toujours pas facile."

Anna secoua la tête. —Ce n'est pas facile. En tant que parent non plus. J'ai l'impression de l'avoir laissé tomber. Constamment. J'aurais dû comprendre ce qui se passait pour pouvoir lui obtenir l'aide dont il avait besoin plus tôt."

—Ce n'est pas ta faute. Un parent est censé penser que son enfant est parfait. Et Joey l'est. Matty aussi. Il m'a fallu beaucoup de temps pour accepter que le fait que mon cerveau fonctionne différemment de celui des autres ne signifie pas que je ne suis pas intelligent."

—Tu es très intelligent," dit-elle.

Je souris. —Merci. Et Joey l'est aussi."

Elle hocha la tête et baissa les yeux vers ses mains. —Puis-je te poser une autre question ?"

—Bien sûr."

—Penses-tu qu'il réussira à l'université ?"

J'ai pris un moment pour réfléchir à ma réponse car je ne voulais pas lui assurer que tout irait bien quand je savais que ce serait plus difficile que pour la plupart des enfants. —L'université n'est pas facile. Même si je savais ce à quoi je faisais face, je n'ai pas demandé d'aide avant d'être en situation d'échec et que mes entraîneurs me l'imposent. Et même à ce moment-là, je me suis battu contre ça. Les gens peuvent être cruels. Mais il existe des ressources, donc si Joey est prêt à accepter de l'aide, je pense qu'il peut très bien réussir."

Anna soupira profondément, comme si cela lui pesait.

—Tu t'inquiétais ?"

Elle hocha la tête. —En ce moment, je peux l'aider. Pas toujours, mais un peu. Suffisamment pour essayer de lui expliquer les choses s'il a des difficultés. Quand il ira à l'université, je ne pourrai plus faire ça."

—Il ira bien. Il est débrouillard.

Elle sourit. —Oui, c'est vrai."

— Cinq minutes ! annonça l'homme à l'avant de la salle.

— Tu veux prendre quelque chose avant qu'on recommence ? lui demandai-je.

Elle secoua la tête. — Merci de m'avoir laissée te poser toutes ces questions. Joey ne le sait pas, mais son père lui disait toujours qu'il était stupide. La dernière fois qu'il est venu, Joey commençait à apprendre à lire et Nick a levé les yeux au ciel et s'est énervé quand Joey se trompait de mot. Je ne veux jamais qu'il l'apprenne, mais j'ai toujours eu de la peine pour ça. Il mérite mieux."

— Il a mieux. Il t'a toi. Il n'a pas besoin de son père.

Elle sourit. — Merci."

Je me penchai et l'embrassai doucement, savourant ce moment tandis que les gens autour de nous s'installaient dans leurs sièges pour une nouvelle partie de bingo.

La femme de l'autre côté de la table frappa sa canne contre le bord et secoua la tête. — Rien de tout ça ici. Nous sommes dans une église."

Anna et moi échangeâmes un sourire complice et acquiesçâmes. Nous préparâmes nos cartes et attendîmes le début de la partie.

— JE N'ARRIVE PAS à croire que j'ai gagné, dit Anna en riant pendant le trajet de retour. Elle rayonnait d'enthousiasme, le même enthousiasme qui illuminait son visage quand elle avait réalisé qu'elle avait fait un bingo.

— J'étais presque à ta hauteur, dis-je.

Elle rit. — Oui, mais tu n'as pas réussi."

Elle agita ses cinq euros devant mon visage, effleurant ma joue avec sa récompense. Je ris et secouai la tête. Ça faisait du bien de la voir si heureuse.

— Alors, ça veut dire que tu me laisseras t'inviter à nouveau ? Tu t'es amusée ?

Son rire s'estompa, et je craignis d'être allé trop loin. Je jetai un coup d'œil vers elle et vis qu'elle avait un regard rêveur. — Oui, je me suis amusée. Merci."

— Bien. Je marquai une pause. — Tu n'as pas répondu à la question.

Elle rit. — Oui, je te laisserai m'inviter à nouveau. Mais la prochaine fois, tu n'as pas besoin de dépenser autant d'argent."

— Le bingo à vingt-cinq centimes a été la goutte d'eau ? ai-je plaisanté.

Elle a ri de nouveau, un son qui m'emplissait. Je voulais entendre ce son chaque jour. — Tu sais ce que je veux dire.

— Je sais que l'argent est un problème pour toi. J'ai besoin que tu comprennes que ce n'est pas le cas pour moi. J'ai une entreprise qui marche bien, et j'ai été célibataire la majeure partie de ma vie. Hillary avait une petite assurance-vie par son travail, alors j'ai hérité d'un peu d'argent, que j'ai utilisé pour acheter O'Kelleys. Ma maison m'appartient entière-ment, ainsi que mon pickup, et je n'ai aucune dette. Je sais que ce n'est pas ce que tu demandes, mais c'est important pour moi que tu saches que je suis financièrement stable, pas comme Trent, mais stable, et j'aime dépenser mon argent pour les personnes qui me sont chères.

Elle a eu un petit hoquet de surprise. Je savais que c'était parce que j'avais dit qu'elle m'était chère. J'ai tendu la main et saisi la sienne, ayant besoin de sentir sa peau contre la mienne.

— Tu m'es chère, Anna. Tout comme Joey et Matty. Vous êtes importants pour moi.

— Merci, a-t-elle murmuré.

Nous avons fait le reste du trajet jusqu'à L'anse MacKellar en silence. Elle n'a pas retiré sa main, et ce n'était pas gênant. Juste ce genre de silence confortable qu'on ne peut trouver qu'avec quelqu'un en qui on a confiance.

— Tu veux que je te ramène chez toi ? ai-je demandé. J'es-pérais qu'elle dise non, mais je ne voulais pas tenter le diable.

— Non. Un seul mot. Pas besoin d'explication. J'ai compris le message. Tout mon être a compris le message.

Je me suis garé dans mon garage et j'ai fermé la porte

derrière nous. Le vent sifflait à travers les fissures, mais nous étions protégés à l'intérieur. Je nous ai fait entrer dans la maison, l'entrée du garage s'ouvrant sur un petit vestibule. Mon cœur battait fort et mes paumes ont commencé à transpirer.

J'ai enlevé mon manteau et aidé Anna à retirer le sien. Nous avons tous les deux retiré nos bottes mouillées, puis nous sommes dirigés en chaussettes vers la cuisine. Je me suis arrêté à l'îlot central, incertain de ce qu'il fallait faire ensuite. L'emmener directement dans ma chambre semblait grossier, mais nous avions tourné autour de cette idée toute la soirée.

— J'adore ta maison, a-t-elle murmuré.

— Merci. Ça a été beaucoup de travail, mais je l'adore.

— Tu l'as rénovée ?

J'ai acquiescé. — Elle n'était pas en mauvais état quand je l'ai achetée, mais elle était démodée. Il y avait un mur ici entre la cuisine et la salle à manger. La cheminée avait des carreaux noirs brillants avec un manteau doré. Les salles de bain avaient des accessoires verts et un revêtement de sol en vinyle bon marché qui s'écaillait et se décollait. Ça m'a pris des années pour l'aménager comme je le voulais, mais ça en valait la peine.

Elle hocha la tête et se mordit la lèvre. Son regard erra dans l'espace, absorbant tout ce qui l'entourait. Quand elle leva les yeux vers moi, elle sourit timidement. —Pourquoi est-ce que je suis si nerveuse ?

Je ris et m'approchai d'elle. —Je ne sais pas, mais je le suis aussi.

Elle rit doucement. —Je ne suis pas sûre si ça me fait me sentir mieux ou pire.

—Je peux te faire visiter la maison et ensuite te raccompagner. Ou pas, si tu préfères. Rien n'est obligé d'arriver. Je n'avais rien prévu.

Elle hocha la tête et vint dans mes bras. Nous restâmes ainsi un long moment, puis elle recula et sourit. —Montre-moi le chemin.

Je la ramenai vers l'entrée et lui montrai les deux chambres d'amis et la salle de bain attenante. Les deux chambres étaient équipées de lits doubles bien qu'elles fussent rarement utilisées. Nous retournâmes à la cuisine et explorâmes la salle à manger et le salon ouverts. Elle adorait la pierre que j'avais utilisée pour la cheminée quand je l'avais rénovée, et dit qu'elle espérait voir la terrasse à l'arrière quand le temps serait plus clément.

Cette idée me plaisait.

La seule pièce qu'il restait à lui montrer était ma chambre. Je n'avais jamais amené une femme dans ma chambre. Les quelques-unes avec qui j'avais couché au fil des ans, nous allions soit chez elles, soit dans une des chambres d'amis. Mais faire entrer Anna dans ma chambre me semblait juste.

Mon cœur cognait fort à nouveau, mais cette fois je savais que ce n'était pas de l'anxiété. C'était de l'anticipation. Elle passa sa main sur ma couette grise et douce. Elle jeta un coup d'œil dans la salle de bain et poussa un petit cri devant la baignoire surdimensionnée. Puis elle se retourna vers moi.

Je m'adossai à la commode et l'observai. Je n'allais pas la presser. Si quelque chose devait se passer, ce serait à elle d'en décider.

Elle s'assit au bord de mon lit. Mon cœur battit plus vite. Elle leva les yeux vers moi. —Hudson.

Je me détachai de la commode et traversai la pièce jusqu'à elle. Je pris son visage en coupe et relevai son menton tandis que je me baissais pour la rencontrer à mi-chemin. Elle eut un petit hoquet quand nos lèvres se touchèrent, me laissant entrer. Je glissai ma langue dans sa bouche et l'enlaçai avec la sienne. Nous ne luttions pas. Nous alternions qui avait le contrôle.

Elle souleva mon t-shirt, pressant sa main à plat contre mon ventre. Elle soupira et glissa sa main dans mon dos, me tirant vers elle alors qu'elle s'allongeait sur le lit.

J'appuyai mon poids sur elle, pressant mon érection contre son centre. Elle écarta davantage les cuisses et enroula ses jambes autour de mes hanches.

—S'il te plaît, murmura-t-elle contre mes lèvres.

—Es-tu toujours nerveuse ?

Elle secoua la tête. —Seulement que tu aurais pu changer d'avis.

—Pas une chance.

Elle se redressa d'un bond et m'embrassa, m'attirant de nouveau sur elle. Elle tira sur ma chemise, la soulevant pour exposer ma peau à la sienne.

J'ai étendu mes mains sur son corps. Nous nous sommes levés ensemble, nos mains l'un sur l'autre, tirant, étirant, arrachant nos vêtements jusqu'à ce que plus rien ne s'interpose entre nous.

—Préservatif.

—Dans la table de nuit. Mais je ne suis pas encore prête pour ça.

Elle leva les yeux vers moi, son regard voilé de désir. Je voulais lécher chaque centimètre de son corps, goûter sa peau et connaître son âme. Une nuit ne suffisait pas. Ça n'avait pas suffi la première fois, et j'étais sûr que ça ne suffirait jamais.

Je ne pensais pas retomber amoureux un jour. Quand je disais être prêt à sortir avec quelqu'un à nouveau, je faisais en partie semblant. La présence d'une partenaire me manquait, quelqu'un avec qui partager mes jours et mes nuits, mais je ne pensais pas trouver une personne dont je ne pourrais jamais me lasser. Plus jamais. Plus jamais de ma vie.

Anna Charlotte a fait irruption dans ma vie et m'a rendu fou. Elle m'a énervé, m'a crié dessus, m'a défié, et m'a fait l'aimer, elle et ses enfants. Elle m'a donné envie d'être un homme meilleur. Elle a fait de moi un homme meilleur.

Et j'avais l'intention de lui montrer exactement ce que cela signifiait pour moi. Un baiser, une caresse, une étreinte à la fois.

21

ANNA

Son regard suffisait à m'exciter. Aucun homme ne m'avait jamais regardée comme il le faisait. Chaque fois, il me faisait sentir que mes courbes et mes formes étaient parfaites. Comme si mes cuisses n'étaient pas trop épaisses et mes hanches pas trop larges. Comme s'il ne pouvait pas m'imaginer différente de ce que j'étais. Si cela ne suffisait pas à me faire le désirer, sa façon de me rendre folle y parvenait.

Il m'embrassa, et je jurai le sentir jusqu'au bout de mes orteils. Tout mon corps frissonna. Ses mains glissèrent sur moi, pressant et caressant ma peau, l'enflammant. Il me poussa doucement en arrière jusqu'à ce que je heurte le bord de son matelas.

—Sur le lit, dit-il. Sa voix était rauque, pas cruelle, juste instable, comme s'il était aussi près de perdre le contrôle que moi.

Je m'assis au bord et commençai à remonter, mais il attrapa ma cheville. Je levai les yeux vers lui. Son regard était bas, entre mes jambes. Là où je ne m'étais pas rasée depuis des décennies et où je ne pouvais même pas voir pour le faire, de toute façon. Il y avait déjà été et n'avait rien dit à ce sujet, mais cette fois-là n'était pas prévue. Cette fois...

Allait-il être déçu ?

—J'ai hâte de te goûter à nouveau, grogna-t-il. Si tu me le permets. À quelle heure dois-tu rentrer chez toi ?

Je secouai la tête. —Je n'ai pas de couvre-feu.

Il sourit et attrapa mon autre cheville. —Parfait. Parce que nous n'avons jamais pris de dessert.

Il me tira vers le bord du lit et tomba à genoux. Je ne pouvais pas le voir par-dessus la courbe de mon ventre. Il lâcha mes chevilles et fit glisser ses mains le long de l'intérieur de mes jambes. Je tremblai sous son toucher, fermant les yeux et laissant mon corps ressentir l'excitation qui montait.

Un doigt traça mon entrée, faisant sortir l'humidité qui s'y accumulait. Quand il m'ouvrit, ce fut comme une écluse. Je la sentis s'échapper de moi, coulant entre mes jambes.

Puis sa langue était là, me léchant. Je sursautai, surprise par ce toucher délicat.

—Tellement délicieux, murmura-t-il.

Il lécha jusqu'à mon entrée et plongea sa langue en moi, pulsant de l'intérieur vers l'extérieur quelques fois avant de parcourir mes replis jusqu'à mon clitoris. Ses mains écartèrent davantage mes cuisses, lui donnant plus d'espace pour œuvrer. Ses pouces effleurèrent la jonction entre mes cuisses et mon entrée, envoyant des ondes de choc à travers mon corps.

J'étais tendue et prête. L'anticipation me traversait, me préparant au plaisir qu'il allait, je le savais, me procurer. Quand il enfonça un doigt épais en moi, mon corps l'attira plus profondément et se contracta autour de lui.

—Putain, Anna. Tu es déjà prête, n'est-ce pas ? demanda-t-il, ses lèvres caressant ma chair à chaque mot.

—Hudson, gémis-je.

—Je veux t'entendre ce soir, Anna. Je veux que tu cries mon nom. Je ne m'arrêterai pas tant que tu ne seras pas tellement hors de ton esprit que tu hurles. Tu es prête ?

—Hudson.

Il n'attendit pas que je dise autre chose. Il ajouta un deuxième doigt à celui qui entrait et sortait de moi pendant qu'il parlait, les enfonçant profondément et déclenchant les premiers tremblements en moi. Il avait cette capacité de me faire basculer en un instant. Mon corps le désirait ardemment, suppliant pour plus, et prêt à accepter tout ce qu'il me donnait.

Mon premier orgasme fut léger, mais Hudson était loin d'avoir terminé. Il ajouta un troisième doigt, étirant mon entrée à la limite et me pénétrant vigoureusement avec sa main. Mon centre brûlait. Des étincelles se propageaient dans tout mon corps. Des années d'orgasmes silencieux sur mon canapé m'empêchaient d'ouvrir la bouche et de libérer toutes ces sensations.

Il lécha mon clitoris et suça fort quand il me sentit pulser autour de lui. Je haletais et me tortillais. Je me cambrais contre son visage. J'implorais en chuchotant.

Et il continuait. Plus fort. Plus vite. Plus profond. Mon corps acceptait tout ce qu'il me donnait. Il écarta davantage mes cuisses quand elles se resserrèrent sur sa tête. Puis il me poussa à ma limite.

—J'adore te voir comme ça, murmura-t-il. —Te regarder perdre la tête. Ma main pleine de ta jouissance, mon visage trempé. J'ai tellement hâte de te sentir jouir sur ma queue. Putain, je suis tellement dur maintenant. J'ai envie de me caresser et de jouir avec toi, mais je veux être en toi. Je veux te sentir t'abandonner avec moi profondément enfoui en toi. Tu es si belle, Anna. Si putain de belle. Comment ai-je pu avoir autant de chance ?

Ses mots murmurés, la conviction qu'ils portaient, me

menèrent au bord du gouffre. Je l'entendais, je le croyais, et je perdis toute conscience de tout sauf de lui.

Il ponctuait ses mots de coups de langue et de sucions, m'emmenant de plus en plus haut à chaque poussée de sa main en moi. Et quand il mordit mon clitoris et le suça fort dans sa bouche, je perdis la bataille que je ne cherchais pas à mener et criai son nom.

— Hudson ! Oh, putain. C'est tellement bon. Tellement bon, putain. Oui. Oui. Oui !

Je ne pouvais pas retenir les gémissements qui s'arrachaient de ma gorge ni empêcher mes hanches de se cambrer contre lui pour en réclamer davantage. Il m'a fait jouir une deuxième fois, sans me laisser de répit entre les orgasmes. Mon cœur battait la chamade. Mon corps tremblait. Chaque centimètre de ma peau brûlait comme si j'avais traversé les flammes.

Des couleurs explosaient derrière mes paupières, et tout l'air de la pièce semblait avoir disparu. Je ne pouvais plus respirer. Je ne pouvais plus penser. Tout ce que je pouvais faire, c'était chevaucher la vague et prier pour ne pas mourir dans son lit. Parce que j'en voulais encore.

Quand j'ai rouvert les yeux, il était debout. Positionné entre mes cuisses, ses mains parcourant de haut en bas ma chair sensible qui frémissait sous son toucher.

— Tu es de retour parmi nous ? a-t-il demandé doucement.

J'ai hoché la tête. — Je n'ai jamais joui aussi fort.

— Parfait. Prête à jouir encore ?

— Hudson...

Il s'est enfoncé en moi d'un seul coup, son corps rencontrant le mien était la seule chose qui l'empêchait d'aller plus profondément. J'ai gémi instantanément, ma chair sensible palpitant autour de lui.

— Oh, mon Dieu.

— Putain, Anna. J'en crève là. Je veux y aller doucement, mais—

Je l'ai regardé droit dans les yeux et j'ai dit : — Baise-moi, Hudson.

Ces mots ont brisé quelque chose en lui, et il a perdu tout contrôle. Ses hanches martelaient fort, me propulsant encore et encore jusqu'à ce que je vacille une fois de plus au bord du précipice. Son regard plongeait dans le mien, nos yeux verrouillés l'un à l'autre.

Son visage s'est tordu. Sa bouche s'est pincée. Ses yeux se sont fermés pendant une seconde, puis se sont rouverts pour rencontrer à nouveau les miens.

— Anna, a-t-il grogné.

— Hudson.

Il savait. Il savait que cela signifiait que j'étais proche. J'étais prête pour lui. Il n'avait pas à se retenir parce que j'étais là, au bord du précipice, tout comme lui.

Il glissa sa main entre nous et pressa son pouce contre mon clitoris, et je perdis complètement la tête. Mon corps déjà hypersensible s'élança dans les airs, sachant que Hudson me rattraperait et me garderait en sécurité.

Il jouit dans un cri, rugissant mon nom alors qu'il donnait des coups de reins, puis s'immobilisa profondément en moi, pulsant avec son orgasme.

Ma respiration s'échappait en halètements saccadés. Mes cuisses tremblaient comme de la gelée. Mon intimité frémissait de la meilleure façon possible. Et l'homme au-dessus de moi me regardait comme si j'étais tout ce dont il avait besoin dans la vie.

Il se pencha et m'embrassa fougueusement. Son souffle effleurait ma joue tandis que je me goûtais sur sa langue. Il maintenait ma tête immobile, même si je n'avais aucune intention de m'écarter de lui.

Quand il me relâcha, il me serra fort contre lui, nos corps

toujours unis. Sa main parcourait ma colonne vertébrale de haut en bas. Son cœur battait sous mon oreille. Nous sommes restés ainsi jusqu'à ce qu'il se réajuste et se retire de mon corps.

— Je reviens tout de suite, dit-il en marchant les fesses nues vers la salle de bain.

Je le regardai s'éloigner et me demandai comment je pourrais un jour retourner à une vie sans Hudson Grant.

Je chassai cette pensée. Je n'allais pas m'aventurer là-dedans. Pas maintenant. Pas quand j'étais encore avec lui. Quand ce serait fini, je trouverais une solution. Je n'aurais pas le choix.

Il revint et se pencha sur moi, m'embrassant une fois de plus comme s'il ne pouvait jamais en avoir assez. — J'ai l'impression d'être accro à toi. Et pas seulement au sexe, mais à toi. Je me sens plus moi-même quand je suis avec toi que je ne l'ai été depuis longtemps."

Je lui souris et caressai sa mâchoire. Cet homme magnifique, gentil et incroyable était accro à moi. Putain. — Je ressens la même chose."

Il m'embrassa encore, puis se recula et dit qu'il devrait me ramener chez moi.

Je ne voulais pas partir. Son grand lit, sa salle de bain privée et sa cuisine de la taille de mon appartement entier m'attiraient. Je n'avais jamais vécu dans un endroit comme sa maison. Et tout lui appartenait.

C'était un autre rappel que nous venions de mondes différents. Même si nous avions le même code postal, nous étions à des années-lumière l'un de l'autre. Il vivait la vie dont je n'avais jamais fait que rêver. Stable, solide, sécurisante. Des mots qui n'avaient jamais décrit mon existence.

Au moment où il me déposait, j'avais du mal à me rappeler pourquoi il voudrait être avec moi. Il m'a accompagnée jusqu'à la porte de l'immeuble et s'est arrêté.

—Est-ce que tout va bien entre nous ?

J'ai hoché la tête.

—Quelque chose a changé. Tu es sûre ?

Je n'étais pas sûre d'apprécier à quel point il était perspicace. J'ai ri. —Je pensais juste que ton monde est tellement différent du mien.

—Comment ça ?

—Ce n'est rien. Je suis juste bizarre. J'ai passé un très bon moment ce soir.

—Anna ? Je ne veux pas que tu penses que tu ne peux pas me parler.

J'ai souri. —Je sais que je peux. C'est juste difficile pour moi de faire confiance. Je n'ai jamais eu personne sur qui compter dans ma vie.

—Ce n'est plus le cas maintenant. Il m'a attirée contre lui et a embrassé le sommet de ma tête. Il disait toutes les bonnes choses et faisait tous les bons gestes. Je voulais croire que c'était réel et que ça durerait, mais j'avais appris à attendre que l'autre chaussure tombe. À attendre que tout parte en vrille et que ça se termine. Ça arriverait. C'était toujours le cas. J'espérais juste y survivre cette fois-ci parce que plus je passais de temps avec lui, plus j'avais envie d'en passer avec lui.

—Est-ce que je te verrai demain ?

—Qu'est-ce qui se passe demain ?

Il a haussé les épaules. —Peu importe. Je veux juste te voir.

J'ai ri. —Ça me va.

Il m'a embrassée à nouveau, puis m'a ouvert la porte pour que j'entre dans l'immeuble. Il est resté là jusqu'à ce que je déverrouille ma porte et entre dans mon appartement.

Je me suis adossée contre la porte et j'ai soupiré. Cette étrange sensation que j'avais ? C'était du bonheur. Je ne me souvenais plus de la dernière fois que je l'avais ressenti, mais il était là. Et il commençait à remplir tout l'espace en moi.

J'espérais juste que ça durerait parce que si ce n'était pas le cas, tout cet espace semblerait vraiment vide sans le bonheur qu'Hudson y apportait.

HUDSON ÉTAIT OCCUPÉ avec des interviews la semaine suivante, et j'étais occupée avec mon travail. Nous nous envoyions des messages ou parlions chaque jour, et nous avons réussi à voler quelques moments sensuels, mais nous n'avions pas encore pu avoir un autre rendez-vous.

—Comment ça se passe avec Hudson ? demanda Finley un matin. Elle passait une commande pour plus de livres et je l'aidais avec l'inventaire. Elle n'avait pas beaucoup posé de questions sur Hudson, mais j'étais sûre qu'elle était curieuse.

—Bien. Pour l'instant.

—Qu'est-ce que tu veux dire ?

J'ai haussé les épaules.—Je l'aime vraiment bien. Il n'est pas du tout celui que je pensais. Il est vraiment bon pour mes enfants, et on s'amuse beaucoup ensemble.

—Mais ?

—Mais il va s'ennuyer. Ou réaliser que je n'en vaux pas la peine. Ou trouver quelqu'un d'autre.

—Pourquoi penserais-tu ça ? demanda Finley, ignorant son ordinateur.

—C'est ce qui arrive.

—Pas toujours. Nous sommes entourées de femmes au club de lecture qui ont des relations heureuses, saines et sécurisantes. Pourquoi ne pourrais-tu pas en avoir une ?

—Je ne sais pas si c'est dans les cartes pour moi.

—Ça l'est. Je le sais. Je n'ai jamais vu Hudson comme il est avec toi. Il ne sort avec personne, jamais, et il est fou de toi.

—C'est de ça que je parle. Il n'a pas eu de rendez-vous depuis la mort de sa femme. Il pourrait vouloir découvrir ce qu'il y a d'autre.

—Ce n'est pas ce genre d'homme. Il ne sortait pas beaucoup avant Hillary. Il sait ce qu'il veut. Et c'est toi.

— Je suppose.

— Qu'est-ce que tu veux ? Tu veux être avec lui ?

— Oui, c'est ce que je veux. Je n'ai jamais fréquenté quelqu'un comme lui. Je l'aime vraiment bien.

Finley a souri, de ce sourire où ses yeux s'adoucissent et se plissent aux coins, comme si elle n'en avait jamais assez d'être heureuse. — Super. Trent et moi parlons toujours de ce poste en marketing. Ça impliquerait quelques déplacements, mais je pense que la plupart du travail se fera à distance. Je crois que ce sera vraiment bien.

J'ai hoché la tête, ne comprenant pas pourquoi elle continuait à m'en parler. Elle disait qu'elle n'avait pas l'intention de me laisser partir, mais quand ils embaucheraient quelqu'un pour gérer le marketing, elle pourrait changer d'avis. Je n'étais pas assez courageuse pour lui demander si c'était le plan. Pas encore. — Ça semble être une bonne option.

— Vraiment ? C'est bon à entendre. Elle est retournée à son ordinateur. — Tu veux aller nous chercher à déjeuner ? Hudson a dit qu'il pourrait avoir quelque chose de prêt dans quinze minutes.

— Tu joues les entremetteuses ?

— Absolument.

J'ai ri et secoué la tête, mais nous savions toutes les deux que je ferais ce qu'elle demandait et que j'irais le voir. Finley a souri quand j'ai enfilé mon manteau et me suis dirigée vers la porte.

— Merci !

J'ai fait un signe de la main. — Je serai bientôt de retour.

— Rien ne presse de mon côté.

J'ai secoué la tête en sortant.

Le vent tourbillonnait autour de moi pendant la courte marche jusqu'à côté. Il n'y avait pas beaucoup de monde dehors, même si c'était un samedi. Joey travaillait, et Matty passait quelques heures avec Hudson, donc je savais que nous n'aurions pas beaucoup de temps ensemble, mais je voulais quand même le voir.

O'Kelley's était chaleureux. C'était encore calme, mais quelques groupes déjeunaient et profitaient de la chaleur de l'endroit. Matty était au bar. Je ne voyais pas Joey, mais ça ne m'inquiétait pas.

Hudson se tenait de l'autre côté du bar face à Matty et a levé les yeux quand je suis entrée. Il m'a souri et a dit quelque chose à Matty. J'ai marché vers eux, mon regard verrouillé sur celui d'Hudson'.

— Bon après-midi, a-t-il dit.

— Bon après-midi. J'ai entendu dire que tu nous préparais le déjeuner aujourd'hui.

— C'est vrai. Matty et moi étions justement en train d'en parler. Lui aussi veut un hamburger aujourd'hui.

— Merci. Mets-le sur ma note.

Hudson a secoué la tête. — Les employés mangent gratuitement. Joey n'a pas mangé plus tôt cette semaine quand il a travaillé, donc il a un repas gratuit en réserve.

— Tu n'es pas obligé de faire ça.

— C'est la politique de la maison. Je fais ça pour tout le monde.

— Merci.

— Je t'en prie. J'aimerais toutefois te parler de quelque chose. Si tu as une minute pour venir dans mon bureau. Il a haussé un sourcil.

— Bien sûr, ai-je dit, mon pouls s'accélérant.

Hudson m'a montré le chemin. Dès que j'ai franchi le seuil, il a fermé la porte et m'a plaquée contre elle. Nos mains se sont explorées rapidement, s'agrippant l'une à l'autre dans une frénésie pour saisir autant de plaisir que possible en quelques minutes.

— Tu m'as manqué, a-t-il grogné contre ma gorge. — J'ai envie d'être en toi maintenant.

— Oh, mon Dieu, oui, ai-je gémi en réponse.

— Je voulais aussi te parler de quelque chose.

— Quoi ?

— Je m'investis pleinement, Anna. Toi et moi. Ce n'est pas une aventure passagère pour moi. Je vous veux dans ma vie, toi, Joey et Matty.

—Est-ce que Finley t'a dit quelque chose ? ai-je lâché, en faisant un pas en arrière pour me remettre les idées en place.

—Non. Finley n'a rien dit. Je veux juste que tu le saches. Je sais que ça ne fait pas longtemps, mais je suis le genre de personne qui prend des décisions rapides et qui se lance. Pour te montrer que je suis sérieux, je veux payer les études de Joey."

—Tu quoi ? ai-je haleté.

Il a souri. Il pensait que j'étais contente de son offre. Que mon halètement était une bonne chose.

—Oui, enfin, j'ai de l'argent et il est juste là à ne rien faire. On peut mettre en place une fiducie ou quelque chose comme ça pour que tu ne t'inquiètes pas que je puisse arrêter de payer à un moment donné. Éventuellement, j'aimerais faire la même chose pour Matty.

—Quoi... Euh... Je...

Un bruit fracassant à l'extérieur du bureau attira notre attention. Des cris suivirent.

Hudson m'a écartée de devant la porte. Il l'a ouverte brusquement et a fait un pas en arrière.

—J'ai trouvé ces deux-là en train de se bécoter dans le placard, a dit Jonathan à Hudson.

J'ai regardé derrière lui et j'ai vu Joey. Torse nu. Il se tenait devant Tierney, qui était également torse nu.

—Joey ? ai-je crié.

—Merde, a-t-il soufflé. —Maman, ce n'est pas ce que tu crois.

—Ça ressemble à deux mineurs qui profitent de moi, a grondé Hudson.

Joey a brusquement fixé Hudson du regard, puis a baissé les yeux vers le sol. —Je suis désolé.

—Tu devrais l'être. C'est un lieu de travail, et il n'y a aucune excuse pour ce genre de comportement. Elle n'est pas une employée, et je pourrais perdre ma licence pour avoir une personne non-employée dans des zones réservées au personnel. Vous devez tous les deux vous reprendre et sortir d'ici. Maintenant.

—Oui, monsieur, marmonna Joey. Il se baissa pour ramasser sa chemise, puis tendit la sienne à Tierney. Ses joues étaient écarlates, et elle n'osait pas lever les yeux vers les adultes.

Ils quittèrent le placard et se dirigèrent vers le bar. Jonathan secoua la tête, attrapa une serpillière et suivit les jeunes.

Hudson baissa la tête. Il expira bruyamment, puis retourna dans le bureau et referma la porte. —Je n'ai probablement pas bien géré ça. Je suis désolé. Ça ne change pas mon opinion de lui. Je veux toujours payer pour ses études. C'est un garçon intelligent avec un avenir prometteur, et je-

—Tu n'es pas son père. Tu es son patron. Tu n'as aucun droit de faire une chose pareille. Comment as-tu pu penser que je serais d'accord avec ça ?

—Tu as dit que tu ne pouvais pas te permettre de payer l'université pour lui, et que tu n'étais pas sûre qu'il obtiendrait une bourse. S'il n'en obtient pas, ou même s'il en obtient une, je veux l'aider. Je peux payer facilement. L'argent n'est pas un problème.

—Pour moi, ça l'est. Je ne serai jamais endettée envers toi. Je ne ferai jamais ça. Tu ne vas pas me promettre quelque chose comme ça pour ensuite l'utiliser afin d'obtenir ce que tu veux de moi. Bon sang, je venais juste de dire à Finley que tu n'étais pas celui que je croyais, et puis tu me prouves que j'avais tort. Tu es exactement le genre d'homme que je pensais. Et j'en ai fini.

22

HUDSON

Je la fixai bouche bée tandis qu'elle s'éloignait d'un pas décidé. Était-elle sérieuse ?

—Anna, l'appelai-je.

Elle ne s'arrêta pas.

Je la suivis dans le couloir jusqu'au bar. Elle s'arrêta au comptoir où Charlie avait préparé sa nourriture. Je la rejoignis avant qu'elle ne puisse s'en aller.

—C'était quoi, ça ? exigeai-je.

—C'était toi qui te comportais comme un connard.

—Pardon ? J'essayais de t'aider.

—Je n'ai pas besoin de ton aide ! Je n'ai besoin de rien venant de toi. Je n'arrive pas à croire que j'ai pensé que tu comprenais. Que j'ai cru que tu étais différent. Mais non. Tu es comme tous ces hommes qui pensent qu'ils peuvent prendre une décision et que la petite femme va simplement suivre. Va te faire foutre, Hudson Grant. Avec ton offre insultante pour me contrôler.

—Sérieusement ? C'est ce que tu penses que je faisais ?

—Tu vas vraiment rester planté là et me dire que ce n'était

pas le cas ? Que tu ne vois pas l'argent comme un outil pour résoudre tous tes problèmes ?

—Bien sûr que si. C'est à ça que sert l'argent.

Elle ricana. —Voilà bien une remarque de quelqu'un qui n'a jamais eu à s'inquiéter pour l'argent.

—Ce n'est pas vrai.

—Vraiment ? Parce que les gens normaux ne paient pas les études de l'enfant de quelqu'un d'autre. Il n'est pas le tien. Il ne sera jamais le tien. Arrête d'essayer de prétendre que tu es leur père. Ce n'est pas parce que tu n'as pas tes propres enfants que ça te donne le droit de revendiquer les miens juste parce qu'on a couché ensemble.

J'inspirai profondément et fis un pas en arrière. J'acquiesçai une fois. —Bon à savoir où nous en sommes.

Elle m'a fusillé du regard.

— Je suppose que c'est fini si c'est ce que tu ressens.

Elle inspira brusquement et hocha la tête. — Ouais. Tu es libre.

— Quelle chance.

— Viens, Matty. On y va. Tu peux rester avec moi aujourd'hui.

— Mais, Maman...

— Maintenant, Matty.

Matty a glissé de son tabouret et a traîné des pieds derrière elle jusqu'à la porte.

Et hors de ma vie.

— Ça va ? a demandé Jonathan.

— Ouais, je vais putain de bien.

— Elle était en colère parce que Joey était dans le placard ?

— Non. Probablement. Ce n'est pas pour ça qu'elle est partie. C'est fini entre nous.

— Tu vas arranger les choses. Vous étiez bien ensemble.

— C'est terminé. Elle a été claire. Je serai dans mon bureau.

— Hud...

— Je dois me préparer pour les entretiens de lundi. Les trois meilleurs candidats pour le poste de directeur commercial seront tous là demain matin.

Jonathan a hoché la tête et m'a laissé partir. C'était mieux comme ça. Pour tout le monde.

J'étais mieux tout seul.

J'AI ÉTÉ un connard misérable tout le reste du week-end. Je me suis enfermé dans mon bureau en prétextant que je me préparais pour les entretiens. Tout le monde savait que j'évitais simplement les gens. Pas qu'ils s'en souciaient quand j'ai envoyé balader tout le monde au moins une fois.

Lundi matin, je me suis perfusé de café en essayant de me réveiller. Je n'avais pas dormi du tout. Mon cerveau était comme de la bouillie. Mes yeux me piquaient et ma peau semblait trop étroite pour mon corps.

Le premier entretien était prévu pour dix heures, les autres suivraient juste après. D'ici le milieu de la journée, j'aurais choisi quelqu'un et je pourrais...

Qui s'en souciait, putain ? J'aurais tout le temps du monde et rien à en faire.

Ça n'avait plus d'importance. Je n'avais rien entendu d'Anna. Joey m'avait à peine parlé samedi quand il était parti, et il n'était pas censé revenir travailler avant mercredi. S'il se montrait. Ça ne m'étonnerait pas qu'Anna l'ait fait démissionner.

Encore une fois, rien de tout ça n'avait d'importance. J'en avais fini avec elle. C'était terminé entre nous. Elle avait clairement exprimé ce qu'elle pensait de moi. Je n'avais aucun intérêt à me tuer pour la faire changer d'avis. Ça n'en valait pas la peine. Si elle ne voulait pas être avec moi, et c'était le cas, alors je ne voulais pas être avec elle.

J'aurais juste aimé le découvrir avant de tomber putain d'amoureux d'elle, mais tant pis. On vit, on apprend, et je ne referai pas cette foutue erreur.

Mon dos me faisait mal après avoir dormi dans ma chambre d'amis pendant deux nuits, alors j'ai avalé quelques analgésiques et les ai fait descendre avec le fond de mon café avant de me rendre au O'Kelley's.

Le bar était fermé et sombre, comme il se devait. J'ai déverrouillé la porte et j'ai commencé à descendre les chaises des tables et à tout préparer pour l'ouverture. Jonathan et Danielle devaient tous deux être là à dix heures pour que je puisse me concentrer sur les entretiens sans être interrompu pour gérer quelque chose dans le bar.

J'ai fait l'inventaire, oubliant mon décompte une douzaine de fois avant même d'avoir terminé le premier article de la liste. Merde. Je devrais m'en occuper plus tard.

Je me suis fait plus de café et l'ai bu noir. C'était comme sucer un pot d'échappement, mais ça m'a un peu réveillé.

Juste avant dix heures, j'ai déverrouillé la porte arrière. Danielle est entrée quelques minutes plus tard, suivie peu après par Jonathan. Il m'a regardé une fois et a secoué la tête. Il avait déjà appris à ne pas commenter mon apparence. Ni mon attitude. Ni ma capacité à me concentrer. Mon cerveau était encore plus défoncé que d'habitude puisque je ne dormais pas.

À dix heures précises, j'ai ouvert la porte d'entrée. Une femme vêtue d'une chemise blanche impeccable et d'un pantalon noir ajusté est entrée. Elle m'a souri, m'a serré la main et m'a suivi jusqu'au bureau pour l'entretien numéro deux.

Rachel était une bonne candidate. Elle avait un diplôme

en commerce et un parcours impressionnant. Elle travaillait actuellement comme gestionnaire d'entreprise dans un cabinet d'avocats à A-Bay.

— Pourquoi souhaitez-vous venir travailler ici ? lui ai-je demandé.

— Je ne déménagerais probablement pas. C'est à seulement vingt minutes environ, ce qui est tout à fait faisable même en hiver.

— Pourquoi cherchez-vous à quitter votre poste actuel ?

— Je suis toujours ouverte aux nouvelles opportunités. Mon emploi actuel a beaucoup d'aspects qui me plaisent, mais un environnement plus décontracté où je pourrais avoir un horaire plus flexible m'intéresse.

— Êtes-vous à l'aise à l'idée de travailler entourée de personnes ivres ?

Elle blêmit, son sourire parfait vacillant légèrement.

Avait-elle sérieusement négligé cet aspect du travail ?

— Eh bien, je ne suis pas une grande buveuse. Et le poste de responsable administratif concerne principalement des tâches en arrière-plan, donc je doute que je serais souvent en contact avec des personnes ivres.

Son attitude hautaine m'a rappelé Anna pendant une fraction de seconde, et la partie connard primitif de mon cerveau a décidé qu'elle n'était pas faite pour ce poste. Je ne pouvais pas risquer qu'une once d'Anna envahisse davantage ma vie. Pas quand elle était déjà partout, dans tout, et que j'étais en train de mourir parce que j'avais dû la laisser partir.

— En fait, dans ce boulot, vous êtes constamment entourée de personnes ivres. C'est dans un foutu bar. Que pensez-vous que les gens font ici ?

Elle prit une inspiration. — D'accord, mais les gens ne sont pas toujours ivres.

— Je pense qu'ils pourraient l'être. Et vous devriez vous y préparer. Si vous ne pouvez pas supporter d'être entourée de personnes ivres, vous ne devriez probablement pas postuler dans des bars, vous savez ? Je veux dire, c'est plutôt stupide, si vous voulez mon avis.

— Eh bien, je ne vous ai pas demandé votre avis, mais merci quand même. Elle se leva, saisit son sac trop grand et le jeta par-dessus son épaule. — Merci pour votre temps, Monsieur Grant. Je pense que cet entretien est terminé.

J'ai hoché la tête et je n'ai pas ressenti le moindre regret à la voir partir.

Le deuxième entretien a été presque aussi réussi. Ce type a tenu un peu plus longtemps, mais il est quand même parti. Il n'était pas prêt à s'interposer entre deux personnes ivres si nécessaire.

C'est quoi ce bordel ? C'était la moitié de mon boulot. J'avais besoin de quelqu'un capable de gérer ce genre de situations.

Le troisième candidat est arrivé dix minutes en avance. Il était tiré à quatre épingles et semblait complètement déplacé dans cet endroit dès son arrivée. Son costume gris avec une cravate bleue serait sale en quelques minutes, et ses cheveux parfaitement coiffés seraient décoiffés tout aussi vite. Merde, j'avais envie de lui ébouriffer les cheveux rien que pour le prouver.

Je savais d'après son CV qu'il était le plus qualifié avec beaucoup d'expérience dans la gestion de restaurants et de bars, et aussi une certaine expérience dans les affaires. Il était également plus âgé que les autres candidats et vivait déjà en ville. C'était mon premier choix, quand j'en avais encore quelque chose à foutre.

—Hudson, ravi de vous revoir, dit Arthur en s'approchant de moi, la main tendue.

Je lui serrai la main. —Ouais.

Il resta planté là un instant, son regard se plissant. — Devrions-nous nous asseoir ?

Je poussai un profond soupir. —Ouais. On va dans mon bureau.

Il afficha un sourire que je savais forcé et me suivit dans le couloir. Je fermai la porte pendant qu'il s'asseyait dans l'un de mes fauteuils pour visiteurs. Je devais aussi les brûler. Anna s'y était assise. Le canapé devait définitivement disparaître. Peut-être que je devrais vendre tout ce putain de bar.

—Alors, euh, merci de me donner une nouvelle opportunité, dit-il.

—Ouais. Content que vous ayez pu venir. Je jetai un coup d'œil à mon bureau et saisis son CV. —Je suppose qu'on devrait commencer. Première question : que pouvez-vous faire pour moi et cet endroit que les autres candidats à qui j'ai déjà parlé ne peuvent pas faire ?

La surprise traversa son visage face à ma question directe et brusque. Il croisa les mains et se composa une attitude avant de me regarder et de presser ses lèvres en un sourire crispé. —Évidemment, je ne sais pas à qui d'autre vous avez parlé, donc tout ce que je peux vous dire, c'est ce dont je suis capable. J'ai des années d'expérience en tant que gestionnaire dans des restaurants, des bars et des bureaux. Je me suis adapté à toutes les situations que j'ai rencontrées. J'ai mes propres systèmes que j'apporte avec moi et que j'utilise pour rendre un endroit déjà prospère encore plus rentable. Pour moi, ce poste ne consiste pas seulement à vous décharger ou à vous faciliter la vie, mais aussi à rendre l'entreprise plus profitable.

—En supposant que l'argent vous intéresse, grognai-je.

Son sourire a de nouveau faibli avant qu'il ne le replace. —C'est vrai. Mais je n'ai encore jamais rencontré un propriétaire d'entreprise qui ne le soit pas. Peu importe ce que vous vendez, vous voulez gagner de l'argent."

—Tout le monde ne se soucie pas de l'argent.

—Euh, oui. D'accord.

J'ai levé les yeux au ciel et regardé à nouveau mes notes. —Comment gérez-vous les conflits ? Êtes-vous prêt à intervenir quand des connards ivres commencent à se donner des coups de poing ou seriez-vous trop inquiet de froisser votre costume ?"

Il a rentré ses lèvres et les a pressées ensemble. Il a inspiré profondément, puis a incliné la tête. —Les conflits font toujours partie de n'importe quel travail. Je n'ai pas peur des conflits. Je suis généralement celui qu'on blâme quand les choses ne se passent pas comme prévu, donc j'y suis habitué. Quant à intervenir dans une bagarre, je ne peux pas dire que ce serait ma partie préférée du travail, mais je ne voudrais pas que quelqu'un soit blessé."

—Pas inquiet pour votre costume ? ai-je demandé. Oui, j'étais un connard.

Il a souri. —Pas du tout. J'en déduis que vous n'aimez pas les hommes en costume."

—Je n'en connais pas beaucoup. J'ai tendance à préférer traîner avec des hommes qui se soucient moins de leur apparence.

Arthur a de nouveau hoché la tête. —Bon à savoir."

—Comment travaillez-vous sous pression ? ai-je demandé, poursuivant l'entretien.

—Plutôt bien, la plupart du temps. Je vais généralement prendre du recul et évaluer une situation avant d'intervenir. Je crois qu'il y a toujours une solution à chaque problème, et il m'est plus facile de la trouver de l'extérieur que de l'intérieur, donc j'ai tendance à réfléchir un peu avant d'essayer de les résoudre de la mauvaise façon.

—Mais vous interviendriez dans une bagarre ? Que faites-vous donc ? Vous intervenez ou vous restez en retrait ?

—Cela dépend de la situation, a-t-il grogné. Clairement, les questions commençaient à l'agacer.

—Donnez-moi un exemple de situation où vous interviendriez.

—Si quelqu'un risque d'être blessé, j'interviendrais toujours.

—Et si ce sont juste deux gars qui se chambrent ? Ou un type qui se comporte de façon inappropriée avec une serveuse ? Vous laisseriez faire ?

Arthur soupira. —Non. La douleur physique n'est pas la seule forme de souffrance.

—Ah, vous êtes sensible. C'est bien. Les hommes ont trop peur de partager leurs émotions.

—Bien sûr, répondit Arthur entre ses dents serrées.

—Où vous voyez-vous dans cinq ans ?

—Professionnellement, j'espère diriger ma propre entreprise.

Mes sourcils se haussèrent. —Vraiment ? Dans quel domaine ? La boxe ? Je ris de ma propre blague.

Arthur serra les poings. Il prit une profonde inspiration et expira lentement. —J'aimerais développer une société de gestion d'entreprise qui s'occuperait des tâches que je ferais ici, si j'obtenais le poste, mais en centralisant le travail pour que les petites entreprises n'aient pas à payer un salaire complet plus les avantages sociaux. Elles auraient l'option d'embaucher quelqu'un à l'heure et de payer des honoraires pour cette personne, mais ces employés travailleraient à temps plein pour moi.

J'étais légèrement impressionné. Ça semblait être une bonne idée. Si quelque chose comme ça existait déjà, j'aurais embauché quelqu'un plus tôt que je ne le faisais actuellement.

Peut-être.

Mais ça n'existait pas.

—Pensez-vous pouvoir lancer cette activité dans les cinq ans tout en faisant du bon travail pour moi ?

Arthur hocha la tête. —Absolument. Je ne négligerais jamais mes responsabilités envers mon employeur. Ce ne serait pas correct.

Je ricanai. —Correct. La vie n'est pas correcte, mon vieux.

Il croisa les mains et les posa sur ses genoux.

Je lui posai les questions bateau habituelles sur les désaccords avec les collègues, la correction des erreurs, la responsabilité face à ses propres erreurs et sa réaction face aux défis. Il répondit à tout avec les lèvres pincées et des réponses tendues.

Mais il a tenu plus longtemps que les autres.

Quand l'heure s'est écoulée, je me suis levé avec lui. —Eh bien, vous avez réussi. Le premier aujourd'hui."

Il n'a pas répondu. —Merci pour cette opportunité."

—Je n'ai pas dit que vous aviez le poste."

Il a inspiré brusquement. —Je veillerai à ne pas attendre votre appel. Bonne chance, Monsieur Grant."

J'ai fait un signe de la main tandis qu'il se dirigeait vers la porte et sortait.

Je suis retourné dans mon bureau et j'ai fermé la porte. Je savais qu'Arthur était celui que je devais embaucher. Il avait la meilleure expérience. Et il était le seul qui ne s'était pas laissé intimider au point de quitter l'entretien.

J'ai parcouru toutes mes notes sur tous les candidats et revu leurs CV. Si j'allais vraiment embaucher quelqu'un, je devais m'assurer que c'était la bonne personne. J'avais des employés dont je devais m'occuper, et même si j'avais envie de tout foutre en l'air, je savais que je ne le ferais pas.

Comme c'était Goldie qui m'avait envoyé tous les candidats, je l'ai appelée pour la remercier de son aide et lui faire savoir que j'allais faire une offre à Arthur.

—Allô ?"

—C'est Hudson. Je voulais juste te dire que j'ai décidé

d'embaucher l'une des personnes que tu m'as envoyées. Merci."

—Je t'en prie, Hudson. Qui as-tu décidé d'embaucher ?"

—Un type nommé Arthur. C'est le meilleur."

Elle a ri doucement. —Je suis d'accord. Arthur est très talentueux et a une expérience incroyable."

—Ouais. Ça devrait bien se passer. Enfin, je voulais juste te le dire."

—Comment vas-tu ?" a-t-elle lâché alors que j'étais sur le point de raccrocher.

J'ai ricané. —Je vais putain de bien. C'est Anna qui t'a dit de me demander ça ?"

—Non. Je suis au travail, pas avec Anna.

—Cool. Je m'en fiche.

—Hudson, qu'est-ce qui s'est passé entre vous deux ?

—Elle a décidé qu'elle en avait fini. Je ne vais pas la supplier de changer d'avis. Elle a fini, j'ai fini. Tout va bien.

—Tu n'as pas l'air d'aller si bien.

—Hé, tu sais quoi ? Je n'ai pas besoin que tu en rajoutes maintenant et que tu me dises qu'elle a raison et que j'ai tort et que je ne vaux pas son temps. Je voulais juste être gentil et te remercier de m'avoir amené des candidats.

—Hudson—

J'ai raccroché avant qu'elle ne puisse dire quoi que ce soit d'autre.

Avant qu'elle ne puisse rappeler, si elle en avait l'intention, j'ai appelé Arthur.

—Allô ? a dit Arthur. Des cris d'enfants résonnaient en arrière-plan. Quelqu'un leur a dit de se taire, mais je pouvais toujours les entendre.

—Arthur, c'est Hudson Grant de chez O'Kelley. Je voulais vous parler du poste de directeur commercial.

—D'accord.

—J'aimerais vous proposer officiellement le poste. Je sais

que vous travaillez actuellement, et qu'il vous faudra quelques semaines pour donner votre préavis, mais j'espère pouvoir vous faire commencer le plus tôt possible. Peut-être d'ici fin février.

—Euh, oui, merci, mais non.

—Pardon ?

—Je ne pense pas que O'Kelley soit l'endroit qui me convienne.

—Pourquoi pas ? Vous sembliez intéressé après votre premier entretien. Pourquoi êtes-vous revenu pour un second si c'était pour simplement dire non ?

—Franchement, Monsieur Grant, j'avais toute l'intention d'accepter le poste. Je cherche quelque chose plus près de chez moi avec des horaires flexibles. Le salaire correspondait à ce que je pense mériter. Tout était parfait jusqu'à aujourd'-hui. Pour être franc, vous vous êtes comporté comme un crétin, et j'ai travaillé pour suffisamment de crétins pour savoir que si vous agissez ainsi pendant un entretien, c'est encore pire quand je suis votre employé. Donc, merci, mais non.

—Arthur... Il était déjà parti.

—Merde ! ai-je crié. J'ai lancé mon téléphone et l'ai regardé heurter le mur avant de tomber au sol avec un bruit sourd. J'ai fermé les yeux.

J'ai fait exactement ce que je m'étais promis de ne jamais faire. Je me suis tellement perdu en Anna que j'ai perdu de vue tout le reste de mon monde. J'ai négligé mon entreprise et j'ai tout foutu en l'air.

J'aurais voulu la blâmer, la détester pour une chose de plus, mais la vérité, c'est que j'ai fait ces choix. Je suis tombé amoureux d'elle. J'ai mis Anna et ma douleur de l'avoir perdue avant mon entreprise. J'ai choisi tout cela. Et j'allais en payer le prix.

Mais cela me disait que j'en avais assez. Fini d'essayer

d'avoir quelque chose qui n'était pas fait pour moi. Fini d'essayer de créer une vie qui impliquait plus que mon bar. Tout simplement fini.

23

ANNA

— **B**on sang, ai-je sifflé en essuyant une larme sur la couverture d'un livre que j'étais censée ranger. Le stupide héros avait le même sourire en coin que Hudson. Je l'ai regardé un peu trop longtemps et une larme s'est échappée.

J'ai poussé le livre sur l'étagère et en ai saisi un autre. Je ne me suis pas autorisée à regarder les couvertures, juste la tranche, pour savoir où le placer. Je ne pouvais pas me laisser distraire. Pas encore.

Je pensais que le départ de mon mari me laissant avec deux jeunes enfants et un divorce accompagné de milliers de dettes que je n'avais pas contractées était terrible. Mais non. Ce n'était rien comparé à la trahison d'un homme avec qui j'aurais pu, peut-être, possiblement, commencer à envisager un avenir.

C'était ma faute, cependant. Je croyais qu'il me voyait comme une femme capable. Au lieu de cela, il m'a montré qu'il me considérait comme un cas de charité. Pas assez bien. Une mère qui a échoué puisque non seulement je ne pouvais pas me permettre de payer l'université de mon fils, mais j'avais aussi élevé un gamin qui allait s'éclipser pour s'amuser avec sa petite amie alors qu'il était censé travailler.

Tout cela me brûlait. Non pas parce que ce n'était pas vrai, mais parce que ça l'était. Joey et moi nous parlions à peine, Matty était en colère parce qu'il ne pouvait plus passer du temps avec Hudson, et moi je pleurais constamment.

Je n'aurais jamais dû m'impliquer avec lui. Je n'aurais pas dû laisser toute ma famille s'impliquer avec lui. Ma fierté voulait dire à Joey qu'il devait démissionner, mais nous avions besoin de cet argent. Une chose de plus sur laquelle Hudson avait raison et qu'il prenait en charge.

Quand Joey a commencé à travailler là-bas, je n'aimais pas ça, mais j'ai laissé faire. J'ai accepté ce que Joey était payé pour que nous puissions nous sortir du trou dans lequel Nick nous avait laissés. Joey était d'une grande aide. Ses revenus permettaient de garder les lumières allumées certains mois et de s'assurer que les garçons avaient assez à manger. J'en étais reconnaissante, mais j'ai été stupide de me laisser impliquer avec Hudson.

Plus de rencontres. J'avais fini. J'ai supprimé mon compte À la Recherche du Héros Littéraire Parfait et je me concentrais à garder mon sang-froid en présence des autres et à pleurer chaque nuit jusqu'à m'endormir. Six nuits. Je n'avais pas autant pleuré quand Nick m'avait quittée.

J'ai fini de ranger les livres et j'ai emporté le carton vide dans la remise pour le démonter et le recycler. J'en ai pris un autre pour y mettre ces livres sur les étagères quand Finley s'est mise en travers de mon chemin.

—Pouvons-nous parler ? a-t-elle demandé.

Ma gorge s'est serrée et mes paumes sont devenues moites. Je détestais ces mots. Quand ils venaient d'un patron, cela signifiait toujours que j'étais sur le point de perdre mon emploi. Un emploi qui faisait vivre ma famille. Un emploi que je croyais sûr.

Est-ce que Hudson lui a demandé de me renvoyer ? Je n'imaginais pas qu'il ferait ça, mais je ne le connaissais pas vraiment. Je croyais le connaître, mais je me trompais.

J'ai posé la boîte et forcé un sourire. —Bien sûr.

—Asseyons-nous.

Encore pire. La patronne ne vous demande jamais de vous asseoir sauf si c'est vraiment grave.

J'ai suivi Finley jusqu'à l'espace salon où elle organisait le club de lecture. Évidemment, je n'y serais plus invitée. Mon Dieu, j'étais tellement stupide. J'avais vécu à L'anse MacKellar toute ma vie et ces derniers mois, je m'étais laissée croire que je pouvais réellement faire partie de cette ville. Je me trompais complètement.

—Bon, c'est difficile pour moi de dire ça, mais—

—Ce n'est pas grave, lui ai-je dit. Mon Dieu, j'étais si pathétique, à rassurer ma patronne que ce n'était pas grave qu'elle me renvoie. —Je sais que vous devez me laisser partir.

—Cela veut dire que vous acceptez ? a-t-elle demandé, toute excitée.

—Quoi donc ? Hudson ? Non. Je lui ai déjà dit non. Je n'ai pas changé d'avis.

—Attendez, de quoi parlez-vous ? Hudson vous a offert un emploi ?

J'ai ricané. —Non, il a proposé de payer les études universitaires de Joey. Pourquoi m'offrirait-il un emploi ?

—Revenons en arrière. De quoi parlez-vous ? Je suis complètement perdue là.

—Vous me renvoyez parce que Hudson et moi avons rompu.

Finley a eu un mouvement de recul. —Quoi ? Vous plaisantez ? Elle a secoué la tête. —Non. D'accord, je suis... j'ai besoin d'un moment pour assimiler tout ça. D'abord, pourquoi pensez-vous que je vous renverrais simplement parce que Hudson et vous avez rompu ?

—Parce qu'il fait partie des vôtres. Vous êtes de bons amis. Et c'est une petite ville. Soit on est dedans, soit on est dehors, et moi je suis dehors.

—Oh, Anna. Je suis vraiment désolée que vous ressentiez cela. Vous êtes dans le cercle avec moi. J'adore vous avoir comme employée ici. Et j'adore vos garçons. Je vous considère comme une amie.

—Vous êtes ma patronne, Finley. Je sais que cela signifie que nous ne pouvons pas vraiment être amies.

—Ce n'est pas ainsi que je fonctionne. Je ne veux pas avoir dans ma vie et dans mon entreprise des personnes en qui je n'ai pas confiance. J'ai remis tout mon monde entre vos mains quand George est né. Vous m'avez demandé un emploi, et je vous ai prise dans mes bras et étouffée tellement j'étais reconnaissante. J'ai toujours l'impression d'être trop intense, mais avec vous, j'ai toujours eu l'impression de ne pas exprimer clairement à quel point vous comptiez pour moi.

Les larmes me sont montées aux yeux. Elle semblait sincère.

—Vous êtes aussi importante pour moi que Blake, Karissa, Trinity et tous les autres. Vous faites partie de ma famille folle, sauvage et déjantée. C'est pour cela que nous vous avons invitée pour Thanksgiving. Vous êtes de la famille pour nous. Et c'est pourquoi je n'envisagerais même pas quelqu'un d'autre pour le poste en marketing.

—Un poste en marketing ? De quoi parlez-vous ?

—Chez MacKellar Investments. Je vous en ai parlé. Faire le marketing pour toutes les librairies dans les hôtels de Trent.

—Vous voulez que je fasse ce travail ?

—Bien sûr. Il n'y a personne qui serait meilleure que vous pour ce poste.

J'ai ricané. —Ce n'est pas du tout vrai. Je n'ai pas de

diplôme en marketing, ni en quoi que ce soit d'autre. Je n'ai aucune expérience. Je ne suis qu'une caissière et manutentionnaire.

Finley a fermé les yeux et s'est penchée en avant. Elle a saisi ma main et l'a serrée. Quand elle a levé les yeux vers moi, son regard était humide et triste. —Anna, vous êtes la raison pour laquelle nous faisons des bénéfices cette année. Je n'ai jamais vraiment réussi commercialement. J'adore cet endroit, mais je n'ai pas l'esprit des affaires. J'envisageais de fermer il n'y a pas si longtemps. Goldie m'a aidée avec quelques événements, puis je suis tombée enceinte de George. Ces événements m'ont permis de rester ouverte jusqu'au printemps, quand l'activité reprendrait, mais j'étais certaine que je devrais fermer la boutique définitivement à l'arrivée de George. Si vous n'aviez pas accepté de travailler ici, de gérer cet endroit, et sans toutes vos idées pour faire entrer des gens non seulement dans la boutique mais aussi sur le site en ligne, je n'aurais pas eu le choix.

—Tout ce que j'ai fait, c'est mettre la boutique en valeur.

Finley hocha la tête. —Mais tu l'as fait d'une manière que je n'avais jamais envisagée. Tu as été intelligente et créative. Tu as conçu des présentoirs qui avaient du sens et tu as été astucieuse dans ta façon de faire les choses. Ton arrivée a presque doublé nos profits.

J'ai retenu mon souffle. Je savais que les choses allaient bien, mais je ne réalisais pas qu'elles s'étaient autant améliorées. J'ai senti la première étincelle de fierté naître dans ma poitrine. Finley avait créé une boutique extraordinaire, mais elle me donnait le crédit de l'avoir rendue plus prospère. —Merci.

—C'est moi qui te remercie. Je sais que parfois ma vie peut sembler parfaite vue de l'extérieur, mais quand je suis tombée enceinte, j'étais terrifiée. Même quand je t'ai embauchée, je n'avais aucune idée si Trent finirait par vraiment m'aider. J'ai vu à quel point tu étais forte et à quel point tes garçons sont formidables, et cela m'a donné un peu de confiance que je pourrais peut-être être une mère célibataire correcte.

Ma gorge s'est serrée. —Merci, ai-je murmuré.

—Trent a plus d'argent que Dieu, et je sais que je n'ai pas à m'inquiéter de quoi que ce soit en ce moment, mais il y a un an, c'était différent. Il y a un an, je luttais pour joindre les deux bouts. Je sais que tu ressens la même chose et que ça a été comme ça toute ta vie. Et je ne te juge pas pour ça. Tu as eu une main de merde. Mais ce travail, c'est quelque chose que tu as mérité. Je ne te le donne pas, tu as travaillé comme une dingue et prouvé à Trent et à moi que tu es la seule personne qui devrait être en charge du marketing pour toutes les librairies.

Ce genre de poste était comme un rêve devenu réalité pour moi. J'ai toujours aimé le marketing, mais jusqu'à Finley, je n'avais jamais eu de patron qui me laissait essayer des choses. Finley m'encourageait et me laissait prendre mon envol. Et maintenant, elle me permettait d'aller encore plus haut. Mais...

—C'est un poste trop important pour moi. J'apprécie vraiment, mais je pense que vous regretterez de m'avoir embauchée.

Finley secouait la tête pendant tout mon discours. —Non. Anna, non. Tu connais cette boutique. Tu sais ce que je stocke. Tu es toujours à la recherche de nouveaux auteurs, d'auteurs prometteurs à faire découvrir aux lecteurs. Tu sais ce qui se vend et ce qui ne se vend pas. Tu es intelligente et tu comprends ce marché. C'est toi qui as eu l'idée de mettre des librairies dans les hôtels de Trent. Je n'y avais jamais pensé. Ce projet entier existe grâce à toi. Trent et moi sommes d'accord pour dire que nous ne voulons personne d'autre.

—Mais—

—Tu es plus que qualifiée. Tu es la meilleure personne pour ce poste. Je sais que je n'ai pas bien fait comprendre que je te l'offrais, mais tu es la seule personne que nous avons envisagée. Les déplacements sont minimes. Tu auras un gérant de magasin dans chaque lieu pour gérer les affaires quotidiennes. Si tu veux déménager, tu peux le faire, mais j'espère que tu resteras ici et que tu utiliseras cette boutique comme base.

—C'est... C'est beaucoup, Finley.

Elle hocha la tête. —Je sais. Mais nous allons commencer petit. Cinq magasins la première année. Trent a des idées sur les emplacements qu'il aimerait, mais nous voulons que vous preniez la décision finale. Il voudrait commencer la construction dans un ou deux mois."

L'excitation m'envahit pour la première fois depuis très longtemps. J'allais construire quelque chose d'extraordinaire. Ce serait un nouveau défi et un nouveau projet, quelque chose d'unique, de spécial et d'amusant. Ma première pensée fut d'appeler Hudson pour lui annoncer, mais bien sûr, ce n'était plus une option.

Je me mordis l'intérieur de la lèvre pour contenir mon émotion. Il ne faisait plus partie de ma vie. Ce qui rendait ce travail plus facile à accepter. Peut-être devrions-nous déménager. Peut-être que recommencer ailleurs serait mieux pour nous tous. Un endroit où personne ne nous connaît.

Joey me détesterait de le faire déménager juste avant sa dernière année de lycée. Matty pourrait mieux l'accepter. Ce ne serait pas facile, mais peut-être que ce serait préférable.

—Je serais honorée d'accepter ce poste. Merci, Finley.

—Vraiment ? Super ! Je suis tellement excitée. J'étais sûre que vous alliez refuser.

Je ris avec elle. —J'aime l'idée d'un nouveau défi. Et je vais parler aux garçons d'un déménagement. Ce serait peut-être une bonne idée pour nous.

—Vraiment ? dit Finley, son enthousiasme s'estompant.

J'acquiesçai. —J'ai besoin d'un nouveau départ. Ça dépendra des marchés que vous visez et si je peux me le permettre, mais...

—Oh ! Je suis si maladroite. Trent a prévu un salaire pour vous. Techniquement, vous travaillerez pour lui avec ce poste. Il y aura des avantages sociaux complets et un salaire. Attendez. Elle se précipita dans le bureau.

Des avantages sociaux complets ? Je n'avais jamais eu d'emploi avec des avantages sociaux complets. Ou un salaire fixe. Mon cœur s'emballa à cette pensée.

—Voilà, dit Finley, agitant une feuille de papier vers moi en revenant. —Tous les détails de l'offre d'emploi de Trent. C'est quelqu'un de formel, alors il a tout mis par écrit. Il veut organiser une réunion avec vous pour répondre à toutes vos questions et passer tout en revue. Et vous pouvez négocier le salaire. Il s'y attend, alors n'hésitez pas à demander dix pour cent de plus. Ou même davantage. Ce que vous pensez être juste.

J'ai fixé le chiffre sur la page et j'ai cru que j'allais m'évanouir. Son offre représentait plus du double de ce que Joey et moi avions gagné ensemble l'année dernière. En plus, elle comprenait une couverture sociale complète, un plan de retraite et le remboursement des frais de déplacement pour tous les voyages que je devrais effectuer. Trent avait également ment inclus...

— Une allocation voiture ? ai-je demandé en levant les yeux vers Finley.

Elle a hoché la tête. — Apparemment, c'est quelque chose qu'il inclut dans tous les contrats de ses vice-présidents exécutifs."

— Vice-présidente exécutive ? Finley, c'est trop.

Finley a posé sa main sur la mienne et a attendu que je

croise son regard. — Ce n'est pas assez pour vous, Anna. Vous l'avez mérité."

— Je ne sais pas si je peux gérer tout ça.

— Vous ne serez pas seule. Je serai toujours disponible pour parler, vous aurez un assistant, et il y aura un responsable dans chaque magasin. Vous aurez votre mot à dire sur toutes ces personnes, et elles travailleront toutes pour vous. C'est un poste important.

J'ai fixé à nouveau le papier. Ce montant était énorme. Le genre de somme qu'il m'aurait fallu trois ans pour gagner dans n'importe quel autre emploi que j'avais eu auparavant. Peut-être même quatre ans. — Et Matty ? Et Joey ? Je ne sais pas si je me sentirais à l'aise de les laisser si je dois voyager. Je n'ai personne qui pourrait rester avec eux."

Finley a souri. — Bien sûr que si. Anna, vous n'êtes plus seule. Plus maintenant. Je sais que vous n'aimez pas accepter de l'aide, mais Trent et moi prendrons les garçons n'importe quand si vous devez voyager. Nous avons beaucoup de place. Et Hudson—

— N'est pas une option, ai-je affirmé fermement.

— Pourquoi vous êtes-vous séparés tous les deux ?

— Parce qu'il ne pense pas que je sois capable de prendre soin de ma famille. Ça le prouve.

Finley a ri doucement. — Je n'ai jamais connu quelqu'un d'aussi compétent que vous. Comment pouvez-vous penser que vous n'êtes pas capable de prendre soin de votre famille ?"

— Hudson a dit qu'il voulait payer les études de Joey. Parce que je ne peux pas me le permettre. Il a décidé de jouer les sauveurs et d'intervenir pour s'en occuper. Il voulait me contrôler.

Finley secoua lentement la tête. —Oh, Anna. Je suis vraiment désolée. Hudson est le genre de personne qui voit grand quand il tient à quelqu'un. Il ne fait jamais les choses à moitié. Il aime de tout son être, et quand il n'arrive pas à dire les mots, il essaie de le montrer et ça passe pour de l'excès.

—Il ne m'aime pas.

—Si, il t'aime. Il a été un véritable connard malheureux toute la semaine. Il n'a pas voulu me dire ce qui s'était passé, mais si vous avez rompu, ça explique tout. Je pensais que c'était parce que le gars qu'il voulait embaucher l'avait refusé, mais maintenant je comprends. Quoi qu'il en soit, je sais qu'il t'aime. Et je sais que son offre de payer les études de Joey était sa façon de te montrer à quel point tu comptes pour lui.

—Je n'y crois pas.

Finley sourit tristement. —Hudson est intervenu quand je suis tombée enceinte. Il a insisté pour me conduire à mes rendez-vous, et il était prêt à être dans la salle lors de l'accouchement. Il m'apportait à manger et s'assurait que je prenais soin de moi. Il était tout ce que j'aurais voulu que Trent soit. Il a même remis Trent à sa place. Il n'a jamais dit qu'il m'aimait, mais je sais que c'est pour ça qu'il le faisait. Hudson n'a pas de famille. Hillary, ses parents... il'est seul depuis longtemps. Je pense qu'il est rouillé quand il s'agit de dire ces mots, alors il se dépasse pour montrer aux gens qu'il les aime. Et toi et tes garçons êtes en haut de cette liste en ce moment.

Les larmes roulaient sur mes joues. —Je ne pense vraiment pas que ce soit vrai.

—Écoute, personne ne le sait, mais Hudson finance une bourse d'études. Elle est attribuée chaque année à un élève du lycée. C'est toujours un jeune dont les parents n'ont pas vraiment les moyens de payer pour ses études universitaires. Il travaille avec l'école pour recueillir les candidatures et il les examine lui-même, mais comme il connaît tant de gens en ville, il sait quelles familles ont besoin d'argent. Cette bourse fait une énorme différence pour celui qui la reçoit.

—Tu es sérieuse ?

Finley hocha la tête. —Hudson donne toujours en retour.

Il a toujours voulu des enfants, mais comme il n'a pas les siens, il parraine d'autres jeunes pour les aider à réaliser leurs rêves. Je pense vraiment que c'est tout ce qu'il faisait avec Joey, mais sans le secret.

—J'ai tout gâché, n'est-ce pas ?

Finley secoua la tête. —Non. Si je connais bien Hudson, c'est qu'il pardonnera toujours à quelqu'un. Mais seulement si tu es sincère. Veux-tu lui pardonner pour l'argent ou pour l'homme qu'il est ?

Mon visage se crispa tandis que je retenais mes larmes. — Je n'ai jamais voulu l'argent.

— Et pour cet homme ? Est-ce que vous le voulez ? Parce que je vous aime, mais je l'aime aussi. Je ne vais pas vous pousser vers lui si vous n'êtes pas vraiment investie. Je ne l'ai jamais vu aussi bouleversé. Trinity m'a dit que James lui avait confié que la seule autre fois où Hudson avait été aussi dévasté, c'était quand Hillary est morte. James s'inquiète pour lui. Moi aussi. Mais si vous n'êtes pas aussi malheureuse que lui, si vous n'êtes pas vraiment impliquée, je vais vous demander de le laisser tranquille et de lui permettre de trouver comment vous oublier.

J'ai cessé de combattre les émotions contre lesquelles je luttais toute la semaine et j'ai laissé Finley voir à quel point j'étais brisée. J'ai couvert mon visage de mes mains et j'ai pleuré comme je le faisais chaque nuit. Même si je détestais ce que Hudson avait fait, je croyais ce que Finley disait. Il essayait de me montrer ce que je n'étais pas prête à entendre.

— Je n'ai jamais dit à personne que je les aimais à part à mes garçons. Jamais. Mes parents ne m'ont jamais dit ces mots. J'ai probablement dû les dire à Nick à un moment donné, mais grandir sans entendre ces mots m'a fait ignorer à quel point ils étaient importants. Quand Joey est né, j'ai su ce qu'était l'amour. C'était la première fois que je le ressentais. Je l'ai ressenti à nouveau avec Matty. Et encore une fois avec Hudson.

— Bien, dit Finley à travers ses propres larmes.

— Je ne sais pas comment le lui dire.

Finley secoua la tête. — Moi non plus, et ce ne sera pas facile. Mais vous méritez le bonheur. Tous les deux. Et je pense que vous pouvez le trouver ensemble.

— Je l'espère.

24

HUDSON

J'ai pris une douche, je me suis rasé la tête et j'ai mis des vêtements propres. Je n'allais pas tout gâcher une seconde fois. Je ne pouvais pas. Il y avait trop en jeu.

Je suis arrivé en avance au O'Kelley's et j'ai fait les cent pas dans mon bureau. J'étais stressé, fatigué et tendu. Après aujourd'hui, ce serait mieux, mais en attendant, j'étais au bord de la folie. J'avais besoin que cette journée soit bonne.

À dix heures précises, j'ai déverrouillé la porte d'entrée. J'ai reculé et j'ai attendu. Je devais rester impassible. Pas parce que je l'étais, mais parce que la situation était délicate.

La porte s'est ouverte, et j'ai pris une profonde inspiration. C'était le moment.

Anna est entrée dans le bar, et toute ma confiance s'est effondrée. J'ai inspiré brusquement, ce qui a attiré son attention sur moi. Putain. Ce n'est pas comme si j'avais pu me cacher, mais là, non.

—Qu'est-ce que tu fais ici ? ai-je aboyé.

—Je voulais te parler.

—Je suis occupé, ai-je dit.

Elle a regardé autour d'elle le bar vide mais n'a fait aucun commentaire. —Je voulais m'excuser pour mon comportement.

—Super. Excuses acceptées. Bonne continuation.

—Hudson...

Je ne pouvais pas faire ça. Pas aujourd'hui. De tous les putains de jours, c'est aujourd'hui qu'elle avait décidé de se pointer ? Pour faire amende honorable ou je ne sais quelle connerie qu'elle pensait faire ?

Je suis sorti de derrière le bar et me suis dirigé vers mon bureau. Ce n'était pas grand-chose, mais peut-être qu'elle ne me suivrait pas.

Je n'ai même pas eu le temps de fermer la porte.

—Anna, je n'ai pas le temps pour ça maintenant.

— Qu'est-ce que tu as de si important à faire ? demanda-t-elle, les yeux plissés.

Je haussai un sourcil vers elle. —Tu n'as plus le droit de poser des questions sur ma vie. Tu as été très claire sur le fait que tu n'en voulais plus faire partie, alors dégage.

— Monsieur Grant ? dit un homme depuis la porte.

Anna s'écarta et se tourna pour regarder Arthur, visiblement furieux.

Bien sûr.

Je soutins son regard pendant un long moment, sachant déjà qu'il allait partir et ne jamais revenir.

— Bonjour, je m'appelle Anna, dit-elle en s'avançant vers lui.

— Arthur Hill.

Anna me regarda comme si elle s'attendait à ce que je lui explique qui était Arthur et pourquoi il était là. Ce n'était pas du tout son problème, alors je gardai la bouche fermée. Ça ne me causait que des ennuis de toute façon.

— Eh bien, ravie de vous rencontrer. Je vais vous laisser discuter.

Arthur lui fit un signe de tête tandis qu'elle le contournait. Quand elle fut sortie du bureau, j'exhalai bruyamment.

— Monsieur Grant...

— S'il vous plaît, appelez-moi Hudson. Et permettez-moi d'expliquer ce qui vient de se passer avant que vous ne disiez quoi que ce soit. Je sais que je ne peux pas vous poser de questions personnelles, et je n'ai pas l'intention de le faire, mais ce dont vous venez d'être témoin est très personnel. Le fils d'Anna est l'un des débarrasseurs ici, et nous avions une relation. Anna et moi, pas son fils. Elle est la première femme avec qui j'ai été depuis le décès de ma femme il y a dix-sept ans. Je suis clairement rouillé avec les femmes parce que ça s'est terminé.

— Je suis désolé, mais je dois dire que lui parler comme vous l'avez fait est probablement la raison.

— Pas du tout. Elle a rompu avec moi après que j'ai proposé de payer les études universitaires de son fils.

— C'était généreux de votre part.

J'ai poussé un ricanement. —Elle n'était pas d'accord. Elle pensait que c'était un moyen pour moi de l'attacher à moi ou de l'utiliser contre elle pour qu'elle n'ait pas d'autre choix que de rester avec moi. Elle pensait que c'était une méthode de contrôle.

—Était-ce le cas ?

J'ai secoué la tête. —Je préférerais être sans elle plutôt que de la voir se sentir obligée de rester avec moi. Ce n'est pas de l'amour. C'est de l'obligation.

Arthur a incliné la tête. —Pourquoi lui avez-vous dit de partir ?

—Elle a dit qu'elle était venue s'excuser. Nous n'avons pas parlé depuis neuf jours. Je voulais qu'elle parte avant votre arrivée pour ne pas gâcher une autre conversation avec vous.

—Neuf jours ? En d'autres termes, deux jours avant notre dernier entretien ?

J'ai acquiescé.

—C'est pour cela que vous vous êtes comporté ainsi ? À cause d'elle ?

J'ai acquiescé de nouveau. —Ce n'est pas une excuse pour mon comportement, et je m'en excuse. Ma femme était mon univers, et quand elle est décédée, je ne pensais jamais rencontrer une autre femme avec qui je pourrais envisager de construire une vie. Quand Anna a décidé qu'elle en avait fini avec moi, je n'ai pas vraiment su le gérer. Je me suis défoulé sur vous et sur d'autres, et même si vous n'êtes toujours pas intéressé par le poste, je voulais vous présenter mes excuses en personne pour mon comportement.

Arthur m'a regardé pendant un long moment. Ses yeux bleus se sont plissés et ses lèvres se sont légèrement retroussées. —J'ai certainement eu ma part de chagrins d'amour et de mauvaises journées à cause d'une femme. J'ai maintenant la chance d'avoir une épouse qui me comprend et me laisse être moi-même, et trois enfants qui sont tout notre univers. C'est pour eux que je voulais prendre ce poste. Cela signifierait un meilleur équilibre pour ma famille.

—Je comprends. Je suis désolé de ne pas vous avoir donné une meilleure impression et que vous ayez décidé que travailler pour moi n'était pas dans votre intérêt.

Il s'est frotté la mâchoire et m'a considéré. —J'ai peut-être été trop prompt à juger.

—Vraiment ?

Il a hoché la tête. —L'amour a le don de nous retourner, de nous arracher les tripes et de nous en faire remercier. Je ne peux pas blâmer un homme qui a laissé l'amour entrer dans sa vie et qui en a souffert.

—Est-ce que cela signifie que tu acceptes le poste ?

Arthur hocha lentement la tête. —Oui, je l'accepte. Mais j'ai une condition.

—Je vous écoute.

—Écoutez-la.

—Qui ?

—Anna. Laissez-la dire ce qu'elle a à dire et écoutez-la vraiment. Elle n'avait pas l'air d'une femme venue remuer le couteau dans la plaie.

—Sa simple présence remue déjà le couteau dans la plaie.

—Si ce qu'elle a à dire n'apaise pas un peu votre douleur, vous pourrez la laisser partir. Mais si ça l'apaise, peut-être trouverez-vous un chemin l'un vers l'autre.

Je me frottai la tête et soupirai profondément. Tout en moi était à vif et douloureux. Le simple fait d'être dans la même pièce qu'Anna me faisait mal. La dernière chose que je voulais faire était d'avoir une conversation avec elle. Et la seule chose que je voulais faire était d'avoir une conversation avec elle.

J'ai finalement hoché la tête. —Je vais lui parler. Je ne peux rien promettre, mais...

—Donnez-lui une chance. C'est tout ce que je demande. Et je suis heureux de constater que ma première impression de vous était juste. Je pense que ce sera un excellent endroit pour travailler.

—Merci, Arthur. J'ai vraiment hâte de vous avoir parmi nous.

Nous avons parlé encore quinze minutes du poste et de sa date d'entrée en fonction, puis il est parti. J'avais entendu du mouvement et des voix dans le bar, donc je savais que tout était sous contrôle et que je pouvais prendre quelques minutes pour digérer ma rencontre avec Anna.

J'ai jeté ma casquette sur mon bureau et me suis frotté les tempes. Son image s'attardait dans mon esprit. Son jean moulant épousait ses courbes et me mettait l'eau à la bouche. Son t-shirt rose reposait sur le haut de sa poitrine et flottait jusqu'à ses hanches. Ses cheveux tombaient en vagues douces. Elle avait l'air bien. Pas heureuse, mais bien.

J'espérais qu'elle l'était. Même si la laisser partir me faisait souffrir, je voulais qu'elle soit heureuse. J'acceptais cela comme une vérité. Elle avait décidé que je n'étais pas la bonne personne pour elle, et je ne lutterais pas contre ça, alors je lui souhaitais le meilleur. Intérieurement, parce que je n'étais pas assez fort pour le lui dire en face.

Un coup à la porte me fit lever la tête. Elle se tenait là, comme une apparition sortie de mes rêves. —Je croyais que tu étais partie.

Elle secoua la tête. —On peut parler ? S'il te plaît.

C'était ce mot qui a tout fait. Qui m'a fait accepter alors que je savais que ça me briserait. J'avais promis à Arthur, mais j'avais l'intention de repousser cette conversation. Jusqu'à ce que sa présence ne me fasse plus aussi mal.

J'ai hoché la tête.

Elle s'est assise sur la chaise qu'Arthur venait de quitter et a tripoté ses manches. Je n'allais pas céder et commencer la conversation. Je me sentais comme un con, mais c'était elle qui était venue me voir.

—Je voulais te dire à quel point je suis désolée de t'avoir jugé comme je l'ai fait.

Elle a levé les yeux vers moi, et j'ai hoché la tête.

—Ce n'était pas juste. Je... Elle a dégluti difficilement. —Je n'ai jamais su ce que c'était d'avoir quelqu'un qui se soucie vraiment de moi. D'avoir quelqu'un qui veuille faire quelque chose pour moi ou mes garçons sans rien attendre en retour—

—Je n'ai jamais dit—

—Je sais. Je sais. Mes propres parents ont pris mon argent et m'ont abandonnée dès qu'ils ont pu. Mon mari m'a dit qu'il ne m'avait jamais vraiment voulue, ni voulu avoir des enfants, et qu'il se sentait piégé. Aucun d'entre eux ne m'a jamais dit qu'ils m'aimaient. Et ils ne m'aimaient pas. Mais chaque fois qu'ils faisaient quelque chose de gentil, toute ma vie, c'était parce qu'ils voulaient quelque chose de moi.

—Je ne voulais rien. Et je ne voulais surtout pas que tu te sentes coincée avec moi. J'aurais créé une fiducie ou quelque chose comme ça. Pour que Joey et Matty puissent utiliser l'argent sans même que tu aies à me parler si c'était ce que tu voulais.

Elle a secoué la tête. —Ce n'est pas ça. Elle a laissé échapper un rire. Elle a pincé les lèvres et dégluti difficilement. —Mon Dieu, ce n'est pas ce que je veux. Tu m'as manqué. Mais je sais que je n'ai pas le droit de te dire ça. Je n'ai jamais aimé quelqu'un à qui je n'avais pas donné naissance. Je ne savais pas que c'était possible pour moi. Pas jusqu'à ce que je te rencontre. Et je porterai toujours ça en moi. Je t'aimerai toujours, Hudson. Merci pour ce cadeau.

J'ai avalé la boule dans ma gorge. Elle m'a souri tristement, puis a fait un geste pour se lever.

—Tu pars ?

Elle me regarda, les yeux brillants de larmes contenues et avec un sourire qui disait qu'elle savait que c'était la fin. —Tout comme je ne voulais rien accepter de toi qui venait avec des conditions, je ne te demanderais jamais d'accepter quoi que ce soit de moi qui en aurait. Je ne t'ai pas dit que je t'aime en espérant que tu pardonnes, oublies et retombes dans mes bras. Tu es un homme incroyable, et je suis honorée d'avoir fait partie de ta vie pendant un petit moment. C'est pour ça que je voulais te parler.

—Donc, c'est toujours fini." Ce n'était pas une question.

—Je n'en aurai jamais fini avec toi, Hudson. Tu fais partie de moi maintenant. Un morceau de mon cœur t'appartiendra toujours. Ce morceau me terrifie parce qu'il est fragile, mais ce morceau me donne une force que je n'ai jamais connue.

—Et c'est tout ce que tu veux. Un morceau.

Elle laissa échapper un petit rire et essuya les larmes qui

coulaient de ses yeux. —Non. Je te veux tout entier. Je veux une vie avec toi. Je veux te parler de l'offre d'emploi de Finley et Trent et discuter avec toi des options universitaires de Joey pour l'année prochaine et avoir des dîners de famille et des vacances et me réveiller à tes côtés chaque matin et m'endormir près de toi chaque nuit. Mais je n'ai pas le droit de te demander tout ça.

—Alors tu vas simplement partir sans me donner la chance de te dire si je veux tout ça ?

Elle ferma les yeux un instant, me donnant l'occasion de l'observer. Mon Dieu, elle était magnifique. C'était doulou-reux de la regarder de l'autre côté de mon bureau sans pouvoir la toucher. C'était carrément insupportable. Mais j'avais d'abord quelques choses à dire.

Elle leva son regard vers le mien et sourit. C'était un sourire empreint d'anxiété et de peur. Deux choses que je détestais voir dans ses beaux yeux bruns. Mais je comprenais. Je ne lui avais donné aucune raison de penser que j'étais sur le point de faire exactement ce qu'elle pensait que je ne ferais pas.

—Parle-moi de ce travail.

Elle cligna des yeux et se recula. —Le travail ?

J'acquiesçai. —Tu as dit que Finley et Trent t'ont offert un emploi. De quoi s'agit-il ?

—Euh, eh bien, c'est Vice-présidente du marketing des librairies pour MacKellar Investments. Finley va ouvrir des librairies dans certains hôtels, et ils veulent que je sois responsable du marketing pour elles.

—Ça a l'air d'être un excellent poste.

—Oui. Je suis vraiment enthousiaste. Il y aura quelques déplacements, mais la rémunération est incroyable, et je vais diriger une équipe qui gérera chaque magasin. Je n'ai jamais eu un tel défi. Ni une telle confiance. Je dois beaucoup à Finley et Trent.

—Je suis sûr qu'ils considèrent que tu as mérité ce poste.

Elle sourit. —C'est exactement ce qu'ils m'ont dit tous les deux.

—Alors tu sais que c'est vrai. Que vas-tu faire avec les garçons quand tu voyageras ?

Elle prit une inspiration. —Si l'école est fermée, ils viendront avec moi. Sinon, Finley et Trent ont dit qu'ils pourraient rester chez eux.

—Ce sera difficile pour eux de quitter leurs propres lits, quand même. Je pense qu'ils devraient simplement rester à la maison quand tu pars.

Elle secoua la tête, laissant ses mèches brunes cascader sur ses épaules. —Joey n'est pas assez grand pour ça. Je sais que ce sont de bons enfants, mais je ne serais pas à l'aise de les laisser seuls à la maison.

—Et s'ils n'étaient pas seuls ?

—Je ne pourrais pas demander à Finley de dormir dans mon appartement. Je peux me permettre un endroit plus agréable avec le nouveau salaire, mais je n'aurai pas un endroit aussi beau que le sien. Et je ne lui demanderais pas de laisser son propre fils.

—Et si vous emménagiez tous chez moi ?

Elle hoqueta de surprise. Nos regards se croisèrent et se fixèrent. L'espoir flottait entre nous et se suspendait au bord de ses cils dans la larme qui y tremblait. —Hudson.

Je gémis. —Tu sais que tu ne peux pas prononcer mon nom comme ça et t'attendre à ce que je garde mes mains loin de toi.

Elle ferma les yeux et la larme coula.

—Je t'aime, Anna. Je veux toutes ces choses que tu as dites vouloir. Je veux toi, Joey et Matty dans ma vie. Et si tu le souhaites, je vous veux tous les trois dans ma maison. Ce soir. Demain. Quand tu seras prête. Parce que je suis prêt depuis la première nuit où tu es venue chez moi. Tu m'as tellement manqué, bon sang.

—Vraiment ?

J'ai hoché la tête. —Bon sang, oui. Je n'ai jamais voulu te faire sentir que tu me devais quoi que ce soit. Ni te faire sentir que tu n'étais pas assez bien. Tu as gagné ce poste auprès de Finley et Trent, ainsi que le salaire et tout le reste. Tu es incroyable. Et intelligente. Et forte. Et tout ce que je ne pensais jamais retrouver. J'ai peur moi aussi, mais je sais que nous pouvons tout accomplir si nous sommes ensemble, parce que vivre sans toi, c'est l'enfer."

—C'est vraiment l'enfer," a-t-elle dit à travers ses larmes. —Tu es sérieux à propos de tout ça ?"

J'ai ouvert mon tiroir supérieur et en ai sorti un trousseau de clés. Je l'ai fait tournoyer autour de mon doigt et j'ai contourné le bureau pour m'agenouiller devant elle. —Je ne te demande pas en mariage maintenant, mais pour moi, ce trousseau vaut bien une demande. Ce sont des clés de chez moi. Trois en fait. Une pour toi, une pour Joey, et une pour Matty. Je veux que vous veniez tous les trois vivre avec moi. Que vous fassiez de ma maison la vôtre."

Elle a pleuré plus fort et a enveloppé ma main avec la sienne. —Je suis désolée d'avoir douté de tes intentions. D'avoir laissé mon passé détruire notre présent."

—Tu ne l'as pas fait. Nous aurons d'autres obstacles, mais nous les surmonterons ensemble. Si tu es prête à essayer."

Elle a acquiescé. —Oui. Absolument. S'il te plaît."

Je me suis précipité vers elle et j'ai scellé mes lèvres aux siennes, la repoussant contre la chaise. Elle a enroulé ses bras autour de mon cou et m'a attiré plus près jusqu'à ce que je me retrouve agenouillé devant elle. J'ai posé mes mains sur ses hanches et les ai serrées.

—Putain, tu m'as manqué," ai-je murmuré contre ses lèvres.

—Tu m'as manqué aussi. Et je t'aime."

—Je t'aime, Anna. Merci de nous donner une autre chance."

—Merci d'avoir accepté mes excuses."

J'ai ri doucement. —Je dois des remerciements à mon nouveau directeur commercial pour ça."

—Nouveau directeur commercial ?" a-t-elle demandé, en se reculant pour me regarder avec un sourcil arqué.

—La raison pour laquelle je ne pouvais pas parler quand tu es arrivée ce matin. J'ai complètement raté son entretien et il a refusé le poste quand je le lui ai proposé. Je l'ai supplié de venir pour que je puisse m'excuser et essayer de m'expliquer, puis tu es arrivée et j'ai failli tout gâcher à nouveau. Arthur m'a convaincu d'écouter ce que tu avais à dire et de nous donner une chance."

— Tu ne l'aurais pas fait s'il n'avait pas dit ça ?

J'ai secoué la tête. — Je n'aurais jamais pu te résister. J'étais blessé et en colère contre moi-même, mais je ne peux pas te dire non. Je t'aime trop pour ça.

Elle m'a repoussé, avec un regard réprobateur. — Je ne veux pas de ça. Ça doit être un partenariat. Où nous pouvons être honnêtes l'un envers l'autre, nous pousser mutuellement et nous défier pour être meilleurs. Si tu ne résistes pas quand je suis ridicule, j'aurai l'impression de te manipuler ou de profiter de toi.

— Tu peux profiter de moi quand tu veux, j'ai taquiné.

— Je suis sérieuse, a-t-elle dit en fronçant les sourcils. — Je t'aime, et je sais que tu n'es pas une mauviette. Tu dois être capable de me dire non.

— Est-ce que tu vas me dire non ?

— Absolument.

— Même quand je t'embrasse ici ? J'ai embrassé le côté de son cou.

— Oui.

— Et ici ? J'ai léché son lobe d'oreille.

— Oui.

— Et ici ? J'ai mordillé sa clavicule.

— Oh, oui, a-t-elle gémi.

— Attends, je suis confus. Tu es censée dire oui ou non ?

— Je m'en fiche tant que tu n'arrêtes pas. S'il te plaît, Hudson.

— C'est tout ce que tu as vraiment besoin de dire.

— Et que dire de je t'aime ?

—Ça marche aussi. Je me suis levé d'un bond et j'ai fermé la porte, m'assurant qu'elle était verrouillée avant de retourner à ma place sur le sol entre ses cuisses.

—Tu es à l'aise ?

—Pas aussi à l'aise que je le serai quand je serai profondément en toi.

—Hudson.

—Je suis vraiment content de t'entendre dire mon nom à nouveau. Surtout comme ça.

Elle a souri tandis que je soulevais son t-shirt pour l'enlever. —Je n'ai jamais arrêté. Et je n'arrêterai jamais. Je t'aime.

—Je t'aime, ai-je dit. C'était plus que trois mots. C'était une promesse. Et le porte-clés à son doigt n'était que temporaire. Je n'allais pas attendre longtemps pour lui faire une promesse plus permanente.

ÉPILOGUE

GOLDIE

—$\mathcal{P}$aul, prends cette boîte, ai-je sifflé à mon adolescent.

Il a fourré son téléphone dans sa poche et a levé les yeux au ciel comme seul un adolescent sait le faire. Je jure que c'était comme si ses yeux avaient une double articulation. Ou quel que soit l'équivalent pour quelque chose qui n'est pas une articulation.

J'ai plaqué un sourire sur mon visage et l'ai suivi dans la maison. Elle était magnifique. J'ai été un peu surprise quand Anna m'a dit qu'elle n'y avait apporté aucune modification et que c'était entièrement l'œuvre d'Hudson. Cela dit, il l'aimait, donc je savais qu'il avait bon goût.

—Merci à vous de nous aider, a dit Hudson en nous croisant pour aller chercher d'autres cartons.

Paul a marmonné quelque chose qui était, heureusement, inintelligible, et j'ai gardé mon sourire plaqué en priant pour qu'Hudson ne soit pas offensé par mon ado très impoli.

Hudson a ricané et a continué son chemin. Peut-être qu'il y était déjà habitué. Je ne pouvais que l'espérer.

—Cuisine ? ai-je demandé à Anna quand nous sommes

arrivés au coin et l'avons trouvée debout au milieu de la salle à manger.

—Oui. S'il te plaît. Merci beaucoup. À vous deux. Paul, tu devrais aller voir la chambre de Joey. Je crois qu'Hudson a dit qu'on a presque fini. Tu peux faire une pause.

Paul n'a pas attendu mon accord avant de filer dans la direction qu'Anna lui avait indiquée.

J'ai soupiré. —Je suis désolée. Il s'est réveillé de mauvaise humeur aujourd'hui. J'aurais probablement dû le laisser à la maison.

Anna a pouffé et secoué la tête. —Crois-moi, je comprends. Tout le monde dit que les garçons sont si faciles, mais ils ont autant de sautes d'humeur et d'attitudes que les filles.

—Ne m'en parle pas. Je te jure, il y a des jours où j'ai envie de demander à Paul s'il a ses règles.

Anna a pouffé. —J'ai déjà demandé ça à Joey. Il s'est mis encore plus en colère. Mais c'était drôle. Combien de fois les hommes ont-ils fait cette supposition à notre sujet ?

—Trop souvent.

Nous avons échangé un sourire.

—Comment se passe ton nouveau travail ?

—Épuisant. Mais incroyable. Je ne vais pas me plaindre. Et merci de t'être proposée comme solution de secours pour Hudson pendant mon absence le mois prochain. Je n'ai jamais été séparée des garçons plus longtemps qu'une nuit chez un ami. Ça va être difficile.

—Tu seras occupée par le travail et de retour à la maison avant même de t'en rendre compte. Fais-moi confiance.

—Tu en as l'habitude, toi. Ce n'est pas normal pour moi de voyager. Ou d'avoir un salaire décent.

—Tu l'as mérité. Profites-en. Et mets cet argent de côté pour l'université. Ou un mariage.

Anna leva les yeux au ciel. —Je commence à me demander

s'il plaisantait vraiment quand il disait vouloir faire sa demande tout de suite.

—Vous n'êtes de nouveau ensemble que depuis quelques semaines. Et tu as été occupée à préparer ton déménagement et à commencer ton nouveau travail. Et lui s'est occupé d'installer Arthur au poste de directeur commercial.

—Alors Arthur est le frère de Patrick ?

J'ai acquiescé et déchiré le ruban adhésif d'une boîte.

—Il est plutôt mignon.

—Il est marié, ai-je dit.

—Je ne cherche personne. Je dis juste... les bons gènes sont-ils de famille ?

Je me suis étranglée sans raison. Mon premier réflexe était de dire absolument oui, mais cela signifierait admettre que j'avais remarqué que Patrick était magnifique. Il l'était, mais il y avait une limite que je n'étais pas prête à franchir avec mon assistante.

—Tu t'étouffes rien qu'en pensant à lui ? a demandé Anna.

Je lui ai lancé un regard noir. —On en a déjà parlé.

— Oui, et tu as dit qu'il est attirant mais pas une option. Je me demande toujours pourquoi il n'est pas une option. Parce qu'il me semble être un sacré bon choix.

— Tu es toute heureuse et pétillante et tu penses que tout le monde peut te rejoindre dans cet état. J'aimerais bien, mais Patrick a presque quatorze ans de moins que moi. Quand j'avais son âge, j'avais déjà mon fils. Je suis trop vieille pour recommencer à zéro.

— Qui dit que tu dois recommencer à zéro ?

J'ai secoué la tête. — Patrick est un flirteur. C'est tout. Il aime flirter et me dire à quel point je suis belle, ce qui fait partie de son flirt. Ça ne veut pas dire qu'il a un faible pour moi.

— Ça ne veut pas dire qu'il n'en a pas, a affirmé Anna

fermement. Elle a haussé un sourcil quand j'ai ouvert la bouche pour argumenter.

— On ne parle pas de Patrick. On parle de toi et Hudson. Quand penses-tu qu'il va te demander en mariage ?

Elle a soupiré profondément. — Je ne sais pas. Mais je ne peux pas m'inquiéter pour ça. S'il change d'avis, ce sera acceptable. J'ai un travail que j'apprécie vraiment, et je me sens plus en sécurité financièrement que je ne l'ai jamais été. Je m'installe avec l'homme que j'aime. C'est suffisant pour le moment.

— Bien pour toi. Je suis encore un peu impressionnée que tu aies emménagé avec lui si vite. J'aime que tu l'aies fait parce que tu l'aimes et qu'il t'aime, mais je pensais que tu y réfléchirais pendant longtemps.

Anna a secoué la tête et a regardé Hudson qui entrait avec une grande boîte. Il lui a fait un clin d'œil et a continué au-delà de la cuisine. — Je l'aime. Je sais que c'est un peu rapide, mais je ne veux pas passer une autre nuit loin de lui. J'en ai parlé aux garçons, et ils étaient d'accord pour emménager ici plutôt que de trouver notre propre logement pour un moment. Ils aiment Hudson, eux aussi.

— Je suis vraiment heureuse pour vous deux, lui ai-je dit.

— Merci. Moi aussi. C'est une bonne sensation.

J'ai souri et lui ai tendu un verre à ranger. L'amour lui allait bien. Bon sang, il allait bien à tout le monde. Quand je l'ai eu, il m'allait bien aussi. Mais Charles et moi nous sommes éloignés et quand il est parti, ce n'était pas un grand choc. Je voulais un partenaire, mais j'étais prête à accepter un partenaire uniquement sur le papier. Lui non. Il voulait de l'amour, et il l'a trouvé avec son nouveau mari.

J'étais heureuse pour eux, aussi heureuse qu'on puisse l'être pour quelqu'un qui vous a menti sur son identité et qui est tombé amoureux de quelqu'un d'autre. Je regrettais d'avoir un partenaire, et j'étais seule. Mais la solitude n'était pas une raison suffisante pour céder aux flirts entre Patrick et moi. Même ceux qui devenaient un peu chauds et me faisaient me demander si Patrick était plus sérieux qu'il ne le laissait paraître.

Au bout du compte, j'étais toujours sa patronne. Et cela signifiait qu'il y avait une limite que je ne pouvais pas franchir. Une limite qui était dangereuse pour nous deux. Une limite que je rêvais de franchir quand personne n'était autour.

MERCI D'AVOIR LU l'histoire de Hudson et Anna ! Hudson a été l'un de mes personnages préférés depuis que j'ai commencé cette série, et Anna était exactement le genre de femme dont il avait besoin. Quelqu'un qui ne serait pas impressionnée par le fait qu'il possède le bar, ou qui ne voudrait rien recevoir gratuitement de sa part. Elle l'a maintenu sur ses gardes, et l'a fait tomber à genoux.

Le prochain livre de la série est celui de Goldie et Patrick. Quand elle l'a embauché, elle n'a jamais pensé que ce jeune homme mignon serait quelqu'un qui l'attirerait. Il est trop jeune, trop beau, et trop tentant. Lorsqu'ils sont associés dans À la Recherche du Héros Littéraire Parfait, Goldie découvre qu'il y a beaucoup plus en lui que ce que l'on voit. Lisez *Son Patronne aux Courbes Généreuses* dès aujourd'hui !

VOUS N'EN avez pas assez de Hudson et Anna ? Il était sérieux quand il disait qu'il n'allait pas attendre longtemps pour faire sa demande. Inscrivez-vous maintenant pour lire leur épilogue bonus !

À PROPOS DE L'AUTEUR

Auteure à succès classée au *USA TODAY*, Mary E Thompson a passé la majeure partie de son enfance à souhaiter avoir quelques courbes en moins. Elle se cachait dans les pages des livres parce que ses personnages préférés ne se souciaient jamais de sa taille de vêtements. Aujourd'hui, Mary non plus, et elle écrit des histoires qui célèbrent les femmes comme elle. Des femmes réelles qui ont des courbes, poursuivent leurs rêves et trouvent l'amour, parce que nous devrions tous être heureux, quelle que soit notre taille.

Mary passe son temps hors écriture avec son mari et ses deux enfants, à regarder trop de télévision, à encourager l'équipe de football de sa ville natale (Allez les Bills !) et à cacher du chocolat à sa famille.

Inscrivez-vous maintenant à la newsletter de Mary. Les abonnés reçoivent des ebooks gratuits et d'autres choses amusantes, comme du contenu exclusif réservé aux membres et des concours, et sont les premiers à connaître les nouvelles parutions et les promotions !